KB166227

을 유 세 계 문 학 전 집 · 20

요양객

요양객

KURGAST

헤르만 헤세 지음 · 김현진 옮김

❀ 을유문화사

옮긴이 **김현진**

연세대학교 독어독문학과를 졸업했으며, 1996년 동 대학원에서 토마스 만의 소설에 관한 연구로 문학 박사 학위를 받았다. 소설과 소설 이론, 정신 분석 비평, 젠더 등에 관한 연구 논문이 있다. 지은 책으로 『기억과 망각』(공저)이 있으며, 옮긴 책으로는 『융』, 『상징과 리비도』, 『꿈에 나타난 개성화 과정의 상징』, 『레만 씨 이야기』, 『그림의 혁명』 등이 있다. 현재 동덕여자대학교에 출강하고 있다.

을유세계문학전집 20
요양객

발행일·2009년 4월 25일 초판 1쇄 | 2022년 9월 20일 초판 3쇄
지은이·헤르만 헤세 | 옮긴이·김현진
펴낸이·정무영, 정상준 | 펴낸곳·(주)을유문화사
창립일·1945년 12월 1일 | 주소·서울시 마포구 서교동 469-48
전화·02-733-8153 | FAX·02-732-9154 | 홈페이지·www.eulyoo.co.kr
ISBN 978-89-324-0350-2 04850 978-89-324-0330-4(세트)

• 값은 뒤표지에 표시되어 있습니다.
• 옮긴이와의 협의하에 인지를 붙이지 않습니다.

차례

방랑

—수기

농가

이 집 근처에서 나는 작별을 고한다. 한참 동안 그런 집을 더는 볼 수 없으리라. 알프스로 넘어가는 고갯길에 가까워지고 있으니 말이다. 독일 풍경, 독일어와 더불어 북방의 독일식 건축 양식도 여기서 끝이다.

그러한 경계를 넘는다는 것은 그 얼마나 멋진 일인가! 방랑자는 여러 가지 면에서 원시인이다. 유목민이 농부보다 더 원시적이듯이 말이다. 하지만 한곳에 뿌리박는 것이 극복되고 경계라는 것이 무시되면 나 같은 유형의 사람들이 오히려 미래로 이어지는 이정표가 될 것이다. 나처럼 국경을 아예 무시하고 살아가는 사람들이 많다면 더 이상 전쟁도 바리케이드도 없으리라. 경계처럼 혐오스러운 것도, 경계처럼 어리석은 것도 없다. 경계는 대포와도 같고 장군들과도 같다. 이성과 인간성, 평화가 지배할 때는 사람들은 경계를 전혀 느끼지 못하고 비웃지만, 일단 전쟁과 광기가 발발하면 그것은 즉각 소중하고 성스러워진다. 전쟁을 치르는 동안 경계라는 것이 우리 방랑자들에게는 얼마나 고통이 되고 감옥이 되었는가! 그딴 것은 악마나 데려가라지!

나는 노트에다 이 집을 그려 본다. 나의 눈은 독일식 지붕과 독일식 들보와 박공은 물론, 정다움이라든지 고향을 느끼게 하는 많은 것과 작별한다. 이것으로 작별이기에 고향을 느끼게 하는 이 모든 것을 나는 더욱 마음속 깊이 다시 한번 사랑해 본다. 내일이면 다른 지붕, 다른 오두막을 사랑하게 되리라. 연애편지에서처럼 내 마음을 이곳에 남겨 두지는 않겠다. 절대 그러지는 않으리라, 내 마음도 함께 가져갈 것이다. 산 너머 저 건너 쪽에 이르러서도 마음은 항상 내게 필요하겠지. 난 농부가 아니고 유목민이니까. 나는 불신과 변화, 환상을 숭배하는 자이며, 나의 사랑을 지구의 어느 한 지점에 못 박아 붙잡아 매어 놓는 것을 중요하게 여기지 않는다. 나는 우리가 사랑하는 것이란 항상 어떤 비유에 지나지 않는 것이라 여긴다. 우리의 사랑이 한곳에 머물러 성실과 미덕이 된다면 내게는 그것이 의심스러워진다.

농부에게 복이 있을지어다! 소유하고 정착하는 자, 성실한 자와 덕 있는 자에게 복이 있을지어다! 그런 사람을 난 사랑하고 존경하고 부러워할 수 있다. 하지만 그런 사람의 미덕을 흉내 내려다가 난 내 반생을 잃어버렸다. 나는 내가 아닌 것이 되려고 했던 것이다. 작가이기를 원하면서도 또한 시민이기를 원했다. 예술가이고 몽상가이기를 원하면서도 또한 미덕을 겸비하고 고향을 향유하고자 했다. 사람은 그 둘 다 될 수도 가질 수도 없다는 것을, 나는 농부가 아니라 유목민이며 가진 것을 지키는 자가 아니라 새로운 것을 찾는 자라는 것을 알기까지는 오랜 세월이 걸렸다. 오랜 세월 나는 신들과 율법 앞에서 고행을 해 왔다. 하지만 그것 역시 내게는 우상에 지나지 않았다. 그것은 내 오류이고 내 고통이었으며, 세상의 비참함에 대한 나의 공범 행위였다. 나는 나 자신에게 폭력을 가했고 구원의 길에 과감히 발을 내딛지 못함으로써 세상의 죄와 고통을 가중시켰다. 구원으로 난 길은 좌로도 우로도 나 있지 않고 오로지 자신의 마음속으로 나 있다. 그곳에만 신이 있으며, 그곳에만 평화가 있다.

눅눅한 산바람이 내 곁을 스쳐 불고, 저 너머 푸른 하늘은 다른 땅 위를 굽어보고 있다. 그 하늘 아래에서 나는 때로는 행복하기도, 때로는 향수병을 앓기도 할 것이다. 완전히 나 같은 유형의 인간이라면, 순수한 방랑자라면 향수 같은 것은 알지도 못하는 게 마땅하리라. 나는 향수를 알고, 완벽하지도 못하며, 그렇게 되고자 애쓰지도 않는다. 나는 기쁨을 음미하듯 향수를 음미하고 싶다.

내게 맞불어 오는 이 바람은 경이롭게도 저편 먼 곳, 분수령, 언어가 갈라지는 곳, 산맥과 남부의 냄새를 실어다 준다. 바람은 약속으로 가득 차 있다. 잘 있거라, 소농가며 고향의 정경이여! 젊은이가 어머니와 작별하듯 난 그대에게 작별을 고한다. 젊은이는 어머니를 떠나갈 때가 되었다는 것을 안다. 그러면서 아무리 그렇게 하고 싶어도 자신이 어머니를 결코 완전히 떠날 수는 없다는 것도 알고 있다.

시골의 공원묘지

비스듬한 십자가 위로는 담쟁이넝쿨 언덕,
부드러운 햇빛과 향기, 꿀벌들의 노래.

포근한 대지에 심장을 댄 채,
평안을 누리고 있는 그대들, 그대들은 복되도다,

이름도 없이 고요히
흙으로 돌아가 어머니의 품에서 쉬고 있는
그대들은 복되도다!

귀 기울여 들어 보라, 꿀벌의 날갯짓과 꽃망울에서
생에 대한 욕구와 존재의 즐거움이 내게 노래 부르는 것을.

땅속 깊이 파묻힌 뿌리의 꿈으로부터
오래전 사라졌던 존재가 빛을 향해 몸부림치며 깨어난다.

어둠 속에 묻혀 있던 삶의 파편들은
모습을 바꾸며 현존을 요청한다.

또한 어머니인 대지는 왕처럼
임박한 분만에 몸을 떤다.

무덤의 갱도 속 달콤한 평화의 안식처는
한밤의 꿈처럼 그렇게 무겁지는 않구나.

죽음의 꿈은 음울한 연기에 지나지 않으나,
그 밑에서는 생명의 불꽃이 타오르네.

산길

작지만 늠름한 길 위로 바람이 분다. 나무와 숲은 뒤로 처지고 이곳에는 돌과 이끼만 자라고 있다. 이곳에서는 무엇을 찾겠다는 사람도 없고 무엇을 소유하는 사람도 없다. 이 위에서는 농부도 건초나 땔나무를 갖고 있지 않다. 하지만 먼 하늘이 끌어당기며 동경이 불탄다. 그 동경이 바위와 늪, 눈길을 넘어 이 좋은 작은 길을 만들었다. 그 길은 다른 골짜기와 다른 집들이 있는 곳으로, 다른 언어, 다른 사람들이 있는 곳으로 이어진다.

높은 길목에서 나는 걸음을 멈춘다. 양쪽으로 내리막길이 있고 물도 양쪽으로 갈라져 졸졸 흐른다. 이곳 위에서는 가까이에 옹기종기 모여 있는 것들이 갈라져 두 개의 세계를 향해 길을 떠난다. 나의 발끝을 적시는 조그만 웅덩이는 북쪽으로 흘러 내려가, 그물은 차가운 먼 대양으로 합류한다. 하지만 바로 그 옆의 조금 남은 잔설은 남쪽으로 녹아 떨어져, 그 물은 리구리아나 아드리아 해안을 향해 흘러 내려가다 아프리카와 경계를 이루는 대양에 이른다. 하지만 세상의 모든 물은 다시 만난다. 북극해와 나일 강은 눅눅한 구름 무리 속에서 뒤섞인다. 예로부터 전해오는 그런 아름다운 비유가 순간 나의 마음을 성스럽게 해 준다. 모든 길은 우리 방랑자들까지도 집으로 인도하니 말이다.

나의 시선에는 아직 선택의 여지가 있다. 아직 북쪽도 남쪽도 시선이 닿는 곳에 있으니까. 쉰 걸음만 더 가면 남쪽만이 내 앞에 펼쳐지리라. 그곳 푸른 골짜기에서 위로 내뿜는 대기는 얼마나 비밀스러운가! 그에 화답해 내 가슴은 얼마나 두근거리는지! 호수와 정원에 대한 예감, 포도주와 아몬드의 향기, 동경과 로마 원정에 얽힌 신성한 옛 전설이 불어 올라온다.

먼 골짜기에서 종소리가 울리듯 내게는 젊은 시절의 추억이 울려온다. 첫 남국 여행 때의 도취, 푸른 호숫가 정원의 넘치는 공기를 취할 듯이 마시던 일, 창백해지는 설산 위로 먼 고향을 향해 저녁나절 귀 기울이던 일이! 고대의 신성한 원주 앞에서 드렸던 최초의 기도가! 갈색 바위 뒤로 밀려오는 거품 이는 바다를 처음 꿈꾸듯 바라보던 일이!

이제 더 이상 그런 도취는 없다. 나의 사랑하는 모든 이들에게 아름다운 먼 나라와 나의 행복을 보여 주고 싶은 욕망도 이제는 없다. 내 가슴에는 이제 봄이 지나가고 여름이 찾아왔다. 낯선 이들의 인사는 내게 다르게 들려오며 내 가슴속에 울리는 그 반향도 잠잠해졌다. 나는 공중으로 모자를 던지지 않으며 노래를 부르지도 않는다. 하지만 미소를 짓는다. 입으로만 짓는 미소가 아니다. 영혼으로, 눈으로, 온 피부로 나는 미소를 짓는다. 향기를 실어다

주는 그 나라에 대해 옛날과는 다른 의미를, 좀 더 섬세하고 고요한, 좀 더 예민하고 익숙한, 좀 더 감사할 수 있는 의미를 부여한다. 이 모든 것이 지금은 그때보다 더욱 나의 것이 되어 더욱 풍요롭게 수백 곱절의 뉘앙스를 갖고 내게 말을 건넨다. 취한 듯한 그리움은 이제는 베일에 싸인 먼 나라 위에 꿈의 색깔을 칠하지 않으리라. 나의 눈은 여기 있는 것만으로 만족한다. 보는 것을 배웠으니까. 이후 세상은 더 아름다워졌다.

세상은 더 아름다워졌다. 나는 혼자이지만 혼자여서 고통스럽지는 않다. 다른 어떤 것도 원하지 않는다. 난 햇볕에 완전히 익을 채비가 되어 있다. 난 무르익고 싶은 갈망이 있다. 죽을 준비도, 다시 태어날 준비도 되어 있다.

세상은 더 아름다워졌다.

밤길

늦은 밤 먼지투성이 거리를 걷는다.
담 그림자가 비스듬히 떨어지고,
포도덩굴 사이로
실개천과 길 위에 걸린 달빛을 본다.

그 옛날 부르던 노래를
다시금 나지막하게 읊조려 본다.
숱한 방랑의

그림자가 나의 여정에 교차된다.

여러 해 동안의 바람과 눈과 뙤약볕이
나의 뒤를 좇아 울려온다.
한여름 밤과 푸른빛 번개가,
폭풍우와 여행의 괴로움이.

갈색으로 그을린 채
이 세상 풍요로움을 실컷 마시며
계속 이끌려 감을 나는 느낀다,
나의 오솔길이 어둠 속에 묻힐 때까지.

마을

산 너머 남쪽 첫 마을. 여기서야 비로소 내가 사랑하는 방랑 생활이 제대로 시작된다. 목적 없는 배회, 햇볕 속의 휴식, 해방된 떠돌이 생활이. 배낭족으로 살며 너덜너덜한 바지를 입고 다니는 게 나는 매우 좋다.

포도주를 바깥으로 갖다 달라고 주점에 주문하는 동안 갑자기 페루치오 부조니의 얼굴이 떠오른다. "당신은 정말 시골뜨기 같군요." 우리가 마지막으로 만났을 때 그 사랑스러운 사람은 비꼬듯이 내게 그렇게 말했다. 그리 오래된 일은 아니며, 취리히에서였다. 안드레아는 말러의 교향곡을 지휘했고, 우리는 늘 가던 음식점에 함께 앉아 있었다. 나는 다시금 부조니의 창백한 유령 같은 얼굴을, 범속한 인간과는 다른 이 빛나는 자의 예리한 의식을 즐기고 있었다. 오늘날도 그런 인물이 있지만, 왜 여기서 그것이 생각나는 것일까?

그렇다! 내가 생각하고 있는 것은 부조니도, 취리히도, 말러도 아니다. 그건 불쾌한 일에 부딪힐 때 흔히 생겨나는 기억의 속임수일 뿐이다. 그렇게 하면 순진무구한 상이 전면으로 밀려온다. 이제는 알겠다! 그 음식점에는 한 젊은 여인도 앉아 있었다. 밝은 금발에 볼이 무척이나 붉은 여인이었다. 나는 그녀와 한마디도 나누지 않았다. 천사 같은 그대! 그녀를 바라보는 것은 즐거움이고 고통이었다. 그 시간 내내 내가 그녀를 얼마나 사랑했는가! 난 다시 열여덟 살이 되었다.

갑자기 모든 것이 명료해진다. 아름답고 쾌활한 밝은 금발의 여인! 그대의 이름도 나는 모른다. 난 그대를 한 시간 동안 사랑했고 오늘 햇볕 따스한 이 산촌 작은 길에서 그대를 다시 사랑하고 있다. 한 시간 동안을. 나 이상으로 그대를 사랑한 이는 없었고, 당시 나만큼 자신을 휘어잡은 힘을, 절대적인 힘을 그대에게 쏟은 이도 없다. 하지만 나는 성실할 수 없는 운명이다. 한 여인을 사랑하는 것이 아니라 단지 사랑을 사랑할 뿐인 바람둥이다.

우리 방랑자들은 모두 그렇게 생겨먹었다. 우리의 방랑벽과 떠돌이 생활 자체가 대부분 사랑이며 에로틱이다. 여행의 낭만이란 절반은 바로 모험에 대한 기대이지만 나머지 절반은 에로틱한 것을 다른 것으로 바꾸어 해소하려는 무의식적인 충동이다. 우리 방랑자들은 채워질 수 없다는 바로 그것 때문에 사랑의 욕구를 가슴에 품고 지내며, 원래는 여인을 향했던 그 사랑을 거리낌 없이 마을과 산, 호수와 협곡, 길가의 아이들, 다리 위의 걸인, 초원의 소나 새, 나비에게 나누어 주는 데 익숙하다. 우리는 사랑을 그 대상으로부터 떼어 낸다. 사랑 자체로 우리는 충분하다. 마치 우리가 방랑을 하면서도 목적지를 찾는 것이 아니라 그저 방랑의 즐거움 자체를 추구하며 방랑의 길 위에 있게 되기를 바라듯이.

청순한 얼굴의 젊은 여인이여, 난 그대의 이름을 알려 들지 않을 것이다. 그대를 향한 내 사랑을 가슴에 품지도, 또 그것을 살찌우지도 않을 것이다. 그대는 내 사랑의 목표가 아니라 그 촉진제일 뿐이다. 나는 그 사랑을 다시 길가에 핀 들꽃에, 포도주 잔에 비쳐 드는 햇살에, 교회 종탑의 붉은 양파 모양 돔에 나누어 준다. 그대야말로 내가 세상에 반해 푹 빠지도록 해 주는구나.

아, 쓸데없는 헛소리라니! 지난 밤 산골 오두막에서 나는 금발 여인의 꿈을 꾸었고, 제정신을 잃은 채 그녀에게 푹 빠져 버렸다. 그녀가 내 곁에 있었더라면 방랑의 기쁨 전부는 물론 내 여생을 거기에 바쳤을 텐데. 오늘도 하루 종일 나는 그녀를 생각한다. 그녀를 위해 포도주를 마시고 빵을 먹는다. 그녀를 위해 내 노트에다 마을과 탑을 그린다. 그녀에 대해 난 신에게 감사를 드린다. 그녀가 살아 있음에, 내가 그녀를 만날 수 있음에 감사드린다. 그녀를 위해 한 편의 시를 짓고 이 붉은 포도주에 취하리라.

그렇게 해서 청명한 남쪽에서 맞은 나의 첫 휴식은 산 너머의

한 금발 여인에 대한 그리움이 되어 버렸다. 그녀의 청순한 입술은 얼마나 아름다웠는가! 이 보잘것없는 삶은 얼마나 아름답고 얼마나 어리석으며 얼마나 매혹적인가!

망아(忘我)

몽유병자처럼 나는 숲과 협곡을 더듬어 다닌다.
마법의 원이 날 에워싸고 환상적인 빛을 발한다.
구애인지 저주인지 개의치 않고
나는 마음의 소리에 충실히 따른다.

그대들이 사는 현실은 몇 번이나 날 깨워
그 곁으로 오라고 내게 명했던가!
그 현실 속에서 정신을 차리고 깜짝 놀라 멈춰 섰다가
다시 곧바로 거기서 도망쳐 버렸지.

그대들이 날 떠밀어 낸 따뜻한 고향이여,
그대들이 허물어 버린 사랑의 꿈이여,
물이 대양으로 돌아가듯,
내 존재는 수천 갈래 샛길을 지나 네게로 되돌아간다.

샘들은 노래로써 은밀히 나를 이끌고,
꿈의 새들은 빛나는 날개를 퍼덕인다.

내 어린 시절의 선율이 다시금 울려오고,
뒤엉킨 황금빛 햇살과 달콤한 꿀벌들의 노래 속에서
나는 다시금 어머니의 곁에서 흐느끼는 나를 본다.

다리

길은 다리를 건너 골짜기 시냇물과 폭포로 이어진다. 나는 이 길을 이미 걸어 본 적이 있다. 이미 여러 번 걷고 또 걸어 봤지만 한번은 특별했다. 때는 전시였다. 내 휴가는 끝이 났고, 나는 다시금 길을 떠나 국도와 철도를 이용해 길을 재촉해야만 했다. 제때에 복귀해 임무를 수행하기 위해서였다. 전쟁과 관청, 휴가와 징집, 붉은 쪽지와 초록색 쪽지, 각하와 장관, 장군과 사무국, 이 모든 것은 얼마나 황당무계한 그림자 같은 세계이던가. 하지만 그런 세계는 정말 살아서 대지에 독을 뿌리며, 하찮은 방랑자이며 수채화가인 나까지도 도피처로부터 나팔을 불어 끄집어내는 힘을 갖고 있었다. 거기에는 초원과 포도원이 있었다. 저녁이었는데 다리 밑 어둠 속에서는 시냇물이 흐느꼈고 젖은 덤불이 몸을 떨었으며, 희미해져 가는 저녁 하늘이 차가운 장밋빛으로 물들어 그 위에 펼쳐져 있었다. 조금만 있으면 반딧불이들이 불을 밝힐 때였다. 돌멩이 하나라도 내가 사랑하지 않은 것은 거기에 없었다. 폭포의 물 한 방울이라도 내가 감사하지 않은 것이 없었고, 신의 보고에서 곧바로 떨어지지 않은 것이 없었다. 하지만 그 모든 것은 다 아무엇도 아니었다. 밑으로 휘어져 물에 젖은 덤불에 대한 나의 사랑은 한낱 감상에 지나지 않았다. 현실은 전혀 딴판이었다. 그것을 전쟁이라고 했으며, 장군이나 하사의 입을 통해 나팔이 울리면 나는 구보를 해야 했고, 세상의 모든 골짜기에서 수천의 다른 사람들이 뛰어나와야 했다. 요란한 시대가 시작된 것이다. 선량하고 가련한 동물인 우리는 빠른 속도로 달렸고, 시대는 갈수록 더 요란해졌다. 하지만 이동하는 내내 나의 내부에서는 다리 밑의 그 흐느끼는 시냇물이 노래를 불렀고, 차가운 저녁 하늘의 달콤한 피로감이 마음에 울려왔다. 모든 것은 너무나 어리석고 음울했다.

이제 우리는 다시 길을 간다. 저마다 자신의 시내를 지나고 자신의 길을 걸으며 더 차분해지고 지친 눈으로 옛 세상을, 덤불과 경사진 초원을 본다. 우리는 땅에 묻힌 친구들을 생각한다. 아는 것이라고는 단지 그럴 수밖에 없었다는 것뿐이며, 그것을 슬프게 감내한다.

하지만 아름다운 물은 여전히 늘 희고 푸른 거품을 내며 갈색의 산을 흘러내리면서 옛 노래를 부른다. 숲에는 지빠귀들이 가득하다. 멀리서 외쳐 대는 나팔 소리도 없다. 마법으로 가득한 낮과 밤, 아침과 저녁, 낮과 황혼이 다시금 위대한 시대를 이루고 있다. 끈기 있는 세계의 심장은 계속 뛰고 있다. 대지에 귀를 대고 초원에 누워 있거나 다리 위로 물을 굽어보거나 청명한 하늘을 오래오래 바라보고 있노라면 우리는 그 소리를 듣게 된다. 그 위대하고 침착한 심장의 박동 소리를. 그것은 어머니의 심장이며, 우리는 그 자녀들이다.

이곳에서 작별의 길을 떠났던 그 저녁을 오늘 생각하자니 먼 곳에서부터 벌써 슬픔이 울려온다. 그 먼 곳의 푸름과 향기는 전투나 함성에 대해 알 턱이 없다.

언젠가는 내 삶을 갈기갈기 찢고 괴롭히며 종종 그토록 심한 불안으로 휩싸던 그 모든 것이 다 사라지겠지. 언젠가는 내게 마지막 피로감과 함께 평안이 찾아오고 어머니 대지는 날 맞아 주리라. 그것은 종말이 아니라 새로운 탄생이 될 것이다. 낡고 시든 것이 소멸하고 젊음과 새로움이 숨 쉬기 시작하는 목욕과 선잠이 될 것이다. 그때가 되면 나는 다시 다른 생각을 하며 그 길을 걷고 시냇물 소리에 귀를 기울이며 저녁 하늘에 도취되리라. 계속 거듭해서.

찬란한 세계

젊어서나 늙어서나 항상 느끼는 것은
밤에 싸인 산, 발코니의 말 없는 여인,
완만하게 굽은 달빛 속의 하얀 길,
불안한 내 심장은 이들에 대한 그리움으로 몸을 찢고 뛰쳐나온다.

오, 타오르는 세상이여, 오, 그대 발코니의 흰 옷 입은 여인이여,
골짜기에서 짖어 대는 개, 멀리서 굴러 오는 기차여,
오, 그대들은 얼마나 거짓말을 했던가, 오 지금껏 얼마나 날

속였던가,

그래도 그대들은 여전히 언제나 나의 더없이 달콤한 꿈이고
망상이리.

종종 나는 그 끔찍한 '현실'로 들어가려고 애써 본다.

배석 판사와 법, 유행과 환율이 통하는 그곳으로.

하지만 언제나 쓸쓸히 거기서 도망쳤지. 실망하면서도 후련
하게

꿈과 복된 바보스러움이 솟구치는 그곳으로.

나무에 이는 눅눅한 밤바람, 검은 집시 여인,

바보 같은 그리움과 시인의 향기 가득한 세계,

내가 영원히 빠져 버린 놀라운 세상,

그대의 번갯불이 나를 향해 번쩍하고 그대의 음성이 날 부
르는

찬란한 세계, 나는 영원히 그곳에 귀속되리라!

목사관

이 아름다운 집을 지나쳐 갈 때면 그리움과 향수의 입김이 내뿜
어져 온다. 정적과 안식, 시민 생활에 대한 그리움이 섞인 향수다.
안락한 침대와 정원 벤치, 정갈한 부엌에서 풍기는 냄새, 게다가

서재와 담배, 고서적, 이런 것에 대한 향수다. 젊은 시절 나는 얼마나 신학이란 것을 무시하고 비웃었는가! 오늘날 내가 아는 신학은 기품과 마력에 가득 찬 학문이다. 그것은 미터나 센티 같은 시시껄렁한 것과는 무관하고, 끊임없이 총성이 울리며 만세를 외치다가도 배신하는 치욕의 세계사와도 무관하다. 신학은 사랑스럽고 성스러운 내면의 문제와, 은총과 구원, 천사들과 성찬에 관해 부드럽고 섬세하게 다룬다.

나 같은 인간이 여기 저 집 안에 살면서 목사가 된다면 얼마나 놀라울까. 바로 나 같은 인간이! 나도 혹시 이런 데 맞는 사람은 아닐까? 멋진 검정색 평상복 차림으로 이곳을 오가며 정원 안 배나무 받침대를 온화하면서도 그저 정신적이고 비유적으로만 사랑하며, 죽어 가는 마을 사람들을 위로해 주고, 라틴어로 된 고서적을 읽으며, 요리사에게는 부드럽게 지시를 내리고, 일요일이면 머릿속에다 훌륭한 설교를 담은 채 자갈길을 따라 교회로 걸어가는, 그런 데 맞는 사람은 아닐까?

날씨가 나쁜 날이면 나는 후덥지근하도록 불을 지피고 가끔 녹색이나 청색의 타일 난로에 몸을 기댈 것이다. 또한 간간이 창문 앞에 서서 그런 날씨를 탓하며 머리를 흔들기도 할 것이다.

그러나 햇살 내리비치는 화창한 날이면 정원에서 과수를 자르고 묶어 주고 하면서 많은 시간을 보내겠지. 아니면 열린 창가에 서서 산이 회색과 검은색을 벗고 다시 이글거리는 장밋빛으로 변해 가는 것을 바라보리라. 아, 나는 조용한 우리 집 앞을 지나가는 모든 방랑자들을 깊은 동정심으로 배웅하겠지. 그리고 애정 어린

호의적인 마음으로 그를 좇을 것이다. 때로는 그리움을 담고서. 그는 한군데 뿌리내린 채 주인 행세를 하는 나와는 달리 지상에서 성실하고 진정한 객이요 순례자라는 정말 더 좋은 쪽을 택했으니 말이다.

아마도 난 그런 목사가 될 것이다. 아니면 다른 목사가 될지도 모를 일이다. 어두컴컴한 서재에서 독한 부르군트 산 포도주로 여러 날 밤을 좇으며 수천의 악마들과 격투를 벌이거나, 내게 고해 성사를 하러 온 아가씨와 은밀한 죄를 지은 끝에 양심의 가책에 떠밀리다 밤마다 악몽에 놀라 잠에서 깨어날지도 모른다. 아니면 초록색 정원 문을 닫아 건 채 하인에게 종을 울리게 해 놓고는 직무며 마을 일이며 세상사는 내팽개쳐 버리고 널찍한 안락의자에 누워 담배를 피우며 넋 나간 듯이 빈둥거릴 수도 있다. 저녁이면 옷조차 벗기 싫어하고 아침이면 일어나는 것도 귀찮아 할 정도로 게으름을 피울 것이다.

요컨대 나는 이 집에 거처한다 해도 정말 목사가 되지는 못할 것이며, 지금이나 마찬가지로 정처 없고 무해무득한 방랑자인 것은 마찬가지이리라. 내가 목사가 되는 일은 결코 없을 것이다. 때로는 몽상적인 신학자가 되고, 때로는 미식가가 되며, 때로는 지독한 게으름뱅이가 되어 술독에 빠져 있기도 하고, 때로는 젊은 아가씨에게 미치기도 하겠지. 때로는 시인이나 광대가 되고, 때로는 가난한 마음속에 불안과 슬픔을 담고 향수병을 앓기도 하리라.

그러니 아무런들 어떠랴. 초록색 대문과 과수를, 아름다운 정원과 아담한 목사관을 밖에서 들여다보든 안에서 내다보든, 나의 동경이 거리 쪽에서 창문을 통해 조용한 성직자에게 향하든, 혹은 부러움과 동경 속에서 창밖으로 방랑자들을 내다보든 이제 그것은 아무래도 좋다. 여기서 내가 목사가 되든지 아니면 거리의 떠돌이가 되든지 정말 아무래도 좋다. 물론 내게 매우 중요한 몇 안 되는 것을 빼놓고는 그 모든 것은 정말 아무래도 좋다. 혀끝에서든 발끝에서든, 환희 속에서든 고통 속에서든 나의 내부에서 생명의 꿈틀거림을 느낀다는 것, 내 영혼이 움직여 수많은 환상의 유희를 펼치며 수백 가지 형태로 스며들어 빚어질 수 있다는 것, 그것이 중요하다. 설사 목사나 방랑자들로, 요리사나 살인자들로, 아이들이나 동물들로, 또한 새나 나무로 스며들어 빚어진다 해도 말이다. 내가 원하는 것, 내가 살아가기 위해 필요한 것은 그것이다. 만일 언젠가 그것이 더 이상 아무것도 아니게 되고 이른바 '현실'이란 것 속에 나의 삶을 의지하게 된다면 차라리 나는 죽어버리리라.

나는 분수에 기대어 목사관을 그려 보았다. 애당초 그 무엇보다도 내 마음에 든 초록색 문과 그 뒤에 보이는 교회 탑도 함께 그렸다. 문을 실제보다 더 진한 초록으로 칠하고 교회 탑을 더 높게 그렸을지도 모른다. 중요한 것은 15분 동안이나마 내가 이 집에서 고향을 가져 봤다는 사실이다. 밖에서만 바라보았을 뿐 그 안에 사는 사람은 전혀 알지도 못한 이 목사관에 대해 언젠가 난 진짜 고향 같은 향수를 느낄 것이다. 어린 시절 행복하게 지낸 곳에 대한 향수 같은 것 말이다. 15분 동안이나마 여기서 난 정말 어린아이였고 행복했으니까.

농장

알프스 남쪽 발치 이 축복받은 지역을 다시 볼 때마다 나는 늘 유형지에서 귀향이라도 한 것처럼 마침내 산의 진면모를 다시 본 듯한 기분이다. 이곳에서 태양은 더욱 깊숙이 내리쬐며, 산은 한층 진한 붉은빛을 띤다. 밤과 포도, 아몬드와 무화과가 여기서 자라나며, 사람들은 가난하지만 선량하고 예의 바르며 친절하다. 그들이 만드는 것은 모두 자연산인 듯 양질의 진품이며 친근감 있어 보인다. 집과 담장, 포도원 계단, 길과 농원, 테라스, 이 모든 것은 새것도 아니면서 낡지도 않았는데, 모든 것이 가공하고 머리를 짜내며 자연에서 탈취해 내 만든 것이 아니라, 바위나 나무, 이끼처럼 저절로 생겨난 것 같다. 포도원 담장, 집과 지붕, 이 모든 것은 똑같이 갈색 편마암으로 만들어졌으며, 모두 서로 동기간처럼 어울려 있다. 그 어느 것 하나 낯설거나 적대적이거나 폭력적으로 보이지 않는다. 모든 것이 친근감 있고 명랑해 보이며 마치 이웃사촌 같다.

그대가 원하는 데면 아무 데나 앉아 보라, 담장이나 바위, 나무 그루터기나 풀밭 위에, 아니면 흙바닥 위에. 어디서나 그림과 시가 그대를 에워싸며 그대를 둘러싼 세상 모든 곳에서 아름답고 행복한 화음이 울린다.

이곳에 가난한 농부들이 거주하는 농장이 있다. 그들에게는 소 같은 건 없고 그저 돼지나 염소, 닭이 있을 뿐이다. 포도와 옥수수, 과일과 채소를 재배하기도 한다. 집은 바닥이나 계단까지 전부 돌로 지어졌고, 두 개의 돌기둥 사이로 깎아 놓은 계단이 뜰로 통해 있다. 어디에서나 초목과 자갈 사이로 호수의 푸름이 올라온다.

생각이나 근심 따위는 설산 저편에나 놓여 있는 듯하다. 고통받는 인간과 허접한 인생사 가운데 있을 때나 그토록 생각이 많고 근심에 싸이는 것이리라! 그곳에서는 현존의 정당성을 찾는 것이 그토록 어렵고 절망적이리만치 중요하니까. 안 그러면 대체 어찌 산단 말인가? 그저 불행하기 때문에 사람들은 심각해지는 것이다. 하지만 이곳에는 무슨 문제가 있으랴. 현존이 정당화될 필요도 없으며 생각이란 것은 유희가 될 뿐이다. 세상은 아름답고 인생은 짧다고 느낀다. 그렇다고 모든 욕망이 잠들어 있는 것은 아니다. 눈이 몇 개 더 있었으면, 폐도 하나 더 있었으면 한다. 풀밭에 다리를 뻗자니 다리가 좀 더 길었으면 하는 욕망도 생긴다.

내가 거인이라면 좋겠다. 그렇다면 알프스의 눈에 머리를 맞대고 염소들 사이에 누워서 저 아래 깊은 호수에 발가락을 담그고 첨벙거릴 텐데. 그렇게 누워서 영원히 일어나지 않을 텐데. 내 손가락 사이로는 덤불이, 내 머리카락 속에서는 알프스의 장미가 자랄 것이다. 내 무릎은 구릉이 될 것이고, 내 몸 위에는 포도원과 집, 예배당이 서 있을 것이다. 나는 그렇게 1만 년 동안을 누워 하늘에 눈짓하고 호수에 눈짓을 한다. 내가 재채기를 하면 뇌성이 울린다. 저 건너로 입김을 불면 눈이 녹고 폭포가 춤을 춘다. 내가 죽으면 이 세상이 다 죽는다. 그러면 나는 대양을 건너가 새로운 태양을 가져올 것이다.

오늘 저녁 난 어디에서 잠들게 될까? 아무래도 좋다. 세상이 만드는 것은 무엇일까? 새로운 신들이 창조되고 새로운 율법, 새로운 자유가 만들어졌는가? 아무래도 좋다! 하지만 이 위에서는 여전히 앵초꽃이 피어나 꽃잎에 은버섯을 나른다. 저 아래 포플러나무 사이로는 은근하고 달콤한 바람이 노래를 부르며, 나의 눈과 하늘 사이로는 진한 황금빛 꿀벌 한 마리가 날아다니며 윙윙거린다. 그것은 아무래도 좋은 일이 아니다. 꿀벌은 행복을 노래하고 영원을 노래하며 윙윙거린다. 꿀벌의 노래는 나의 세계사다.

비

미지근한 여름비가
덤불에서 쏴쏴거리고 나무에서 쏴쏴거린다.
언젠가 다시 실컷 꿈을 꾼다면
아, 얼마나 좋을까, 축복이 넘쳐나겠지!

바깥 밝은 곳에 오래오래 있었더니
그 파고가 내게는 색다르게 느껴지는구나.
낯선 곳으로 밀려가지도 않고
자신의 영혼 속에 머무르고 있으니.

아무런 갈망도 아무런 요구도 없이
나지막한 어린아이 음조로 웅얼거린다.
꿈속의 따뜻한 아름다움 속에서
놀랍게도 나는 고향으로 돌아가 있네.

가슴이여, 그대는 얼마나 상처 입고 찢겼는가,
맹목적으로 파고든다는 것은 그 얼마나 축복받은 일인가,
생각도 없이, 아는 것도 없이
그저 숨 쉬기만 한다면, 그저 느끼기만 한다면!

나무

나무는 내게 늘 가장 절실한 설교자다. 나무가 민중과 가족 속에서, 숲과 정원림 속에서 살고 있으면 난 그들을 존경한다. 그런데 나무가 하나하나 따로 서 있을 때는 더욱더 존경한다. 그것들은 고독한 이들과 같은데, 어떤 문제로 인해 슬며시 도망쳐 숨은 은둔자가 아니라 베토벤이나 니체처럼 위대하면서도 고독한 인물들 같다. 그 우듬지에서는 세상의 소리가 왁자지껄하고, 그 뿌리는 무한 속에서 안식을 취한다. 하지만 그들은 그곳에서 자신을 잃어버리는 것이 아니라 온 생명의 힘을 다해 오로지 단 하나만을 이루기 위해, 즉 그들 내부에 도사리고 있는 고유의 법칙을 완수하고 그 자신만의 형체를 만들어 자신을 표현하기 위해 애쓴다.

아름답고 튼튼한 나무보다 더 성스럽고 더 모범적인 것은 없다. 나무가 톱에 잘려 그 벌거벗은 죽음의 상처가 햇빛에 드러나면 그 둥지와 묘비가 되는 셈인 연한 원반 위에서 나무의 역사 전체를 읽을 수 있다. 나이테와 유착 면에는 온갖 투쟁과 고통, 질병, 그리고 온갖 행복과 성장 과정뿐만 아니라 궁핍했던 날과 풍성했던 날, 공격을 이겨 내고 폭풍우를 견뎌 낸 일까지도 충실하게 새겨져 있다. 농부의 아들이라면 누구나, 가장 견고하고 고귀한 목재는 나이테가 가장 빽빽하다는 사실을, 가장 튼튼하고 굳세며 모범적인 줄기는 산 위 높은 곳에서 끊임없는 위험 속에서 자라난다는 사실을 안다.

나무는 성스러운 존재다. 그들과 이야기를 나누고 그들에게 귀기울일 줄 아는 사람은 진리를 체험한다. 나무는 교리나 처방에 대해 설교하지 않는다. 그들은 개별적인 것은 무시한 채 삶의 근원적인 법칙에 대해 설교한다.

한 나무가 말한다. 내 안에는 하나의 핵과 불꽃이, 사상이 숨겨져 있어. 나는 영생을 사는 삶이지. 영원한 어머니가 날 데리고 감행한 시도와 작업은 단 한 번만의 일이다. 내 모습이나 피부에 새겨진 맥도 단 한 번만의 일이며, 내 우듬지에서 벌어지는 하찮은 잎들의 유희도, 내 껍질의 아주 미세한 흉터도 단 한 번만의 일이다. 나의 임무는 이 독특한 단 한 번만의 일 속에서 영원한 것을 형성해 보여 주는 것이지.

한 나무가 말한다. 내 힘은 믿음이야. 난 내 선조들에 관해 아무것도 모르고, 해마다 내게서 생겨나는 수천의 자녀들에 관해서도 아무것도 몰라. 내 종자의 비밀대로 끝까지 살아갈 뿐이며, 그 밖의 다른 것은 내가 염려할 바가 아니야. 나는 신이 내 안에 계시다는 걸 믿으며, 내 과업이 성스럽다는 것을 믿는다. 그 믿음으로 난 살고 있지.

우리가 슬픔에 잠겨 삶을 더 이상 잘 감당할 수 없을 때면 한 그루의 나무는 우리에게 이렇게 말해 줄 수 있을 것이다. 쉿 조용히! 조용히! 나를 바라봐! 산다는 것은 쉬운 일도 어려운 일도 아니라는 것, 그런 것은 어린아이들의 생각이지. 신이 네 안에서 말씀하시도록 해 봐, 그러면 그런 생각은 잠잠해질 거야. 너의 길이 어머니와 고향으로부터 널 멀어지게 하니까 넌 불안해하는 거야. 하지만 매번의 발걸음이, 매일의 나날이 너를 새로이 어머니에게 다가가게 하는 것이다. 고향이란 여기 혹은 저기에 있는 것이 아니야. 고향은 네 안에 있든지 아니면 그 어느 곳에도 없어.

저녁나절 바람에 살랑이는 나무의 소리를 듣노라면 방랑에 대한 동경으로 내 가슴은 찢어진다. 오랫동안 조용히 귀를 기울여 보면 방랑에 대한 동경은 또한 그 핵심과 의미를 보여 준다. 그것은 괴로움에서 도망치려는 욕구처럼 보이지만, 사실은 고향과 어머니에 대한 추억, 삶에 대한 새로운 비유에 대한 그리움이다. 그것은 집을 향해 간다. 어떤 길이든 모두 집으로 나 있다. 한 걸음 한 걸음이 탄생이고, 한 걸음 한 걸음이 죽음이며, 모든 무덤은 어머니다.

우리가 자신의 어린아이 같은 생각으로 불안해할 때면 나무는 저녁나절 그렇게 살랑거린다. 나무는 우리보다 더 오래 사는 만큼 생각도 길어 긴 호흡으로 침착하게 생각한다. 우리가 나무의 속삭임을 듣지 않는 한 그들은 우리보다 더 지혜롭다. 하지만 우리가 나무에 귀 기울일 줄 알게 되면 우리 생각의 바로 그 모자람과 졸속, 어린아이 같은 성급함은 무엇과도 비할 수 없는 기쁨을 얻는다. 나무에 귀 기울일 줄 알게 되면 더 이상 나무가 되기를 갈망하지 않는다. 현재의 그 자신이 아닌 다른 어떤 것이 되기를 갈망하지 않는 것이다. 그런 상태가 바로 고향이며 행복이다.

화가의 기쁨

논에서는 곡식이 익으나 돈이 드네.
초원은 철조망으로 경계가 져 있고,
궁핍이 있고 탐욕이 생겨난다.
모든 것이 부패하고 봉쇄된 것 같다네.

하지만 내 눈에는 이곳에
만물의 또 다른 질서가 자리 잡고 있네.
보랏빛은 퇴색하고 진홍색이 군림한다.
이들의 천진난만한 노래를 나는 부르네.

노랑에 노랑이, 빨강에 노랑이 겹쳐,
차가운 푸른빛이 붉게 물든다.
빛과 색채가 이 세계 저 세계로 흔들리다가

사랑의 물결로 아치를 이루며 진동을 멈추네.

모든 병자를 고치는 정령이 지배하고,
새로 솟아난 샘에서는 초록이 울려나오네.
세계는 새롭고 의미심장하게 나누어지고,
마음속은 즐겁고 밝아지네.

비 오는 날

금방이라도 비가 올 것 같다. 호수 위로 축 늘어진 대기가 잿빛을 띠고 불안하게 걸려 있다. 나는 여관집 근처 해변을 거닌다.

비 오는 날씨지만 상쾌하고 쾌활한 날이 있다. 오늘은 그렇지가 않다. 두툼한 대기 속으로 습기가 계속 오르내린다. 구름은 끊임없이 밑으로 떨어지고 계속 새로운 구름이 나타난다. 어정쩡하고 불쾌한 분위기가 하늘을 지배하고 있다.

오늘 저녁이 훨씬 더 멋있으리라고 나는 상상했다. 어부들의 선술집에서 하는 저녁 식사와 숙박, 해변의 산책, 호수에서의 수영 등을. 아마도 달빛 속에서 하게 될 수영까지도.

그랬는데 미심쩍고 음침한 하늘이 신경질을 내며 언짢은 듯 변덕스러운 빗발을 떨어뜨린다. 나도 못지않게 신경질을 내며 언짢아져서 변해 버린 풍경 속을 어슬렁거린다. 아마도 어젯밤 포도주를 지나치게 많이 마셨든지 아니면 너무 적게 마셨나 보다. 아니면 불안한 꿈을 꾸었나 보다. 어찌된 영문인지 알 수 없다. 기분은 말할 수 없이 나쁘고 대기는 축 늘어져 고통스럽다. 나의 생각은 음울하고 세상은 빛을 잃었다.

오늘 저녁에는 생선을 구워 달라 하고 곁들여 시골에서 빚은 붉은 포도주를 아주 많이 마실 것이다. 그러면 이내 우리는 다시 조금이나마 세상에 빛을 가져다주고 삶이란 더 견딜 만한 것임을 알게 되겠지. 선술집에서 난롯불을 붙이고 이 둔탁하고 축 늘어진 빗줄기가 들리지도 보이지도 않게 할 것이다. 거기다 질 좋고 기다란 브리사고 여송연을 피워 물고 포도주 잔을 불 앞에 갖다 대석류석처럼 붉게 빛나게 하리라. 정말로 그렇게 할 것이다. 그러면 저녁은 지나가고 나는 잠들 수 있으리라. 아침이 오면 모든 것이 달라지겠지.

야트막한 물가를 빗방울이 때리고 바람은 차가운 습기를 품고 젖은 나무들 속으로 파고든다. 나무들은 죽은 물고기처럼 납빛으로 번쩍인다. 모든 것이 엉망이 되어 버려서 제대로 들어맞는 것이 없고 아무런 울림도 없다. 기쁨을 주거나 따뜻하게 해 주는 것도 없다. 모든 것이 황량하고 음침하며 난장판이다. 현이란 현은 모두 멋대로 울리고 색이란 색은 모두 잘못되었다.

나는 그 이유를 안다. 그것은 어제 마신 포도주 탓도 아니고 내가 누워 잔 나쁜 침대 때문도 아니다. 또한 비 오는 날씨 탓도 아니다. 내 안에 악마가 깃들어 현 하나하나를 모두 귀청이 째지도록 흩뜨려 놓았기 때문이다. 불안이 다시 찾아온 것이다. 어린아이의 꿈이나 동화에서, 학창 시절의 운명에서 오는 불안이. 그 불안이, 어쩔 수 없는 것으로 휩싸였다는 느낌이, 우수와 혐오감이. 세상은 얼마나 무미건조한가! 아침이면 다시 자리에서 일어나 다시 음식을 먹고 다시 살아야 한다는 것은 얼마나 끔찍한가! 도대체 무엇 때문에 사는가? 왜 사람들은 그렇게 어리석도록 선량하단 말인가? 왜 진작 호수 속으로 빠지지 못했던 말인가?

이런 데에 좋은 처방이란 없다. 너는 방랑객도 예술가도 될 수 없으며 그렇다고 시민이나 건전한 상식인이 될 수도 없다. 도취해 버리고 싶어 하지만 그러면서 또한 양심의 가책을 느끼니! 햇빛과 사랑스러운 상상의 세계를 인정하면서 더러움과 구역질도 인정하니 말이다! 황금과 오물, 쾌락과 고통, 어린아이의 웃음과 죽음의 공포, 이 모든 것이 너의 마음속에 있다. 모든 것을 인정하고 무엇이든 회피하려 들지 말며 거짓으로 우물쭈물 넘어가지 않도록 하라! 너는 시민이 아니며 그렇다고 그리스인도 아니다. 조화롭지도 못하고 너 자신을 지배하지도 못한다. 너는 폭풍에 휘말린 한 마리 새, 폭풍이 휘몰아치도록, 그래서 그대를 몰아가도록 내버려 두어라! 너는 얼마나 많은 거짓말을 해 왔는가! 자신이 쓴 시와 책에서도 수없이 조화롭고 지혜로운 자인 양, 행복하고 투명한 자인 양 굴어 왔지! 전쟁에서 공격을 할 때는 창자가 뒤집히는데도 영웅인 양 굴었지. 주여, 인간이란 그 얼마나 가엾은 원숭이이며 사기꾼인가! 더욱이 예술가나 작가는, 더욱이 나 같은 인간은!

나는 물고기를 구워 달라고 해서 두꺼운 유리잔으로 노스트라노를 마시며, 그것에 곁들여 기다란 여송연을 피울 것이다. 난롯불에다 침을 뱉으며 어머니를 생각해 보며 나의 불안과 슬픔으로부터 한 방울의 달콤함을 짜내어 보리라. 그런 다음 얄팍한 벽 앞에 놓인 불편한 침대에 누워 비바람 소리를 듣고 심장의 고동과 싸우며 죽음을 바라다가도 죽음이 두려워 신을 부를 것이다. 그것이 지나갈 때까지, 절망이란 것이 지칠 때까지, 다시금 잠과 위안 같은 것이 내게 눈짓할 때까지. 내가 스무 살이었을 때에 그랬고, 지금도 그러하며, 끝이 날 때까지는 앞으로도 그럴 것이다. 계속 또다시 사랑스럽고 아름다운 내 삶에 대해 이런 날로써 그 대가를 치를 것이다. 계속 또다시 이러한 낮과 밤이, 불안과 혐오감과 절망이 찾아오리라. 그래도 나는 살아갈 것이다. 그래도 이 삶을 사랑하게 되리라.

아, 구름은 왜 저리 초라하고 음흉한 모습으로 산에 걸려 있단 말인가! 호수 속에는 희미한 빛이 그 얼마나 거짓되고 공허하게 비치고 있는가! 내 의식 속에 떠오르는 모든 것은 그 얼마나 어리석고 절망스러운가!

예배당

조그마한 차양이 달린 저 장밋빛처럼 붉은 예배당은 분명 착하고 다정한 사람들에 의해, 무척이나 경건한 사람들에 의해 지어졌을 것이다.

오늘날에는 경건한 사람들이 더 이상 없다는 이야기를 자주 들어 왔다. 그렇다면 마찬가지로 오늘날에는 음악도, 푸른 하늘도 더 이상 없다고 말할 수 있을 것이다. 나는 경건한 사람들이 많이 있다고 생각한다. 나 자신, 지금 경건하다. 항상 그랬던 것은 아니지만.

신앙심에 이르는 길은 사람에 따라 각각 다를 것이다. 내게 그것은 숱한 오류와 고통, 숱한 자책을 거쳐 많은 어리석음을, 원시림처럼 무성한 바보 짓을 통해 온 길이었다. 난 자유주의자였고, 신앙심을 일종의 영혼의 병으로 알고 있었다. 금욕주의자여서 내 살에 못을 박는 고통을 가하기도 했다. 그런데 경건하다는 것이 건강과 쾌활함을 의미한다는 사실은 알지 못했다.

경건하다는 것은 믿는다는 것과 다를 바가 없다. 믿음이란 단순하고 건강하고 천진한 인간, 어린아이, 또는 원시인이 가질 수 있는 것이다. 단순하지도 천진하지도 않은 우리 같은 사람은 여러 우회로를 거쳐 믿음을 찾을 수밖에 없다. 너 자신에 대한 믿음이 그 시작이다. 믿음은 앙갚음이나 죄, 악한 양심, 금욕과 희생 제물로써 얻어지는 것이 아니다. 이러한 노력은 모두 우리의 외부에 존재하는 신들을 향한 것이다. 우리가 믿어야 하는 신은 우리의 내면에 있다. 자신을 부정하는 사람은 신을 긍정할 수 없다.

아, 사랑스럽고 친밀한 이 땅의 예배당이여! 그대들은 나의 신과는 다른 신의 표적과 비명을 지니고 있구나. 그대의 신자들은 내가 알지 못하는 말로 기도를 드린다. 그렇지만 나는 그대들 가운데 끼어 기도를 드릴 수 있다. 떡갈나무 숲이나 산지의 초원에서 기도 드릴 수 있듯이. 그대들은 젊은이들의 봄노래와도 같이 초록빛 풀 속에서 노랗게도, 희게도, 혹은 장밋빛으로도 피어난다. 그대들에게는 어떤 기도도 허용되어 있으며 그것은 신성하다.

기도는 신성하다. 노래와도 같이 신성한 것이다. 기도는 믿음이며 확증이다. 진실로 기도 드리는 사람은 요청을 하는 것이 아니라 그저 자신의 처지와 곤경을 헤아릴 뿐이다. 어린아이들이 노래하듯이 자기의 괴로움과 감사를 혼자서 남몰래 노래한다. 피사의 교회 벽화 속 오아시스와 노루들 사이에 그려진 복된 은둔자들은 그렇게 기도했다. 그것은 세상에서 가장 아름다운 그림이다. 나무와 동물들도 그렇게 기도한다. 위대한 화가의 그림에서는 나무마다 산마다 모두 그렇게 기도한다.

경건한 신교도 집안에서 태어난 사람은 이러한 기도에 이르기까지 먼 길을 찾아야 한다. 그는 양심의 지옥을 알고 자신과의 불화에서 오는 죽음의 가시를 안다. 그는 온갖 종류의 분열과 고통, 절망을 겪어 낸다. 그리고 그 길의 마지막 즈음에서야 자기가 그처럼 가시밭길을 통해 찾았던 지복이라는 것이 얼마나 단순하고 어린아이처럼 천진난만하며 자연스러운 것인지를 알고 깜짝 놀란다. 그렇다고 가시밭길이 헛된 것은 아니다. 떠돌아다니다 귀향한 사람은 늘 고향에만 박혀 있던 사람과는 다르다. 그는 누구보다도 마음 깊이 사랑하며 정의와 망상에서 한층 자유롭다. 정의란 고향에 남아 있는 사람들의 미덕으로서, 해묵은 사람들의 낡은 미덕이어서 젊은 우리에게는 소용이 없는 것이다. 우리가 아는 행복이란 단 한 가지, 사랑뿐이다. 그리고 우리가 아는 미덕은 단 한 가지, 믿음뿐이다.

그대들 예배당의 신자들을, 그 교구들을 나는 부러워한다. 기도 드리는 수많은 이들이 그대들에게 자신들의 괴로움을 호소하고 수많은 어린아이들이 그대들의 문을 화관으로 장식하며 그 안에 촛불을 바친다. 그러나 우리 같은 이들의 믿음은, 멀리 돌아다닌 자들의 신앙심은 외롭다. 낡은 믿음을 가진 사람들은 우리를 동료로 받아들이려 하지 않는다. 그리고 세상의 조류(潮流)는 우리가 사는 섬을 멀리 벗어나 흘러간다.

나는 가까운 초원에서 꽃을 꺾는다. 앵초, 토끼풀, 미나리아제비를 꺾어 예배당에 바친다. 처마 밑 난간에 앉아 아침의 정적 속에서 찬양을 읊조린다. 모자는 갈색 담장에 놓여 있고 푸른 나비 한 마리가 그 위에 앉는다. 먼 골짜기에서는 열차가 희미하고 은은한 소리를 낸다. 덤불에는 아직도 여기저기 아침 이슬이 반짝거린다.

무상

생명의 나무에서
잎새가 한 잎 한 잎 내게로 떨어진다.
오, 현란한 세계여,
그대는 얼마나 만족스러운가,
얼마나 만족스럽고 나른한가,
얼마나 취해 있는가!
오늘 아직 빛나고 있는 것은
이내 사라지리.

나의 갈색 무덤 위로는

이내 바람이 스산하게 불고,

아기의 머리 위로

어머니는 몸을 굽힌다.

그녀의 눈을 다시 보고 싶구나,

그녀의 시선은 나의 별.

다른 것들은 모두가 흩날려 사라지고,

모든 것은 죽어 간다, 모든 것은 기꺼이 죽어 간다.

영원한 어머니만이 남아 있다,

우리는 그녀에게서 태어났지,

그녀의 손가락이 유희하며

허망한 허공에 우리의 이름을 새겨 준다.

한낮의 휴식

하늘은 다시 밝은 웃음을 짓고 넘쳐흐르는 대기가 모든 것 위에서 춤을 춘다. 낯설던 먼 땅이 다시 내 것이 되고 이국이 고향이되었다. 호수 위로 뻗은 나무 근처가 오늘은 내 자리가 되어 나는가축이 있는 오두막과 몇 송이 구름을 그렸고, 그리고 보내지도않을 편지 한 통을 쓰기도 했다. 이제 자루에서 먹을 것을 꺼낸다. 빵과 소시지, 호두와 초콜릿 따위를.

가까이에 자작나무 숲이 있다. 거기 땅바닥에 마른 나뭇가지가 수북하게 쌓여 있는 것을 보았다. 불을 지펴서 그 불을 동지 삼아 그 곁에 앉고 싶어진다. 나는 건너가서 잔가지를 한 아름 모아 그 밑에 종이를 깔고 불을 붙인다. 가느다란 연기가 가볍고 경쾌하게 솟아오른다. 연홍색 불꽃이 묘하게도 햇살 비치는 한낮의 일광을 바라본다.

소시지는 맛이 좋다. 내일도 또 이런 것을 사야겠다. 구워 먹을 밤 몇 개가 있다면 오죽 좋을까! 식사를 한 뒤 나는 윗도리를 풀밭에 펼치고 그 위에 머리를 눕힌 채 내 작은 번제물이 밝은 창공으로 치솟는 것을 쳐다본다. 음악과 축제의 즐거움 같은 것도 따른다. 나는 외우고 있는 아이헨도르프의 가곡을 떠올려 본다. 생각나는 것은 그다지 많지 않고, 그나마 몇몇은 시행을 모르겠다. 나는 후고 볼프와 오트마르 쇠크의 멜로디를 붙여 그 가곡을 반쯤 노래하듯이 외어 본다. 「낯선 나라를 방랑하려는 자」와 「그대 사랑스러운 성실한 라우테」가 가장 아름답다. 가곡은 비애로 가득 차 있지만, 비애는 그저 여름날의 구름일 뿐 그 뒤에는 태양과 믿음이 깃들어 있다. 그것이 아이헨도르프다. 그런 점에서 그는 뫼리케와 레나우를 능가한다.

지금까지 내 어머니가 살아 계신다면 난 그분을 생각하며 그분이 나에 대해 알아야 할 것을 모두 말씀드리고 고백하려고 애를 쓰겠지.

그 대신에 검은 머리의 소녀가 지나간다. 열 살이나 되었을까. 그녀는 나와 내 모닥불을 물끄러미 쳐다보다가 내게서 호두 한 알과 초콜릿 한 조각을 얻어서는 내 옆 풀밭에 앉는다. 그러더니 자기 염소와 오빠에 대해 이야기해 준다. 어린아이다운 품위와 진지함으로. 우리 늙은이들은 이 무슨 어릿광대인가! 이제 그 소녀는 집으로 돌아가야 한다. 그녀는 아버지의 식사를 날라다 준 것이었다. 그녀는 공손하고 정중하게 인사를 하고서 나막신과 빨간 털양말을 신은 모습으로 떠나간다. 소녀의 이름은 아눈치아타다.

모닥불이 꺼졌다. 태양은 알게 모르게 많이 기울었다. 오늘은 좀 먼 거리를 걷고 싶다. 짐을 꾸려 묶는 중에도 아이헨도르프가 떠오른다. 나는 무릎을 꿇고 노래를 읊어 본다.

조만간, 아 조금만 있으면 고요한 때가 오겠지
그때는 나도 휴식을 취하리라. 내 위로는
아름다운 숲의 고독이 일고,
날 알아보는 사람 여기에는 아무도 없네.

이 사랑스러운 시구에 깃들인 비애도 그저 구름 그림자에 지나지 않음을 나는 처음으로 느낀다. 이 비애는 무상함의 부드러운 음악일 뿐이며, 그것 없이는 아름다움이 우리를 감동시키지 못한다. 그 비애는 고통을 담고 있지 않다. 나는 그 비애를 지닌 채 행보에 올라 만족스러운 기분으로 계속 산길을 밟는다. 내 아래쪽 깊은 호수를 내려다보며 밤나무와 잠든 물레방아가 있는 방앗간 개울을 지나 고요하고 푸른 낮의 세계로 들어간다.

죽음으로 가는 방랑자

내게도 언젠가는 그대가 오겠지.
그대 날 잊지 않고,
그리하여 고통은 끝나고,
사슬은 풀리리라.

아직은 그대가 낯설고 멀게 보이는구나,
사랑하는 형제인 죽음이여.
차가운 별이 되어 서 있구나,
나의 괴로움 위에.

하지만 언젠가 그대 가까워져
화염에 가득 쌓이리.
오라, 사랑하는 이여, 나 여기 있으니,
날 데려가 주오, 나는 그대의 것이니!

호수와 나무와 산

옛날에 호수가 하나 있었다. 그 푸른 호수와 푸른 하늘 너머 저쪽으로 봄의 나무 한 그루가 녹황색을 띠고 우뚝 솟아 있다. 저 건너편에는 하늘이 궁형의 산 위로 조용히 쉬고 있었다.

한 방랑자가 나무 밑동에 앉아 있었다. 노란 꽃잎이 그의 어깨로 내려앉았다. 그는 피곤에 지쳐 눈을 감고 있었다. 그러자 노란 나무에서 꿈이 그에게 내려앉았다.

방랑자는 작아져서 소년이 되었다. 집 뒤뜰에서는 어머니의 노랫소리가 들려왔다. 소년은 나비 한 마리가 푸른 하늘로 노란빛을 띠고 달콤하게 날아가는 것을 보았다. 명랑한 노란빛이었다. 그는 나비를 뒤쫓아 나섰다. 초원을 지나고 시냇물을 지나 달렸고 호수를 끼고 달렸다. 그러자 나비는 높이 솟아 맑은 물 위로 멀리 날아갔다. 소년은 나비를 뒤쫓아 경쾌하고 가볍게 날아다니며 행복하게 푸른 창공을 날았다. 태양이 그의 양 날개 위로 비쳐 왔다. 그는 노랑나비를 뒤따라 호수를 지나고 높은 산을 지나 날았다. 그때 한 점 구름 위에 신이 노래를 부르고 서 있었다. 천사들이 신을 에워싸고 있었는데, 그중 한 천사가 소년의 어머니처럼 보였다. 그 천사는 초록색 물뿌리개를 튤립 화단 위로 기울여 잡고 튤립에 물을 주고 있었다. 소년은 그 천사에게 날아갔고 자기도 천사가 되었다. 그리고 자기 어머니를 껴안았다.

방랑자는 눈을 비볐다가 다시 감았다. 소년은 붉은 튤립 한 송이를 꺾어 자기 어머니의 가슴에 꽂아 드렸다. 튤립을 또 한 송이 꺾어서는 어머니의 머리칼에 꽂아 드렸다. 천사들과 나비들이 날아다녔으며 세상의 온갖 새와 동물, 물고기 들이 있었다. 이름을 부르기만 하면 무엇이든 다가와 소년의 손으로 날아들었고 그의 것이 되었으며, 쓰다듬든지 무엇을 묻든지 다시 보내 주든지 소년이 하는 대로 가만히 두었다.

방랑자는 깨어나 천사들을 생각했다. 나무에서 섬세한 잎이 살랑거리는 소리를 들었고, 나무 안에서는 섬세하고 고요한 생명이 황금빛 물결을 이루어 오르내리는 소리를 들었다. 산이 그를 건너보고 있었고, 그곳에서 갈색 외투를 입은 신이 산에 기대어 노래를 불렀다. 투명한 호수면 위로 신의 노랫소리가 울려 퍼졌다. 단조로운 노래였다. 그러나 나무 속에 깃들인 힘의 나지막한 흐름과 심장 속 피의 나지막한 흐름, 또 꿈에서 뛰쳐나와 그를 뚫고 흐르는 나지막한 황금빛 흐름, 이런 것이 뒤섞여 함께 울렸다.

이제 그 자신도 노래를 불렀다. 느릿느릿 길게 끌면서. 그의 노래는 꾸밈이 없어 공기 같고 파도치는 소리 같았다. 그것은 그저 웅얼거림이며 꿀벌들의 윙윙거림일 뿐이었다. 그 노래는 먼 곳에서 들려오는 신의 노래에 대한 화답이었고, 나무 속에 깃들인 노래하는 물줄기와 혈관 속에서 흐르는 노래에 대한 화답이었다.

방랑자는 그렇게 오래도록 혼자서 노래를 불렀다. 봄바람 속에서 초롱꽃이 저절로 소리를 내고 풀밭에서 메뚜기가 음악을 만들어 내듯이. 한 시간이나, 아니면 1년 동안이나 그는 노래를 불렀다. 어린아이처럼 신처럼 노래했다. 나비와 어머니를 노래했으며, 튤립과 호수를 노래했다. 자기의 피와 나무 속의 피를 노래했다.

그가 다시 떠나 아무런 생각 없이 따뜻한 지방으로 들어가자 서서히 자신의 길과 목표와 이름이 다시 떠올랐다. 그날이 화요일이라는 것도. 저쪽에 밀라노행 열차가 달리고 있다는 것도 떠올랐다. 유독 아주 멀리에서는 호수 건너로 아직 노랫소리가 들려왔다. 그곳에는 갈색 외투를 입은 신이 서 있었고 여전히 노래

를 부르고 있었다. 하지만 방랑자의 귀에는 점점 그 소리가 멀어
져 갔다.

색채의 마술

신의 숨결이 여기저기에,
하늘 위로, 하늘 아래로,
빛이 수천 가지 노래를 부르고,
신은 총천연색의 세계가 된다.

흰 것이 검정으로, 따뜻한 것이 차가움으로
거듭거듭 새롭게 옮겨지는 듯한 느낌이 드네.
혼돈의 난무 속에서 영원토록
무지개는 새로이 선명해진다.

그렇게 우리의 영혼을 통해
수천 번씩 고통과 환희를 지나,
신의 빛은 창조하고 행동한다네.
그리고 우리는 그를 태양이라 찬양하네.

구름 낀 하늘

바위 사이에 조그만 난쟁이 식물이 꽃을 피우고 있다. 나는 누워서 몇 시간 전부터 작고 조용하고 뒤엉킨 구름 조각으로 서서히 뒤덮여 오는 저녁 하늘을 쳐다본다. 그 위로는 분명 바람이 불고 있겠지만, 여기에서는 그것이 느껴지지 않는다. 바람은 구름의 실을 그물처럼 짜 엮는다.

물이 땅 위로 증발했다가 다시 비가 되어 내리는 일이 일정한 리듬에 따라 이루어지고, 계절이나 간만이 그 정해진 때와 순서에 따르듯 우리의 내면에서도 모든 것이 법칙과 리듬에 따라 진행된다. 생명 현상의 주기적인 회귀를 표시하기 위해 모종의 수열(數列)을 산출해 낸 플리스라고 하는 교수가 있다. 그것은 카발라 같은 느낌이 들지만 카발라 역시 학문이다. 그것이 독일 교수들의 비웃음을 사고 있다는 사실은 그것을 위해서는 무척이나 이득이 된다.

내가 두려워하는, 내 삶 속의 어두운 파도 역시 어떤 규칙에 따라 찾아온다. 나는 그 날짜와 숫자를 알지 못하며 한 번도 지속적으로 일기를 써 본 적이 없다. 23과 27, 혹은 어떤 다른 숫자가 그와 상관이 있는 것인지 난 모르거니와 알고 싶지도 않다. 다만 알고 있는 것은 때때로 내 영혼 속에서 어떤 외적 이유도 없이 그 어두운 파도가 솟아오른다는 것이다. 구름 그림자와도 같이 세상 위로 그림자가 드리워진다. 기쁨은 그 참된 소리를 잃고 음악은 김빠지게 울린다. 우울함이 모든 것을 지배하며 죽음이 사는 것보다 낫게 된다. 이 우울증은 때때로 발작처럼 찾아오는데, 얼마간의 간격을 두고 오는지는 알지 못하나 그것은 나의 하늘을 서서히 구름장으로 뒤덮는다. 그것은 마음속의 불안, 공포에 대한 예감, 혹은 악몽과 더불어 시작된다. 평소에는 내 마음에 들던 사람들과 집, 색채와 음조가 미심쩍어지고 화를 돋운다. 음악은 두통을 일으키며, 편지는 모조리 기분을 잡치고 그 속에 바늘을 감추고 있는 듯하다. 이런 때 사람들과 대화를 하지 않을 수 없는 상황은 고통이며 소동이 연출되게 마련이다. 바로 이런 순간이 있기 때문에 총기를 소유하지 않는 것이며, 총기를 아쉬워하는 때도 바로 이런 순간이다. 모든 것을 향해 분노와 괴로움, 비난이 돌려진다. 인간과 짐승을 향해, 날씨, 신, 읽고 있는 책의 종잇장을 향해, 입고 있는 옷감을 향해. 하지만 분노와 초조, 비난과 증오는 사물들을 향한 것이 아니라 그 모든 것으로부터 나 자신에게 되돌아온다. 증오를 받아야 할 사람은 나다. 불화와 추악함을 세상에 가져오는 자도 나다.

오늘 나는 이런 날에서 벗어나 휴식을 취하고 있다. 지금은 한순간의 휴식만을 기대할 수 있다는 것을 나는 안다. 하지만 세상이 아름답다는 것을, 이런 시간에는 다른 누구에게보다도 내게 세상이 무한정 더 아름답다는 것을, 색은 더욱 달콤하게 느껴지고 대기는 더욱 복되게 흐르며 빛은 더욱 부드럽게 떠다닌다는 것을 나는 안다. 그리고 이에 대한 대가로서 삶을 견디기 힘든 날을 지불해야 한다는 것도 나는 안다. 우울증에는 좋은 약이 있다. 노래, 경건한 마음가짐, 술 마시기, 음악을 연주하기, 시 짓기, 돌아다니기 따위가 그것이다. 은둔자가 기도로 살아가듯이 나는 이런 약으로 살아간다. 가끔씩은 저울 접시가 가라앉고, 나쁜 날과 균형을 이루기에는 나의 좋은 날이 너무 적고, 좋더라도 극히 조금만 좋다는 생각이 든다. 그와 반대로 가끔씩은 내가 발전을 해서 좋은 날이 많아지고 나쁜 날이 줄어들었다고 여기기도 한다. 최악의 때라 할지라도 내가 결코 원하지 않는 것은 좋지도 나쁘지도 않은 그 중간 상태, 견딜 만한 미적지근한 중간 지점이다. 그래, 차라리 굴곡 심한 곡선이 낫고, 고통이 더 지독한 게 낫겠지. 그 대신 복된 순간의 광채는 한층 더 풍요로울 테니!

불쾌감은 점차 내게서 사라진다. 삶은 다시 아름다워지고 하늘은 다시 맑아져 방랑은 다시 그 풍성한 의미를 찾는다. 이렇게 돌이키는 날이면 나는 뭔가 회복된 듯한 느낌이다. 지쳐도 진짜 고통은 없고 체념을 해도 괴롭지 않으며 자기 모멸감 없이 감사할 수 있다. 생명의 선이 서서히 다시 상승하기 시작한다. 다시금 노래 가사를 읊조리며 다시금 꽃을 꺾고 다시금 산책용 지팡이를 갖고 장난을 친다. 아직 살아 있는 것이다. 다시 이겨 낸 것이다. 앞으로도 계속 이겨 낼 것이다. 아마도 더 자주.

이 구름 낀 하늘, 자신 안에서 조용히 움직이는 이 다양한 하늘이 내 영혼 속에 반사되고 있는 것일까. 아니면 그와 반대로 내가 단지 이런 하늘에서 내 내면의 형상을 따 내고 있는 것일까. 이것을 말하는 것은 내게 아예 불가능할지도 모르겠다. 때때로 그 모든 것이 그렇게 정말 불확실하니까! 이런 확신이 드는 날이 있다. 말하자면 지구상의 그 어떤 인간도 대기나 구름의 분위기, 색채의 울림이나 향기와 습도의 변화에 대해, 오래되고 신경질적인 작가 혹은 방랑자의 감각을 지닌 나만큼 섬세하고 정확하고 충실하게 관찰하지는 못할 거라는 확신 말이다. 그러다가는 다시금 오늘처럼 내가 정말 뭔가를 보았는지, 들었는지, 냄새를 맡았는지 의심스러워지고, 내가 지각했다고 여긴 모든 것이 단지 내 내면의 삶이 외부로 투사된 형상에 불과한 것이 아닌가 하고 의심스러워지기도 한다.

빨간 집

빨간 집, 너의 조그마한 정원과 포도원에서는 알프스 남부 전반의 향기가 풍겨 오는구나! 여러 차례나 난 네 곁을 지나갔지. 처음 지날 때 이미 나의 방랑욕은 움찔하며 그 반대 극을 떠올렸다. 나는 다시 한번 종종 연주되던 옛 선율을 연주해 본다. 고향을 갖는다는 것, 초록빛 정원이 있는 아담한 집, 주변의 정적, 먼 아래쪽 마을의 선율을. 동향의 작은 방에는 내 침대가, 나만의 침대가 있고, 남향의 작은 방에는 내 책상이 놓여 있으리라. 거기에다 옛 방랑 시절 언젠가 브레시아에서 사 온 오래된 작은 성모상을 걸어 놓을 것이다.

아침과 저녁 사이에서 하루가 지나가듯 여행에 대한 충동과 고향을 갖고 싶은 소망 사이에서 나의 삶은 흘러간다. 그러다 보면 언젠가는 여행과 먼 나라가 내 영혼의 일부가 되어, 그것이 실현되지 않아도 그 형상을 내 안에 지니게 되는 날이 오리라. 아마도 언젠가는 내 안에 고향을 지니게 되어 더는 정원과 빨간 집에 추파를 던질 필요가 없는 날도 올 것 같다. 자기 안에 고향을 갖는 것이다!

그렇게 되면 삶이 얼마나 달라질까! 하나의 중심이 잡힐 것이고, 그 중심에서부터 모든 힘이 솟구칠 것이다.

하지만 이렇듯 내 삶은 중심이 없기에 수많은 극과 반대 극 사이를 부단히 떠다닌다. 여기 고향에 정착하고픈 마음, 방랑에 대한 동경, 고독과 수도원에 대한 갈망, 사랑과 공동생활에 대한 충동 사이에서 말이다! 나는 책과 그림을 모았다가 다시 처분했다. 사치와 악습에 빠졌다가 거기서 벗어나 금욕과 고행의 길을 갔다. 신실한 마음으로 삶을 실체로서 숭상했다가 그것을 그저 기능으로만 인식하고 사랑할 수 있게 되었다.

그러나 나를 다르게 만드는 것은 내 일이 아니다. 그것은 기적이 맡아서 할 일이다. 기적을 찾아 끌어내 거기에 보조를 맞추려 하는 이가 있다면 기적은 그를 피해 다닐 뿐이다. 내가 할 일은 수많은 팽팽한 대립 사이를 부유하면서 기적이 내게 황급히 올 때를 대비하는 것이다. 내가 할 일은 만족하지 못한 상태로 초조함을 견디는 것이다.

초록빛에 에워싸인 빨간 집! 난 너를 이미 맛보았으니 다시 맛보려 들면 안 되겠지. 나는 이미 고향을 가져 보았다. 집을 짓고, 벽과 천장을 재고, 정원에 길을 내고, 자기만의 벽에 손수 그린 그림을 걸어 보았다. 인간은 누구나 그런 충동을 갖게 마련이다. 나도 한때 그런 충동을 따라 살 수 있었지 않은가! 내 삶 속에서는 내가 품은 소원 중 많은 것이 이루어졌다. 나는 작가가 되고자 해 작가가 되었다. 집을 갖고 싶어 해 내 집을 지었다. 처자를 갖고 싶어 해 이들을 갖게 되었다. 사람들에게 말을 하고 영향을 주고 싶어 해 그렇게 했다. 그런데 소원이 이루어질 때마다 금방 포만 감이 생겨났다. 그 포만감이야말로 내가 견딜 수 없는 것이었다. 작품을 쓴다는 것은 내게 의심스러워졌고 집은 비좁아졌다. 도달 된 목표는 목표가 아니었다. 길이란 길은 모두 우회로였고, 휴식 은 매번 새로운 그리움을 낳았다.

앞으로도 나는 수많은 우회로를 가게 될 것이다. 허다한 충족은 여전히 날 환멸에 빠뜨릴 것이다. 언젠가 모든 것이 그 의미를 나 타내겠지.

대립이 소멸되는 곳에 니르바나가 있다. 내게는 아직 대립이 밝 게 불타고 있다. 사랑스런 동경의 별들이.

저녁

저녁이면 연인들이 쌍쌍이
느릿느릿 들판을 거닌다.
여인들은 머리칼을 풀고,
장사꾼들은 돈을 세며,
시민들은 석간신문에서 불안스레
최신 뉴스를 읽는다.
아이들은 조그만 주먹을 움켜쥐고서
실컷 깊은 잠을 잔다.

저마다 각기 단 하나의 참다운 일을 하고,
숭고한 의무에 따른다.
시민들도, 젖먹이들도, 쌍쌍의 연인들도ㅡ
그런데 나 자신은 그러지 못하고 있는가?

그렇지 않아! 내가 몸을 바치는
저녁의 활동 역시
세계정신에 없어서는 안 되는 것이다.
그 역시 나름대로의 의미가 있다.
그렇게 난 이리저리 서성이며
마음속으로 춤을 춘다.
시시한 유행가를 읊조리며
신과 나를 찬양한다.
포도주를 마시며
내가 터키 총독쯤 될 거라는
환상에 잠긴다.
신장이 어떨까 염려하면서도
웃음을 머금고 계속 마신다.
마음속으로 다짐을 하고
(내일은 그러지 않으리라고.)
지나간 고통을 꺼내
유희하듯 한 편의 시를 자아낸다.
달과 별들의 운행을 보며,

그들의 의미를 예감하고,

그들과 함께 내가 여행을 한다고 느낀다.

어디로든 상관없이.

요양객*

— 바덴 요양에 관한 수기

요제프 크사버 마르크발더와 프란츠 크사버 마르크발더 형제에게 헌정함.

서두

모토: 무위(無爲)는 모든 심리학의 시작이다.

— 니체

슈바벤 사람들은 마흔 살이 되어서야 분별이 있어진다고들 한다. 자기 확신이 강하지 못한 슈바벤 사람들 자신은 때때로 그런 말을 일종의 수치로 여긴다. 하지만 실제로는 그와 반대로 그것은 커다란 영예다. 격언에서 말하는 분별력(그것은 젊은이들이 '연륜의 지혜'라고도 하는 것, 즉 엄청난 이율배반과 순환의 비밀, 양극성을 터득하고 있는 상태를 말한다)이란 아무리 능력을 갖추었다 한들 40대에 벌써 나타나는 경우는 슈바벤 사람들에게도 극히 드물 테니 말이다. 반면 40대 중반이 지나면 능력이 있든 없든 간에 연륜에 따른 지혜와 정서가 완전히 자발적으로 드러난다. 게다가 온갖 경고, 장애와 함께 시작되는 육체적 노화가 거기에 더 보탬이 될 때면 더욱 그렇다. 그런데 그런 장애 가운데서도 가장 흔한 것이 통풍, 류머티즘, 좌골신경통증이다. 바로 이런 고통이 우리 온천객들을 이곳 바덴으로 이끈다. 따라서 환경은, 이제는 나도 함께하게 된 이곳 나름의 정서에 그야말로 유리하다. 이곳 사람들은 완전히 자발적으로든지 아니면 수호신의 인도를 받아 어떤 미심쩍은 신앙심이나 순박한 지혜 같은 것에 쉬 빠져들며, 또 매우 세분화된 단순화의 기술에 빠져드는 것 같다. 또한 매우 지성적인 반지성주의라 할 수 있는 것에도 빠져드는데, 그러한 정서는 온천수의 따뜻함, 유황수 냄새와 함께 바덴의 특수한 기질에 속한다. 좀 더 간단히 말하자면, 요양객이고 통풍 환자인 우리는 특별히 모난 인생을 될 수 있는 한 둥글둥글하게 받아들이지 까다롭게 구는 짓 따위는 하지 않는다. 또 어떤 거창한 환상을 만드는 것이 아니라, 자잘하고 원만한 수많은 환상을 아끼면서 가꾸어 나가는 것을 의지하고 산다. 내가 잘못 생각하고 있는 것이 아니라면 우리 요양객들은 특히나 그러한 이율배반을 터득하고 있어야 한다. 다리가 경직되어 갈수록 우리에게는 상반된 양면과 양극을 다 받아들일 수 있는 탄력적인 사고방식이 더욱 절실히 필요한 것이다. 우리의 고통은 분명 고통이지만, 그것은 고통 받는 자가 우리의 관심을 잃지도 않고 자신도 정말 소중히 여길 수 있는 그런 유의 영웅적이고 장식적인 고통이 아니다.

이런 말을 하면서 내가 또래 사람이나 좌골신경통증 환자의 사고방식을 하나의 전형 혹은 보편적 규범으로 끌어올린다면 그것은 엄청난 착오임을 적어도 이 순간만큼은 잘 알고 있다. 마치 여기서 그저 내 이름으로 말하는 것이 아니라 모든 인류의 계급과 모든 연령층의 이름으로 말하는 듯이 군다면 말이다. 그리고 심리학자라면 누구도 (심적으로 그가 내 형제이고 쌍둥이라 할지라도) 주변 세계와 운명에 대한 나의 정신적 반응을 정상적이고 전형적인 것으로 여기는 오류 따위는 범하지 않겠지. 그것도 나는 잘 알고 있다. 아마 그는 날 잠깐 타진해 본 뒤 간단히 진단을 내릴 것이다. 그냥 웬만큼 재능을 타고 났으며 정신분열증을 가족력으로 갖고 있는 외톨이로서 시설에 수용할 필요까지는 없다고. 그러는 사이 나는 심리학자를 포함한 모든 인간의 관례를 말없이 따르며 사람들에게뿐 아니라 심지어 내 주변의 사물과 시설에까지, 아니 온 세상에 나의 사고방식과 기질, 나의 기쁨과 고통을 투사한다. 내 생각과 감정이 '옳고' 정당하다고 여기는 이런 재미를 나는 놓치지 않는다. 비록 주변 세계는 항상 그와 상반되는 것을 내게 설득시키려 애쓰지만 말이다. 정말이지 다수가 나와 생각과 대립된다는 것은 아무렇지도 않다. 나보다는 오히려 그들의 생각이 부당하니 말이다. 위대한 독일 작가들을 판단할 때도 마찬가지인데, 내가 위대한 독일 작가들을 적잖게 숭배하고 사랑하며 또한 필요로 하는 이유는 살아 있는 독일인들의 절대 다수가 정반대 짓거리를 하며 별보다는 로켓을 더 좋아하기 때문이다. 로켓은 얼마나 멋지고 황홀한 것인가. 로켓이여 영원하라! 하지만 별들은 어떤가! 별들의 고요한 빛으로 가득 차고 광활하게 떠다니는 그것의 세계 음악으로 가득 찬 눈과 생각이란, 오, 벗들이여, 그거야말로 정말 다르지 않은가!

훗날 하찮은 작가로서 온천에서 지낸 시절을 스케치해 보면서 나는 훌륭한 작가든 저급한 작가든 모두 많이 쓴 온천 여행기와 바덴 여행에 관해 생각해 본다. 그리고 경외심에 차 넋을 잃은 채 로켓이 가득한 가운데 있는 별을 생각하며 참새들이 가득한 가운데 있는 극락조를 생각한다. 또한 카첸베르거 박사의 온천 여행기를 생각한다. 그러면서도 그런 생각 때문에 내 로켓들이 별을 따라 올라가고 나의 참새들이 극락조를 따라 올라가는 데 방해가 되지 않게 한다. 그래, 날아라, 나의 참새여! 솟아올라라, 나의 작은 극락조여!

첫날

나를 실은 열차는 바덴에 도착했고, 나는 좀 힘겹게 차량의 계단을 내려왔다. 그러자 곧바로 바덴의 마법이 느껴졌다. 승강장의 눅눅한 시멘트 바닥에 선 채 호텔 수위가 어디 있나 살펴보면서 나는 내가 타고 온 기차에서 내리고 있는 서너 명의 동승객들을 보았다. 겁먹은 듯 엉덩이를 끌고 불안하게 발을 디디며 어딘지 절망적이고 울상을 한 얼굴 표정의 변화와 그에 따른 조심스러운 동작을 볼 때 영락없는 좌골신경통 환자들이었다. 한 사람씩 보면 각기 특색이 있고 고통의 변종도 각각이어서 걸음걸이나 머뭇거림, 또는 지팡이를 짚고 다니는 모습이나 절뚝거리는 모양새도 다

다르고 나름대로 독특하게 얼굴 표정의 변화를 일으키고 있었지만, 그럼에도 공통점이 더 눈에 띄었다. 그들 모두 좌골신경통 환자라는 것을, 나의 형제이며 동료라는 것을 나는 첫눈에 알아보았다. 일단 좌골신경통증으로 인한 사지의 변화가 어떤 것인지 아는 사람, 교과서를 통해서가 아니라 의사들이 '주관적 감각'이라고 말하는 그런 경험에 의해 아는 사람은 그걸 예리하게 간파한다. 즉각 나는 선 채로 그런 징후를 지닌 사람들을 눈여겨보았다. 그런데 보라, 서넛 중 한 사람은 나보다도 더 꼴사납게 얼굴을 찡그리고 지팡이에도 더 많이 의지하며 더 심하게 떨면서 허벅지를 들어올리며, 발꿈치를 바닥에 댈 때도 나보다 더 불안하고 볼품사나운 꼴이 아닌가. 그들은 모두 나보다 더 고통스럽고 불쌍하며 더 아프고 비탄에 잠길 만했다. 그런 사실은 내 마음을 몹시 편안하게 했고, 바덴에서 요양하는 동안 내게 수없이 되풀이된 무궁무진한 위안으로 남아 있었다. 나보다 훨씬 더 병든 사람들, 기분이 좋아지거나 희망을 가질 일이 나보다 훨씬 더 없는 사람들이 사방에서 절뚝거리며 기어 다니고 신음을 하며 휠체어를 타고 다니는 것이다! 처음 당도한 순간 그곳에서 나는 요양지라면 모두 갖고 있을 커다란 비밀과 마법의 약 하나를 곧바로 발견한 것이고, 진정한 쾌감을 느끼며 내가 발견해 낸 동병상련의 동지애, '불행 속에서 동지를 갖는다는 것'을 음미했다.

이제 플랫폼을 떠나 온천이 있는 계곡 쪽으로 완만하게 흐르는 도로에 쾌적하게 몸을 맡기자 매 순간 나아갈 때마다 그 값진 체험이 확인되고 고양되었다. 말하자면 어디에나 요양객들이 살금

살금 걸어 다니고 있었으며, 지친 모습으로 녹색 줄무늬가 있는 휴식용 벤치에 몸을 구부정히 하고 앉아 있거나 무리를 지어 잡담을 하면서 절뚝거리고 있었다. 거기에서 한 여인이 휠체어를 타고 미끄러져 왔다. 그녀는 병색이 완연한 손에 반쯤 시든 꽃을 들고서 지친 얼굴로 미소 짓고 있었다. 그 뒤에는 넘쳐흐를 듯 충만한 에너지를 지닌 생기발랄한 간병인 여자가 있었다. 류머티즘 환자들이 그림엽서와 재떨이, 문진(文鎭)을 사는(그들에게는 그런 것이 많이 필요한데, 나는 도저히 그 이유를 알 수 없었다) 어느 가게에서 한 나이든 남자가 나왔다. 가게에서 나온 이 나이든 남자가 계단 하나를 내려올 때마다 1분씩 걸렸다. 그는 자기 앞에 뻗쳐 있는 길을 마치 지치고 자신감을 잃은 한 인간이 자기에게 맡겨진 어떤 거대한 임무를 바라보듯 보고 있었다. 좀 더 젊은 한 남자가 뻣뻣한 머리털로 덮인 머리에 잿빛과 녹색이 어우러진 군모를 쓰고 두 개의 지팡이에 의지해 힘차면서도 피곤한 듯 무슨 일에 열중하며 나아가고 있었다. 아, 이곳에서는 어디서나 볼 수 있는 이 지팡이, 아래쪽에 넓게 고무 쥠쇠가 달려 거머리나 흡충류(吸蟲類)와도 같이 아스팔트를 빨아들이는 이 저주스러우리만치 심각한 환자용 지팡이! 나 역시 지팡이 하나에 의지하고 걸었다. 무척이나 도움이 되는 이 사랑스러운 말라카 지팡이에 기대어 걷고는 있었지만 피치 못할 경우 지팡이가 없이도 걸을 수는 있었다. 내가 이 서글픈 고무 깔개 지팡이 하나에 기대고 있는 모습을 본 사람은 아무도 없었으리라! 그래, 그건 분명했다. 내가 이 쾌적한 거리를 얼마나 빠르고 날렵하게 내려가는지 누구나 볼 것이다.

이 말라카 지팡이는 순수한 장식품이고 그저 치장물에 지나지 않아 갖고 놀기나 하지 거의 이용하지는 않는다는 것, 좌골신경통 환자의 특징인 대퇴부의 불안한 끌어당김이 내게는 극히 가볍고 무해한 정도라는 것, 아니 그저 낌새만 있는 일시적인 증세일 뿐 대체적으로는 내가 얼마나 꼿꼿하고 반듯하게 이 길을 걸어오는지 분명 누구나 알아볼 것이다. 더 늙고 불쌍하며 더 병든 이 모든 형제자매들에 비해, 장애가 뚜렷해 숨길 수 없이 적나라하게 드러나는 이 사람들에 비해 난 얼마나 젊고 건강한지 말이다! 나는 그런 사실을 빨아들이는 듯 인정했고, 발걸음을 뗄 때마다 입맛을 다시듯 그것을 시인했다. 이미 거의 다 나은 느낌이었다. 어쨌든 이 모든 가엾은 인간들과는 비교할 수 없을 정도로 병이 대수롭지 않았던 것이다. 정말이지, 이 반신불구의 절름발이들, 고무 깔개 지팡이를 쥔 이 사람들이 여전히 치유를 기대하고 있었다면, 온천욕이 이들에게도 여전히 도움이 될 수 있는 것이었다면, 초기에 지나지 않는 나의 사소한 고통이야말로 여기에서는 뙌 바람에 눈이 녹듯이 사라져야 할 것이다. 그리고 의사는 내게서 하나의 특제 견본 혹은 특별히 감사할 만한 현상을, 치료 가능성을 보여 주는 하나의 작은 기적을 찾아내야 할 것이다. 공감과 호의에 가득 차 나는 다정하게 그 고무적인 모습을 바라보았다. 어떤 부인이 통통 부은 채 다과점에서 막 나오고 있었다. 그녀는 자신의 장애를 감추고자 하는 노력조차 오래전에 포기했음이 분명했다. 가장 사소한 반사 동작까지도 억누르지 않았으며, 조금이라도 편해지는 것이라면 어떤 동작이라도 취했고 보조 근육 조직이 할 수 있는 모든 움직임을 모조리 이용했다. 그렇게 체조를 하듯 균형을 잡았으며 안간힘을 쓰면서 널찍하게 헤엄을 치듯 걸었는데, 속도가 더 느렸을 뿐 마치 물개가 골목을 헤엄치는 것 같았다. 나는 마음속으로 그녀가 반가웠고 그녀를 향해 환호했다. 그 물개 여인을 찬양했으며, 바덴을 찬양했고, 나의 다행스러운 운명을 찬양했다. 함께 고생하는 경쟁자들에 의해 내가 사방으로 에워싸여 있다는 것을 알았다. 나는 그들보다 훨씬 나은 상태였던 것이다. 이처럼 적시에 내가 이곳에 온 것은 얼마나 잘한 일인가. 아직 가벼운 좌골신경통 초기 단계일 때, 통풍도 막 시작된 상태라 아직 처음의 경미한 증세만 있는 정도일 때 말이다! 나는 몸을 돌려 지팡이에 기댄 채 오랫동안 물개 부인을 바라보았다. 친숙한 안도감 속에서였다. 그 안도감은 언어란 것이 심리적 사건에 대해서는 아직 어떠한 표현도 하지 못함을 보여 준다. 왜냐하면 이 안도감 속에는 남의 불행을 보고 느끼는 기쁨과 동정, 이런 언어적 대립이 아주 내밀하게 결합되어 있기 때문이다. 맙소사, 가여운 부인! 사람이 그렇게까지 될 수 있다니!

이처럼 삶의 감정이 고양된 열광적인 순간에도, 이 같은 좋은 순간의 쾌적한 도취 속에서도 물론 내 안의 부담스러운 목소리가 완전히 사라진 것은 아니었다. 듣기 거북하지만 꼭 필요한 것, 저 이성의 목소리였다. 그것은 차갑고 불편한 음조로 나지막하게 유감스러운 듯 내가 받는 위안이 그저 착각이며 잘못된 방식일 뿐이라는 것을 상기시켜 주었다. 말하자면 말라카 지팡이에 기대 그저 가볍게 절뚝거리는 문인인 나 자신을 모든 불구자들, 심하게 절뚝거리는 기형의 이 모든 이들과 비교하며 감사하는 마음으로 가득 차기는 했어도 내가 놓친 것이 있었다. 그것은 증세에는 내가 알지 못하는 사이 확장되고 끝없이 발전하는 단계가 있음을 염두에 두지 않았다는 것이다. 그리고 내가 나 자신보다 더 젊고 더 곧고 더 건장하고 건강한 그 모든 인물들은 전혀 인식하지 못했다는 것도 그랬다. 아니, 나는 그들을 인식했다. 하지만 그들도 함께 넣어 비교하는 것을 거부했다. 그렇다, 나는 지팡이 없이, 눈에 띄는 마비 증세 없이 절뚝거리지도 않고 만족스러운 얼굴을 하고 돌아다니는 사람들을 보았고, 그 모두가 결코 형제나 동료, 요양객, 경쟁자가 아니며 이 도시의 정상적인 건강한 주민들이라는 사실을 나는 하루 이틀 지내면서 아주 유치한 방법을 쓰면서까지 확인했다. 지팡이가 전혀 필요 없으며 결코 경련도 일으키지 않고 다닐 수 있는 좌골신경통 환자가 있을 수 있다는 것, 거리에서는 그 누구도, 심리학자라 해도 그들의 고통을 알아볼 수 없는 수많은 통풍 환자가 있다는 것, 경미하게 이지러진 걸음걸이와 말라카 지팡이를 갖고 다니는 나의 상태가 결코 신진대사 장애의 무해한 첫 단계, 가장 경미한 단계가 아니라는 것, 내가 즐기고 있는 것은 진짜 마비된 사람들과 절뚝거리는 이들의 부러움만이 아니라 나를 위로 삼고 물개로 여기는 수많은 동료들의 비웃음 섞인 동정이기도 하다는 것, 간단히 말해 내가 고통의 경중에 대한 예리한 관찰과 비교를 통해 객관적인 탐구를 하려 들지 않고 오로지 낙관적인 자기 마법을 행하고 있다는 것을 나는 으레 그렇듯이 뒤늦게, 여러 날이 지난 뒤에야 비로소 깨닫게 되었다.

그런데 첫날에는 그러한 행복을 만끽했다. 어리석은 자기 긍정의 망아적 축제를 벌이며 즐거워했다. 곳곳에서 등장하는 동료 요양객들, 더 병든 내 형제들의 모습에 마음이 끌리고, 불구자를 바라볼 때마다 흡족해하며, 휠체어와 마주칠 때마다 즐거운 연민과 동정심 가득한 자기 만족감에 차 나는 길 아래쪽으로 산책을 했다. 도착 손님들은 정거장에서 온천까지 아첨하듯 만들어진 이 쾌적한 길을 따라 내려가게 되어 있는데, 길은 부드러운 궁선을 이룬 가운데 완만하고 고른 경사면을 내려가 오래된 온천으로 이어지다가 그 아래쪽에서 강이 사라지듯 온천 호텔의 입구 속으로 사라진다. 기특한 결의와 즐거운 희망에 가득 차 나는 내가 묵으려고 생각한 '신성장'으로 다가갔다. 여기서 이제 3, 4주 동안을 버텨 내야 했다. 날마다 목욕을 하며 최대한 산책을 하고 가능한 한 흥분이나 염려를 멀리해야 했다. 아마 가끔씩은 좀 단조로울 것이고 지루하지 않을 수는 없을 것이다. 여기서는 긴박한 생활과는 완전 딴판으로 사는 걸 요구했으니까. 또한 오래도록 혼자 지내 왔고 집단생활이나 호텔 생활이라면 모두 심한 거부감을 갖고 있어 유난히 힘들어하는 내가 몇 가지 극기를 위해 투쟁하려면 얼마간의 부담을 감수해야 할 테니까. 그런데 내게는 전혀 익숙지 않은 이 새로운 삶이 얼마간은 시민적이고 얼마간은 무미건조한 색채를 띠기는 하겠지만, 다른 한편 쾌활하고 즐거운 체험을 가져다주리라는 것도 의심할 여지가 없다. 서재에만 틀어박혔던 평온하면서도 거친, 소박하고도 고독한 생활을 하다가 다시금 잠시 사람들 가운데로 들어온 것은 사실 내게 너무나도 필요한 일 아니었는가? 그리고 중요한 것은, 장애를 뛰어넘게 되면, 이제 시작되는 몇 주간의 요양이 끝나면, 내가 똑같은 이 거리를 건장하게 오르며 이 호텔을 떠나는 그날이 올 것이라는 사실이었다. 치유가 되고 젊어져서 이 바덴과 다시 작별을 하고 아름다운 길을 따라 탄력 있게 움직이는 무릎과 엉덩이로 춤을 추며 정거장으로 가게 될 날이 올 것이라는 사실이었다.

그런데 하필 내가 신성장으로 들어선 바로 그 순간 가랑비가 내리기 시작했다는 것이 유감이었을 뿐이다.

"좋은 날씨를 몰고 오지 못하셨군요." 지나칠 정도로 상냥한 사무실 여직원이 웃음을 띠며 인사말을 했다.

"그렇군요." 나는 난감해하며 말했다. 그런데 어찌된 것인가? 이 비를 불러온 것이, 그것을 만들어 내어 이리 몰고 온 것이 정말 나란 말인가? 평범하고 일상적인 사고방식이라면 거꾸로 말했을 텐데. 그 점이 신학자이고 신비주의자인 내 심기를 편하게 해 주지 못했다. 그래, 바로 운명이나 기분이 어떤 개념의 명칭이 되었듯이, 내 이름과 지위, 내 나이와 얼굴, 나의 좌골신경통은 어떤 의미에서는 스스로 선택하고 만들어 낸 것이며, 나 외에는 어느 누구에게도 그 책임을 지워서는 안 되는 것처럼 이 비에 대해서도 마찬가지였을 것이다. 나는 비가 내리는 것을 내 책임으로 여길 마음의 자세가 되어 있었다.

이런 생각을 사무실 여직원에게 말하고 신고서를 작성한 뒤, 이제 방 문제로 협상을 시작했다. 그 협상이라는 것에 대해 보통 사람은 알지 못한다. 행복하게 사는 순박한 사람이라면 거기에서 오는 공포를 짐작하지 못한다. 그 일로 인한 모든 음울함은 고독과 깊은 정적에 익숙해 있다가 어쩌다 낯선 숙소에 들어가게 되어 불면으로 시달리는 은둔자나 작가만이 아는 것이다.

호텔방 하나를 얻는 것은 보통 사람에게는 하찮은 일로서 전혀 감정적으로 될 필요가 없이 2분이면 끝나는 일상적인 행위다. 하지만 우리 같은 신경증 환자, 불면증 환자, 정신 질환자들에게는 그 평범한 행위가 기억과 감정, 공포를 몽환적으로 동반한 수난이 된다. 친절한 호텔 주인과 상냥스러운 프런트 여직원은 주저하면서 방을 청하는 우리의 절박한 요구에 대해 그들의 '한적한' 방을 가리키며 그곳을 권한다. 그러면서 그 치명적인 단어로 인해 우리의 내면에 휘몰아치는 연상과 두려움, 아이러니와 자조의 폭풍우를 짐작하지 못한다. 아, 우리가 그 한적한 방이라는 것을 얼마나 잘 알고 있는가. 얼마나 몸서리쳐질 정도로 정확히 알고 끔찍하리만치 속속들이 알고 있는가. 우리의 참혹한 그 고통의 장소를, 우리의 뼈아픈 좌절과 내밀한 굴욕의 장소를! 그 친절해 보이는 가구, 우호적인 양탄자와 밝은 벽지가 얼마나 위선적이며 악의에 차 악마처럼 우리를 바라보고 있는가! 옆방과 연결된 빗장 걸린 문은 얼마나 치명적이고 파괴적으로 비웃고 있는가! 그 연결문은 숙명과도 같이 그런 방에 거의 모두 설치되어 있으며, 그것이 맡은 사악한 역할을 의식해 부끄러운 듯이 대개는 직물 커튼 뒤에 숨겨져 있다. 얼마나 비통하고 체념적으로 우리는 흰색으로 회칠된 방 천장을 올려다보는가. 바라보는 순간 그것은 늘 조용한 공허 속에서 비웃고 있다가 저녁이 되고 아침이 되면 위층 사람들의 발걸음 소리에 진동을 한다. 참, 발걸음 소리 때문만은 아니다. 그것은 익히 알고 있는 것이라 최악의 적은 아니다! 그것이 아니다. 숙명적인 시간이 되면 이 천진무구한 백색의 평면 위에서는 예기치 못한 소음과 진동, 팽개쳐진 장화, 바닥으로 떨어지는 산책용 지팡이, 주기적으로 반복되는 강렬한 동요(위생 체조 연습이라도 하는 듯이), 내동댕이쳐진 의자, 침대 협탁에서 추락하는 책과 유리잔, 트렁크와 가구의 배면, 이런 것이 마치 얇은 문과 벽을 통과하듯 굴러다닌다. 게다가 사람들의 목소리, 대화와 혼잣말 소리, 기침, 웃음, 코 고는 소리까지! 또한 그 무엇보다도 한층 더 나쁜 것은 알지 못하고 설명하기도 힘든 소음이다. 해석할 수도 없고 어디에서 온 건지, 얼마나 지속될 것인지 짐작할 수도 없는 해괴하고 섬뜩한 그 모든 소리, 두들기고 파 뒤집는 요괴들, 뚝딱거리고 째깍거리고 속삭이고 빠는 소리, 쏴쏴하는 소리, 한숨소리, 삐걱거리고 쪼아 대는 소리, 끓는 소리 등. 몇 평방미터의 호텔 방 안에 보이지 않는 오케스트라가 얼마나 많이 숨겨져 있을 수 있는지 누가 알랴!

그런 이유로 침실을 선택하는 일이 우리 같은 사람들에게는 지극히 까다롭고 중요한 일인데도 너무나 절망적인 시도가 된다. 그런 일에는 스무 가지의 문제, 백 가지의 가능성을 생각해야 한다. 어떤 방에는 벽장이 있고 어떤 방에는 난방관이 있으며, 또 어떤 방에서는 오카리나를 부는 이웃이 귀를 놀라게 한다. 그런데 경험으로 보면 세상의 그 어떤 방도 마음속에서 그토록 갈망하는 정적과 안전한 잠을 보장해 줄 수 없다. 겉으로는 정말 조용해 보이는 방도 경악하게 하는 요소를 숨기고 있기도 한다. (이미 나는 위층이나 옆방의 방해꾼을 만나지 않으려고 6층의 외딴 하인방에서 숙박을 한 적이 있다. 그러다가 이웃들을 피한 대신 생기 넘치는 쥐들 때문에 내 위로 천장이 덜커덩거리는 것을 보지 않았는가?!) 그렇다면 결국은 어떤 선택도 포기하고 그냥 머리를 앞으로 하고 운명 속으로 뛰어들어 우연에 맡겨야 하지 않을까? 고통을 받고 온갖 근심을 다 하고서도 얼마 지나지 않아 곧 실망하고 서글퍼진 채 불가피한 것과 마주하게 되느니 차라리 맹목적으로 운에 맡겨 선택의 여지 없이 맨 처음 정해진 방을 얻는 것이 더 현명하지 않겠는가? 분명 그게 더 현명하다. 하지만 우리는 그렇게 하지 않는다. 그렇게 하는 경우는 어쩌다 한 번 있을까 말다. 그저 현명해서 소란을 피하는 것에만 우리의 행동거지를 맡긴다면 삶이란 것이 어떤 꼴이 되겠는가? 우리는 자신의 운명을 타고났고 피할 수 없다는 것을 알고 있다. 그런데도 우리 모두 마음속에 타오를 듯 선택과 자유의지라는 환상에 매달리고 있지 않은가? 병 치료를 위해 의사를 선택할 때, 직업이나 거주지를 선택할 때, 연인이나 신부를 선택할 때 우리는 모두 마찬가지로 곧잘 더 좋은 결과가 있지 않을까 하며 이 모든 문제를 완전한 우연에 내맡겨 버릴 수도 있을 것이다. 그럼에도 선택을 하는 것 아닌가? 그럼에도 이 모든 일에 엄청난 열정과 수고, 걱정을 다하지 않는가? 아마 순박하게도 어린아이 같은 열정으로 자신의 힘을 믿고 운명이 도와줄 것을 확신하며 그렇게 하는 것이겠지. 그러면서도 다른 한 편으로는 미심쩍어하고 자기의 수고가 아무런 가치도 없으리라는 것을 마음 깊이 확신한다. 하지만 행동과 노력, 선택과 자기 고문이 체념적인 수동적 자세 속에서 경직되는 것보다는 더 아름답고 생기 있으며 몸에도 더 좋고, 아니면 최소한 더 즐겁기라도 하다는 것을 또한 확신하며 그렇게 하는 것이다. 그러니 방을 구하고 있는 바보 같은 나도 내 행동이 헛되고 우스꽝스러울 정도로 무의미하다는 것을 마음 깊이 확신하면서도, 정말 그럼에도 선택할 방을 놓고 매번 다시 긴 협상을 벌이며 이웃이나 출입문과 이중문 등 이것저것에 대해 조목조목 묻는다. 그럴 때면 나도 똑같은 짓을 하고 있는 것이다. 이런 사소하고 일상적인 질문을 하면서 마치 이런 종류의 일 전체가 합리적으로 해결될 수 있고 가치 있기라도 하듯 계속 되풀이해서 환상과 가상적인 게임 규칙에 나 자신을 내맡길 때마다 내가 하는 짓은 일종의 게임이요 스포츠가 된다. 그럴 때 나는 군것질거리를 사는 아이와도 같이, 혹은 산술 도표에 근거해 자신의 판돈을 거는 도박사와도 같이 영리하게, 아니면 그만큼 어리석게 행동한다. 그 모든 상황에서 우리는 우리가 순수한 우연과 맞서 있다는 것을 잘 알고 있다. 그럼에도 깊은 내면의 욕구로 인해, 마치 어떠한 우연도 있을 수 없으며 있어서도 안 되는 듯이, 세상의 모든 것 하나하나가 우리의 합리적 사고와 질서에 따르기라도 하는 듯이 행동하는 것이다.

그래서 나는 기꺼이 응해 주는 여직원과 함께 대여섯 개의 빈방을 놓고 상세하게 이야기를 한다. 그중 하나의 방에서는 바이올린을 연주하는 한 여성이 묵고 있으며 매일 두 시간씩 연습을 한다는 사실을 알게 된다. 그래, 어쨌든 얼마간은 다행스런 일이다.

이제 선택의 여지가 좁을지라도 나는 그 방과 그 층으로부터 최대한 멀리 떨어진 곳을 원한다. 호텔의 음향에 관한 제반 상황과 가능성에 대해 나는 그렇잖아도 민감하며 예측 능력까지 지니고 있다. 그런 점은 대부분의 건축가들이 무척이나 원하는 것일 텐데 말이다. 말하자면 나는 필요한 일을, 합리적인 일을 했다. 신경과민의 사람이 숙소를 구할 때 그래야 하듯이 신중하고 양심적으로 행동했는데, 결과는 뻔한 것이어서 이렇게 정리할 수 있겠다. "그래 봤자 아무런 소용이 없기는 하다. 당연히 이 방에서도 다른 방 어디에서나 부딪힐 똑같은 위험과 실망에 맞닥뜨리게 되겠지. 하지만 어쨌든 이제 나의 의무를 다한 것이다. 나는 노력을 했고 그 나머지는 신의 섭리에 맡긴다." 그리고 그런 경우 늘 그렇듯이 그와 동시에 내 마음속 깊은 곳에서는 또 다른 나지막한 목소리가 말했다. "모든 것을 신에게 맡기고 그런 연극 따위는 포기하는 것이 더 낫지 않을까?" 나는 습관처럼 그 목소리를 들으면서도 사실은 듣지 않았다. 그리고 그때 내 기분이 좋았기 때문에 절차가 기분 좋게 진행되었다. 나는 내 여행 고리짝이 65호실 안으로 사라지는 것을 흡족하게 바라보다 계속 길을 갔다. 의사에게 신고를 해야 할 시간이기 때문이었다.

자 보라, 그곳의 일도 잘 진행되었다. 나중에야 고백할 수 있는 것은, 이 같은 방문을 내가 얼마간 두려워한 이유가 사람을 기죽이는 어떤 진단이 무서워서가 아니었으리라는 점이다. 의사들이란 내 감정상 정신적인 위계질서에 속해 있는데, 그 의사에게 높은 서열을 부여했다가 실망을 느낄 때 견디기 힘들기 때문이었을 것이다. 철도 공무원이나 은행원, 변호사라면 그런 실망을 느껴도 견디기 쉬울 텐데 말이다. 왜 그런지는 나 자신도 모르겠지만, 나는 의사에게 휴머니즘의 잔재가 남아 있기를 기대한다. 휴머니즘이란 것이 라틴 어와 그리스 어에 대한 지식과 모종의 철학적인 예비지식에 속하는 것으로서 오늘날 삶 속의 대부분의 직업에는 더는 소용이 없지만 말이다. 다른 부분에서는 새로운 것과 혁명적인 것에 열광하는 내가 이 점에서는 극히 고루하다. 나는 좀더 학식 있는 계층에 어떤 이상주의를 요구한다. 물질적인 이익과는 전혀 무관하게 이해와 논쟁의 태세가 얼마간 되어 있기를, 간단히 말해 일말의 휴머니즘을 요구한다. 물론 그런 휴머니즘이 현실 속에 더는 존재하지 않는다는 것을, 그것을 흉내 낸 제스처조차도 머지않아 밀랍 전시장에서나 만나 보게 되리라는 것을 알고 있지만 말이다.

잠시 기다린 끝에 나는 안내를 받아 안으로 들어갔다. 풍부한 감각으로 꾸며진 매우 아름다운 방이 금방 내게 신뢰감을 불러일으켰다. 그때까지 옆방에서 계속 습관적으로 물을 철벙거리고 있던 의사가 들어왔다. 지적인 얼굴은 이해심을 기대하게 만들었다. 예의 바른 권투 선수들이 하듯 우리는 경기를 앞두고 진심으로 악수를 하며 서로 인사를 나누었다. 그리고 신중하게 경기를 시작했다. 서로 더듬어 보고 머뭇거리다가 첫 일격을 가해 보았다. 아직은 중립 지대에 있었다. 우리의 논쟁은 신진대사, 섭생, 연령, 병력에 관한 것이었으며 온통 무해한 것이었다. 다만 몇몇 단어를 말할 때 시선이 교차했는데, 그것은 확실히 전투로 이어졌다. 의

사는 의학적 은어 중 몇 가지 표현을 다채롭게 사용했고, 나는 그것을 짐작으로만 해독할 수 있었다. 하지만 그것은 문양 장식과도 같이 그가 말하고자 하는 바에 유리하게 작용했고, 나와 마주한 그의 입지를 눈에 띄게 강화시켜 주었다. 어쨌든 몇 분 만에 이미 분명해진 사실은, 의사와 있을 때 나 같은 사람들을 정말 참담하게 만드는 그런 끔찍한 환멸을 이 의사에게서는 염려하지 않아도 된다는 것이었다. 지성과 교육이라는 그 매력적인 면모 배후에서 우리는 하나의 경직된 독단에 부딪힌다. 그 첫 원리는 환자들의 세계관과 사고방식, 용어는 완전히 주관적인 현상인 반면, 의사의 그것은 철저히 객관적 가치가 된다는 주장이다. 그런데 여기서 나와 관계된 이 의사, 그의 이해심을 쟁취하는 것이 내게는 중요했던 이 의사는 규정에 부응하리만큼 지적이기도 했지만, 우선은 아직 뭐라 말할 수 없을 정도로 학식이 있었다. 말하자면 모든 정신적 가치가 지니는 상대성을 생생하게 느끼고 있었던 것이다. 학식 있고 영특한 인간들 사이에서는 정말이지 매순간 누구나 다른 사람의 정서와 언어, 교리나 신화를 주관적인 것으로, 그저 해 보는 시도나 그저 스쳐가는 비유로 치부해 버리는 일이 벌어진다. 그런데 누구나 자신에게도 똑같은 인식을 하고 적용을 한다. 또한 누구나 내면에서부터 정해진 피할 수 없는 특성이나 사고방식, 언어를 자신과 상대방 모두에게 대해 인정한다. 따라서 두 인간이 서로 생각을 나누다 보면 끊임없이 그들의 도구가 부서지기 쉽고, 단어란 모두 다의적이며, 진실로 정확한 표현이 불가능하다는 것을 의식한다. 그래서 또한 집중적으로 자신을 내어주는 것이 필요하며, 쌍방이 진심으로 인정하는 태도와 지적인 기사도 정신이 필요함을 의식한다. 그런데 서로 의식하며 사고하는 존재에게는 그야말로 당연한 이 멋진 상황이 실제로 나타나는 경우는 형편없이 드물다. 그래서 그 비슷한 경우만 있어도, 단지 일부만 실현되어도 우리는 내심 기뻐할 것이다. 그런데 지금 이 신진대사 질환 전문가를 대하니 그러한 이해와 의사소통의 가능성 같은 것이 불현듯 비친 것이었다.

진찰과 혈액 검사, 뢴트겐 촬영을 예약했더니 위로가 되는 결과가 나왔다. 심장 정상, 호흡 훌륭함, 혈압 매우 바람직함. 반면 뚜렷한 좌골신경통 증세와 몇 가지 통풍의 징후, 또 모든 근육 조직에 얼마간 염려스러운 상태가 발견되었다. 의사가 다시 손을 씻는 동안 우리의 대화가 잠깐 중단되었다.

예상한 대로 이 순간 전환이 있었다. 중립 지대를 떠난 것이었다. 내 상대는 무심한 체하면서 질문을 하며 공격 태세로 넘어갔다. "당신의 고통에는 일부 심리적인 원인도 있을 수 있다고 생각하지 않으십니까?" 이제 우리는 일어서 있었다. 예상한 일, 이미 알고 있는 일이 벌어진 것이었다. 객관적인 소견으로는 내가 소모한 고통을 모두 다 확인시켜 주지 못했다. 신경과민이라는 미심쩍은 부분이 덧붙어 있다는 것이었다. 통풍의 통증에 대한 내 주관적인 반응은 예상할 수 있는 일반적인 잣대와는 일치하지 않았다. 나는 신경증 환자로 인식되었다. 그러니 자, 전투다!

신중하면서도 무심한 듯이 나는 '심인성이 동반된' 고통이나 증세를 믿지 않는다고 말했다. 내 나름의 생물학과 신화학으로 볼 때 '심리적인 것'은 신체에 따르는 어떤 부수적인 요소가 아니라 원초적인 힘이다. 그래서 나는 삶의 상태, 쾌락, 고통의 감정, 질병이나 불운한 사고, 죽음을 모두 마음에서 생겨난 심인성으로 본다고 말했다. 내가 손가락 마디에 통풍 결절을 갖다 댄다면 플라스틱 물질 속에서 표출되는 것은 내 마음이다. 그것은 신성한 생명의 원칙이며, 내 안의 이드다. 마음이 고통을 받으면 매우 다양하게 표출될 수 있는데, 어떤 사람의 경우에는 요산의 형태를 띠어 자아 해체의 징조가 보이기도 하고, 어떤 사람에게서는 같은 징조가 알코올 중독의 형태로 나타나기도 하며, 또 다른 사람의 경우는 그것이 한 덩이의 납으로 뭉쳐져 갑자기 그의 두개(頭蓋) 속으로 침투하기도 한다. 그런데도 도움을 주는 의사의 임무와 가능성이라는 것이 대부분의 경우 부수적으로 따르는 물질적인 변화를 찾아내어 역시 물질적인 수단을 통해 그것과 싸우는 것으로 만족할 수밖에 없다는 점을 나는 인정했다.

그 순간도 나는 의사에 의해 궁지에 몰릴 수 있음을 충분히 고려하고 있었다. "경애하는 선생님, 선생께서 말씀하시는 것은 헛소리입니다"라고 직설적으로 말하지는 않겠지. 하지만 그는 아마 한층 더 신중한 미소로 내 말에 동의하는 듯이 하면서 기분의 영향력, 특히 그것이 예술가의 정신에 끼치는 영향이 무엇인지 케케묵은 말이나 해 댈 것이다. 그리고 이런 역참장(驛站長)이나 하는 말 외에도 심지어 '계측 불가능한 것'이라는 치명적인 단어까지 끄집어낼지도 모른다. 이 단어는 보통의 학자들이 이미 '계측 불가능'으로 칭하는 정신적 질량을 재는 시금석이며 민감한 저울이다. 생명에 대한 표현 중에는 그것을 재기에 기존의 물질적인 측량 기구가 너무 조야할뿐더러 말하는 당사자의 의향과 능력 또한 너무 왜소한 경우가 있다. 그럴 때 보통의 학자는 그것을 측량하고 기술해야 할 경우 항상 그 단어를 사용한다. 자연 과학자는 정말이지 대개는 거의 아는 것이 없다. 특히 그가 계측 불가능하다고 부르는 바로 그 일시적이고 유동적인 가치에 대해 자연 과학 외에도 오래되고 고도로 세련된 측량법과 표현 방식이 존재한다는 사실을 모른다. 토마스 폰 아퀴나스나 모차르트가 각자 자기의 언어로 한 일이란 이른바 계측 불가능한 것을 유례없이 정확하게 측정한 것 외에 아무것도 아니라는 사실을 그는 모른다. 온천장 의사가 제아무리 자기 영역에서는 불사조라 한들 그에게서 이런 민감한 지식을 기대할 수 있었을까? 하지만 나는 기대해 보았다. 그리고 보라, 실망하지 않았던 것이다. 그는 나를 이해했다. 그 남자는 나의 내부에서 그에게 맞서는 것이 어떤 낯선 독단론이 아니라 일종의 유희이고 예술이며 음악이라는 것을 알아챘다. 거기에는 어떤 독선이나 논쟁은 더 이상 없고 그저 공명하든지 거부하든지 둘 중 하나였다. 그리고 그는 거부하지 않았다. 나는 그의 이해와 인정을 받았다. 물론 독선가로 인정받은 것은 아니다. 정말 난 독선가는 아니고 그렇게 될 생각도 없다. 탐구하고 사유하는 자로서, 대척자로서, 너무 동떨어진 것이지만 그만큼 전적으로 타당한 또 다른 학문 분과의 동료로서 인정받은 것이었다.

혈압과 호흡을 체크한 결과로 인해 이미 좋아져 있던 내 기분이 이제 한층 더 고조되었다. 이제 비 오는 날씨도, 좌골신경통도, 치료도 원한 대로 되기를. 나는 야만인들에게 내맡겨진 것이 아니었다. 내가 마주하고 있는 이는 한 인간이고 동료이며 융통성 있고 섬세한 정서를 지닌 남자였던 것이다! 그와 자주 긴 시간 이야기를 하고 함께 문제를 걸러 내리라는 기대를 한 것은 아니다. 그것은 아니었다. 기분 좋은 기회로 여길 수는 있겠지만 그럴 필요는 없었다. 잠시 내게 폭력을 가하도록 놔두었지만 다시금 신뢰를 보낼 수밖에 없던 사람이 내가 보기에 인간적인 자격을 지녔다는 것으로 충분했다. 의사가 지금도 나를, 정신적으로 민감하지만 유감스럽게도 약간의 신경증적 기질이 있는 환자로 본다 할지라도 아마 언젠가는 그가 나라는 건축물의 꼭대기 층까지도 열어젖히게 될 순간이 오겠지. 그래서 내 나름의 신념과 특유의 철학이 그의 것과 비교되고 경쟁하게 될 순간이 올 수 있으리라. 그렇게 되면 니체와 함순에 기대고 있는 나의 신경증 환자론도 아마 일보 발전할 것이다. 하지만 상관없다. 그런 것은 중요하지 않았다. 신경증적 특성을 질병이 아니라 고통스럽기는 해도 지극히 긍정적인 승화 과정으로 보는 것, 그것이 멋진 생각이었다. 그런데 그런 생각을 말하는 것보다 더 중요한 일은 그 생각대로 사는 것이었다.

흡족한 기분으로 나는 의사와 헤어졌다. 수많은 요양 지침서를 소지한 채였다. 서류 가방에 넣은 쪽지는 내일 이른 아침부터 준수해야 하는 것인데, 여러 가지 치료에 도움 되는 즐거운 일을 하게 되리라고 내게 약속해 주었다. 온천욕, 음용 요법, 슬라이드 요법, 석영등, 치료 체조 같은 것. 그러니 지루해서 상태가 악화되는 일은 없겠다.

요양 첫날 저녁도 아름답고 편안하게 흘러가 최상의 시간이 되게 해 주는 것이 내 숙소 주인의 의무였다. 저녁 식사는 놀랍게도 고상한 스타일의 만찬으로 펼쳐졌는데, 내가 몇 년째 먹어 보지 못한 맛좋은 쟁반 요리가 나왔다. 가금의 간을 곁들인 그노치,* 아일리시 스튜, 딸기 아이스크림 등이었다. 식후 나는 적포도주 한 병을 들면서 집주인과 함께 한 아름답고 고풍스러운 방의 오래되고 육중한 호두나무 탁자에 앉아 활발하게 대화를 나누었다. 그러면서 출신과 직업이 다르고 다른 야심, 다른 생활양식을 지닌 낯선 인간에게서 어떤 공감대를 발견하고 기쁨을 느꼈다. 그의 걱정과 기쁨에 동참할 수 있고 또 그가 나의 여러 가지 의견에 동조하는 것을 보고 기뻤다. 서로 큰 소리로 노래해 준 것은 아니었지만 우리는 재빨리 공통점을 발견했으며 마음을 열고 다가갔다. 마음을 열다 보니 쉽게 공감하게 된 것이다.

잠자리에 들기 전 잠깐 밤거리를 거닐며 빗물 웅덩이에 비친 별들을 보았고, 물살이 세찬 강가의 밤바람 속에서 눈부시게 아름다운 고목 몇 그루를 보았다. 그것은 내일도 여전히 아름다우리라. 하지만 이 순간의 그 아름다움은 다시 돌아오지 않을 마술적인 것이었다. 그것은 바로 우리 자신의 영혼에서 나오는 아름다움이다. 그리스 인들의 말을 빌리자면 에로스가 우리를 바라봐 줄 때만 우리 안에서 빛을 발하게 되는 그런 아름다움이다.

하루 일과

의례적인 치료 일과가 어떻게 되는지 기술하려 든다면 당연히 평범한 어느 날을 잡을 것이다. 극단적인 특징이 없는 날, 말하자면 특별한 외적 사건도 없고 내면에 어떤 특수한 전조나 도취경도 느끼지 못한, 반쯤은 구름이 끼고 반쯤은 미지근한 평범한 날 말이다. 여기서는 당연히 치료의 상태와 진행에 따라 고통에 찬 우울한 날이 있는가 하면, 상태가 좋아 희망에 차게 되는 가뿐하고 온화한 날이 있기 때문이다. 더욱이 신경이 예민한 문인들만 그런 것이 아니라 좌골신경통 환자 모두 그렇다. 껑충껑충 뛰어다니는 날이 있는가 하면, 비참하게 슬금슬금 기어 다니다시피 하는, 아니면 소망 없이 침대에 아예 누워 지내는 날이 있기 마련인 것이다.

그래서 적절한 보통의 날, 평범하고 시민적인 평균적 날을 구성해 내려고 아무리 애를 써 봐도 나로서는 참담한 고백을 하지 않을 수 없다. 매일이, 치료일조차도 유감스럽게도 아침과 함께 시작되니 그렇다. 너무 아름다운 수많은 시 속에서 찬미된 아침이 와도 무엇 하나 시작할 줄을 모르니, 내 경우 그것은 내면 깊숙이 자리한 결핍과 부도덕, 수면 장애와 관계있을 것이다. 게다가 그런 상태는 모든 면에서 나라는 존재, 나의 철학, 나의 기질과 성격에 부응할 것이다. 그런 것은 수치스러운 점이며, 그것을 고백하는 것은 내게 매우 힘이 든다. 하지만 진실에 대한 의지가 배후에 담겨 있지 않다면 글을 쓴다는 것이 무슨 의미가 있겠는가? 신선함과 새로운 시작, 기쁨에 넘치는 새로운 활력의 시간으로 알려진 아침은 내게는 치명적이다. 아침은 내게 짜증스럽고 참담하다. 우리는 서로 좋아하지 않는다. 그렇다고 해서 아이헨도르프와 뫼리케의 많은 시 속에서 그토록 고무적이고 청량하게 울려 퍼지는 그 빛나는 아침의 기쁨을 이해하고 공감할 수 있는 능력이 내게 아주 없는 것은 아니다. 나도 시와 그림, 추억 속에서는 마찬가지로 시정(詩情)에 사로잡혀 아침을 느낀다. 또한 내게는 어렴풋하나마 순수한 아침의 쾌감에 대한 어린 시절의 추억이 얼마간 남아 있다. 물론 아주 오래전부터 분명 그 어떤 아침에도 정말로 기쁨을 느껴 본 적은 없지만 말이다. 신선한 아침의 쾌감을 노래한 것으로서, 내가 아는 가장 심금을 울리는 고백으로서, 볼프가 곡을 붙인 아이헨도르프의 시 「아침은 나의 기쁨」 속에서도 아득한 불협화음이 울리는 것을 나는 듣는다. 아무리 경이롭게 울려도, 아이헨도르프의 아침 정취가 내게 아무리 설득력이 있다 해도 나는 후고 볼프가 노래한 아침의 기쁨을 정말 믿을 수는 없다. 거기서 그가 노래하는 아침 찬미는 비애에 차고 시정에 사로잡힌 동경 어린 것이며, 정말 경험해 본 것은 아니라고 생각한다. 내 삶을 힘들고 짜증 나게 하는 모든 것, 위험하고 추하기까지 한 문제로 만들어 버리는 모든 것이 아침이면 목청을 높여 떠들어 댄다. 그 모든 것이 내 앞에 태산처럼 버티고 있는 것이다. 내 삶을 달콤하고 아름답게, 특별하게 만들어 주는 모든 것, 온갖 은총과 마력, 온갖 음악이 아침에는 요원해서 찾아볼 수 없으며, 마치 설화나 전설이 되어 버린 듯 전혀 울려오지도 않는다. 수없이 깨어나는 불편하고 짧고 너무나 얕은 잠의 무덤에서 나는 아침이 되어도 힘들고 지쳐 멈칫거리며 몸을 일으킨다. 소생한 느낌으로 고무되지도 못한 채로. 노도처럼 밀려오는 주변 세계를 막아 주는 그 어떤 방어막도 갑옷도 없이 말이다. 주변 세계는 강력한 확성기라도 쓰는 듯 그 모든 소란을 나의 민감한 아침 신경에 전해오며 마이크에 대는지 그 소리로 내게 울부짖어 댄다. 그러다 정오가 되어서야 다시금 삶이 견딜 만해진다. 운이 좋은 날에는 늦은 오후와 저녁도 아름 답고 빛이 나며 경쾌해지고, 법칙과 조화, 마력과 음악이 넘치는 가운데 부드러운 신의 광채로 마음이 뜨거워질 때가 있다. 그렇게 해서 괴로웠던 수많은 시간에 대해 금빛 찬란하게 내게 보상해 주 는 것이다.

다른 지면을 통해 내가 가끔 이야기하려는 것은, 불면으로 인한 괴로움과 이런 아침의 고통이 왜 내게는 단순히 질병으로만 보이 지 않고 부도덕으로까지 여겨지는가, 나는 왜 그것을 수치로 여기 는가, 그러면서도 왜 그것은 그럴 수밖에 없다고 느끼는가 하는 문제다. 왜 이 문제를 없앨 수도 없고 잊어버려서도 안 되며 외부 로부터 '치료받아서도' 안 된다고 느끼는지, 왜 그것이 나의 독자 적인 삶과 그 삶의 임무를 수행하기 위한 추진력이며 계속 새로이 생겨나는 가시로서 필요하다고 느끼는가 하는 것이다.

그런데 바덴 요양의 날은 익숙한 일상의 날과는 달리 내게 이 한 가지 조건을 부여한다. 치료하는 동안 매일의 하루를 중요하고 핵심적인 하나의 아침 의무 혹은 임무와 함께 시작해야 한다는 것 이다. 그 임무라는 것은 실행하기 쉽고 사실 쾌적한 것이기도 하다. 내가 말하는 것은 온천욕이다. 아침에 눈을 뜨면 몇 시든 상관없이 내 앞에 놓인 첫 번째 중요한 임무는 부담스러운 것이 아니다. 옷을 입어야 한다든지 체조나 면도를 한다든지 우편물을 읽어야 하는 것이 아니고 그저 온천욕을 하면 되는 것이다. 그것은 부드럽고 따뜻한 일이지 어떤 갈등을 빚을 일도 아니다. 가벼운 현기증을 느끼며 나는 침대에서 몸을 일으켜 조심스럽게 몇 가지 연습을 한 뒤 빳빳해진 다리를 다시금 움직여 본다. 잠옷 가운을 내던지고 어둑어둑하고 조용한 복도를 통해 느릿느릿 승강기 쪽으로 걸어간다. 승강기는 모든 층을 통과해 욕실이 있는 지하로 나를 데려다 준다. 이곳 아래층은 매우 아름답다. 매우 오래되었으며 부드럽게 울리는 석조 아치 내부에는 한결같이 경이롭고 온화한 온기가 퍼져 있다. 곳곳에 뜨거운 원천수가 흐르고 있기 때문이다. 여기에 있으면 매번 동굴 속에 있는 듯한 은밀하고 포근한 감정이 나를 엄습한다. 그것은 소년 시절 책상 하나와 의자 두 개, 그리고 침대 옆 깔개나 양탄자 몇 개로 동굴을 만들었을 때와 같은 느낌이다. 예약된 내 욕실에는 밑바닥이 벽으로 둘러싸인 깊은 욕조가 나를 기다리고 있다. 그것도 샘에서 흘러나오는 물 때문에 뜨거워질 대로 뜨거워져 있다. 나는 느릿느릿 두 개의 작은 석조 계단을 내려가 모래시계를 뒤집어 놓은 채 약간 유황 냄새가 나는 뜨겁고 답답한 물속에 턱까지 잠근다. 육중하게 담이 둘러진 내 욕실의 아치형 지붕은 꼭 수도원 방 같다는 생각이 들게 한다. 거기서는 흐릿한 원형 유리창을 통해 희미한 햇살이 비쳐 들어온다. 한 층 더 위의 잿빛 유리 뒤로는 세상이 아득하고 희미하게 놓여 있다. 그 세상의 어떤 소리도 나에게 미치지 않는다. 또한 내 주변에는 비밀에 가득 찬 온천수의 놀라운 온기가 번진다. 그 물은 지구의 비밀스러운 주방으로부터 수천 년 전부터 흘러 미약한 줄기를 내뿜으며 끊임없이 내 욕실 안으로 흘러든다. 규정에 따라 나는 물속에서 팔다리를 최대한 많이 움직여야 하며 체조와 수영 동작을 수행해야 한다. 이것 역시 의무적으로 몇 분 동안 한다. 하지만 그러고 나서는 꼼짝도 하지 않고 누워 있다. 눈을 감고 반쯤 졸며 모래시계가 소리 없이 계속 흘러내리는 것을 바라본다.

창문을 통해 날아들어 온 시든 잎 하나, 이름이 생각나지 않는 작은 나뭇잎 하나가 내 욕조의 가장자리에 놓여 있다. 그것을 바라보며 나는 그 잎맥과 결에 새겨진 글자를 읽는다. 그러고는 무상함에 대한 정말 이상한 경고를 들이마신다. 그 무상함 앞에서 우리는 두려워 떨지만, 그것이 없다면 어떤 아름다움도 없을 것이다. 아름다움과 죽음, 욕망과 무상함이 서로 부추기며 서로 요구하다니 놀라운 일 아닌가? 뭔가 감각적인 것과도 같이 자연과 정신 간의 경계가 내 주변과 내면에 그어져 있음을 나는 분명하게 느낀다. 꽃은 무상하면서도 아름다운 반면, 금은 불변하면서도 지루하다. 그처럼 자연적인 생명의 모든 움직임은 무상하면서도 아름다운 반면, 정신은 영원하면서도 지루하다. 이 순간 나는 정신을 거부한다. 정신을 결코 영원한 생명으로 보지 않고 영원한 죽음으로, 경직된 불모의 것으로, 무형의 존재로 본다. 그 불멸성을 포기할 때만이 형체를 이루고 생명이 될 수 있는 것이다. 생명을 얻기 위해서는 금은 꽃이 되어야 하고 정신은 육신이 되고 혼이 되어야 한다. 그래, 이 미적지근한 아침 시간에는, 모래시계와 시든 잎 사이에서는 정신에 대해 아무것도 알고 싶지 않다. 다른 때는 내가 그토록 숭배할 수도 있는 정신이지만 말이다. 나는 무상을 원하며 어린아이이고 꽃이기를 원한다.

따뜻한 물속에 30분 동안 누워 있는 그 소생의 순간이 지나가자 내가 무상한 존재라는 것을 기억한다. 벨을 울려 간호사를 부른다. 그가 나타나 뜨거워진 목욕 타월을 내게 준비해 준다. 이제 물속에서 몸을 일으킨다. 그러자 무상하다는 느낌이 나의 모든 사지에 배어들어 힘이 빠진다. 이런 온천욕은 사람을 매우 지치게 하기 때문이다. 30, 40분간 목욕을 한 번 하고서 몸을 일으키려 들면 무릎과 팔이 말을 듣기까지는 오래 걸리고 힘이 든다. 나는 욕조에서 기어 나와 타월을 어깨에 두르고 능력껏 문지르려 한다. 기운을 내려고 몇 차례 힘찬 동작을 해 보려 들지만 그러지 못하고 의자에 주저앉아 버린다. 2백 살이나 된 듯한 느낌으로 일어나 내의와 잠옷 가운을 다시 입고 가기까지 긴 시간을 소요한다.

허약한 무릎으로 나는 조용한 아치 건물을 통과해 유황샘을 느릿느릿 가로질러 간다. 아치 건물의 욕실 문 뒤에서는 여기저기서 물소리가 난다. 유황샘은 유리 아래 노랗게 칠해진 돌 사이에서 솟아나와 끓고 있다. 이 샘에 관한 하나의 수수께끼 같은 이야기가 전해진다. 돌로 만들어진 샘의 테두리 위에는 손님들이 사용하도록 항상 두 개의 유리잔이 놓여 있다. 아니 그 잔들이 거기에 놓여 있지 않다는 것이 바로 이야기다. 목이 말라 샘으로 오는 객들은 매번 유리잔 두 개가 이미 다시 사라져 버리는 일을 겪어야 하는 것이다. 요양객이 목욕을 한 뒤 샘으로 가면 곧바로 머리를 설레설레 흔들게 된다. 그러면 직원을 부르는데, 때로는 호텔 시종이, 때로는 웨이터가, 때로는 객실 담당 여직원이나 욕실 간호사가, 때로는 엘리베이터 사환이 나타난다. 그들도 모두 마찬가지로 머리를 설레설레 흔들며 도대체 이 괴상한 유리잔들이 지금 또다시 어디로 가 버렸을까 하고 의아해한다. 그때마다 최대한 신속하게 새 잔을 나른다. 요양객은 잔에 물을 채워 다 마시고 잔을 돌위에 놓고 간다. 그리고 두 시간 뒤 한 모금 더 마시려고 다시 오면 또 그곳에 잔이 없는 것이다. 이 수수께끼 같은 유리잔 이야기를 혐오스러워하고 그 때문에 초과 업무를 해야 하는 직원들은 잔이 사라지는 일에 대해 각각 나름대로 설명을 해 보지만, 모두 설득력 있게 들리지 않는다. 이를테면 엘리베이터 사환은 소박하게 대개는 손님들이 잔을 방으로 가져갈 것이라고 생각했다. 매일 객실 담당 여직원에게 다시 발견될 것이 뻔한데 말이다! 말하자면 이 일은 밝혀지지 않았다. 내 경우만 해도 새 잔을 받아야 하는 상황이 이미 여덟 번 혹은 열 번은 생겼다. 우리 호텔에는 80명가량의 손님들이 있고, 이 요양객들은 통풍 관절염과 류머티스를 앓으며 상태가 심각한 나이 많은 사람들로서 추측하건대 잔을 훔칠 리가 없다. 그렇기 때문에 나는 잔을 집어 가는 자가 병적인 수집가이든지, 아니면 아예 인간이 아닌 샘물 요괴나 용 같은 존재일 것이라고 짐작한다. 아마도 샘을 약탈하는 데 대해 인간을 벌주는 것이리라. 그리고 아마 언젠가는 길을 잘못 들어 지하실 반원형 천정으로 가게 된 어느 행운아가 유리잔이 온통 산더미처럼 쌓여 있는 어느 숨겨진 수직굴의 입구를 발견할 것이다. 내 꼼꼼한 계산으로는 한 해만도 최소한 2천 개의 잔이 거기에 모여 있어야 할 것이니 말이다.

이제 나는 이 샘에서 잔을 채워 따뜻하고 끈끈한 물을 기분 좋게 마신다. 그러고는 대개 거기 다시 주저앉아버리며 다시 일어설 결심을 하기까지는 퍽이나 힘이 든다. 몸을 이끌어 승강기 쪽으로 가며 의무를 수행했다는 것, 그리고 그에 적절하게 두뇌의 휴식을 취할 것을 마음 편히 상상해 본다. 목욕과 물 마시는 것으로 사실상 하루의 가장 중요한 규정을 수행한 것이니까. 그렇지만 아직 날이 너무 일러 겨우 7시나 7시 반이다. 정오까지는 아직 몇 시간이나 남아 있다. 아침 시간을 저녁 시간으로 변화시켜 버리는 마술을 안다면 그것을 위해 모든 것을 바칠 텐데.

물론 이런 순간에도 목욕 뒤 다시 침대로 가야 한다는 요양 규정이 다시금 내게 도움이 된다. 이 규정은 목욕으로 지쳐 멍한 상태가 된 내게 아주 알맞다. 하지만 그 시간 호텔 안의 삶은 이미 시작되어 있다. 복도는 객실 담당 여직원들과 아침 식사 배달원들의 급한 발걸음으로 시끌벅적하며, 문들은 숫제 날아다닌다. 그 와중에서는 잠깐 눈을 붙이는 것 말고는 잠자는 일 따위는 생각도 못한다. 불면으로 시달리는 자의 극도로 긴장된 예민한 귀를 정말로 보호해 주는 소음 장치 같은 것은 아직 발명되지 않았으니 말이다.

그럼에도 다시 몸을 눕히고 눈을 감는다는 것은 기분 좋은 일이다. 아침이 우리에게 요구하는 그 모든 바보 같은 행위를 아직은 생각하지 않아도 되니까. 옷 입는 바보 같은 일, 바보 같은 면도질, 넥타이 매는 바보 같은 일, 아침 인사 하기, 우편물 읽기, 어떤 일을 하려고 결심하기, 기계적 생활을 다시 깡그리 받아들이기 따위 말이다.

그동안 나는 침대에 누워 옆방 사람들이 웃고 욕하고 고롱고롱 양치질하는 소리를 듣는다. 복도의 초인종이 시끄럽게 울리고 직원이 달려오는 소리를 들으며, 피할 수 없는 일을 더 이상 미루는 것은 무의미하다는 것을 알게 된다. 그래, 선택의 여지가 없지! 일어나서 몸을 씻고 면도를 하고 옷을 입고 신발을 신는 데 필요한 그 모든 복잡한 과정을 실행한다. 셔츠 깃을 여미고 조끼 주머니에 시계를 집어넣고 안경으로 치장을 한다. 이 규정된 의무의 규칙을 수십 년 전부터 알고 있으며, 그러한 일이 평생 지속될 것이라는 것, 결코 끝나지 않을 것임을 아는 죄수가 된 심정으로 그 모든 일을 한다.

창백하고 말없는 손님인 나는 9시에 식당에 나타난다. 내 작은 원탁에 앉아 커피를 날라 주는 아리땁고 쾌활한 아가씨에게 말없이 인사를 한다. 젬멜 빵 하나에 버터를 바르고 다른 빵 하나는 호주머니에 집어넣는다. 거기 놓인 편지 봉투들을 칼로 베어 열면서 목구멍으로는 아침 식사를, 외투 주머니에는 편지들을 채워 넣는다. 그러면서 따분해진 한 요양객이 복도에서 서성이고 있는 것을 본다. 그는 나와 이야기하고 싶어 멀리서부터 웃음기 띤 신호를 보내며 벌써 말을 하기 시작한다. 프랑스 어까지 쓰면서 말이다. 나는 순간 결연한 태도로 달려가 그를 자빠뜨려 놓고는 우물우물

"죄송합니다"라고 말한 뒤 질주하듯 거리로 뛰쳐나온다.

이곳과 요양소 정원 혹은 숲 속에서는 원하던 고립 상태로 아침 나절을 전부 보낼 수 있다. 때때로 운이 좋을 때는 작업을 할 수도 있는데, 태양과 사람들을 등지고 공원 벤치에 앉아 전날 밤부터 떠오른 몇 가지 생각을 적어 보는 것이다. 대개는 산책을 하고서 호주머니에 있는 젬멜 빵 반 조각으로 인해 즐거워한다. 아침에 내가 누리는 최고의 기쁨(물론 표현이 너무 강하지만) 중 하나가 빵 조각을 부수어 수많은 피리새와 박새의 먹이로 주는 일이기 때문이다. 그럴 때는 원칙적으로 이곳과 몇 마일 떨어진 독일에서 부자들의 식탁에도 그런 흰 빵이 놓이지 않으며 수많은 사람들은 아예 빵 자체를 먹지 못하고 있다는 사실을 생각하지 않는다. 의식 가까이 와 있는 이 생각이 의식에 들어오지 못하도록 저항하며 그런 저항이 때로는 정말 스트레스구나 하고 생각한다.

햇볕 속에서 혹은 빗속에서 일을 하든지 산책을 하든지, 어떻게든 어디서든 어쨌든 결국 나는 오전 시간을 해결한 것이다. 그리고 요양소 하루의 절정인 점심시간이 온다. 나는 분명 탐식가는 아니다. 그런데 정신과 금욕의 환희를 알고 있는 나에게도 이 시간은 엄숙하고 소중하다. 하지만 이 문제는 좀 더 자세히 살펴볼 필요가 있겠다.

서두에서 이미 운을 띄웠듯이 더 이상 젊지 않은 이 류머티스 환자요 통풍 환자는 세계를 곧이곧대로 이해할 수 없다는 그런 불가능성을 자신이 꿰뚫고 있으며, 자가당착, 즉 대립과 모순의 불가피성에 대한 의미를 알고 존중한다는 정서나 사고방식을 지니고 있다. 심오한 철학적 근거를 갖다 붙일 것도 없이 바덴 요양소의 생활은 그러한 자가당착을 여러모로 놀라우리만치 대담하게 표현한다. 이곳에서는 그런 비유를 수도 없이 찾아볼 수 있겠지만, 그야말로 평범한 예를 골라 이를테면 바덴의 곳곳에 놓여 있는 수많은 휴식용 벤치를 그저 떠올려 본다. 그 벤치들은 쉬 지치고 다리가 허약한 모든 요양객들을 불러들여 휴식을 취하게 한다. 그러면 요양객은 너무나 반가운 마음으로 그 친절한 눈짓을 따라가는 것이다. 하지만 앉은 지 채 1분도 안 되어 그는 깜짝 놀라 온 힘을 다해 다시 몸을 일으킨다. 이 많은 벤치를 만든 인도주의적인 제작자는 대체 심오한 철학자이고 냉소주의자인지 벤치의 앉는 면을 얼음으로 조립해 놓은 것이었다. 그러니 좌골신경통증 환자는 그 위로 내려앉았다가 병든 몸에서 가장 민감한 부분이 치명적인 한류(寒流)에 닿는 것을 알고 본능적으로 후다닥 다시 달아난다. 벤치는 그에게 휴식의 필요성을 상기시키다가 1분 뒤에는 또한 생명의 핵심과 원천은 운동이라는 것, 녹슬어 가는 관절에는 휴식보다는 훈련이 필요하다는 것을 분명하게 경고하는 것이다.

그런 식의 예는 수없이 찾아볼 수 있다. 그러나 늘 자가당착 속에서 요동하는 바덴의 정신이 그 무엇보다도 기념비적으로 표현되는 것은 식당에서 점심과 저녁을 먹을 때다. 그곳에는 수많은 병든 사람들이 앉아 있다. 그들은 모두 통풍관절염이나 좌골신경통을 앓고 있으며, 모두 요양을 통해 최대한 고통에서 벗어나려는 단 하나의 이유로 바덴에 온 것이다. 이 시점에서 단순하고 올곧은 인생의 지혜, 젊은이답고 청교도적인 삶의 지혜를 갖고 있다면 화학과 생리학의 명료하고 단순한 학설에 의지해 이런 환자들에게 가장 시급한 것이 뜨거운 온천욕 외에 고기와 알코올이 들어 있지 않은 간단한 무자극성의 섭생을 하는 것이라고 권하고 가능하면 금식 치료까지도 하라고 할 것이다. 하지만 바덴 사람들은 그렇게 젊은이답게, 그렇게 단순하고 편협하게 생각하지 않는다. 수백 년 전부터 바덴은 온천욕뿐만 아니라 특유의 풍성하고 값비싼 요리로 유명하다. 실제로 이 나라에서 바덴의 신진대사 환자들이 누리는 만큼 그렇게 훌륭하고 풍성하게 음식을 즐기는 곳과 숙박업소는 드물다. 이곳에서는 최고로 맛좋은 소시지에 데즐리를, 최고급 육질의 슈니첼에는 보르도를 끼얹어 준다. 수프와 구운 고기 사이로는 푸른빛 나는 송어가 우아하게 떠다니며, 푸짐한 고기 요리 코스에 이어 놀라운 케이크와 푸딩과 크림이 뒤따른다.

옛 작가들은 아주 오래된 이 바덴의 특유성에 대해 다양하게 이야기하고자 애를 써 왔다. 이곳의 수준 높은 요리 문화를 이해하고 인정하는 것은 어렵지 않으며, 수많은 요양객들 모두 하루에 두 번은 그렇게 한다. 더 어려운 일은 그것을 이야기하는 것인데, 그런 요리 문화의 여러 원인이 매우 복잡한 성질을 띠기 때문이다. 이제 그중 가장 중요한 몇 가지를 들어 보겠다. 하지만 그 전에 흔히 접하게 되는 평범한 합리적 근거는 단호히 거부하고 싶다. 이를테면 속물적 생각을 지닌 사람이 종종 말하는 것은, 바덴의 훌륭한 음식은 요양객들의 애당초 관심과는 어긋나며 시간이 흐르면서 그렇게 개발된 것인데, 여러 온천 호텔의 경쟁 때문에 그렇게 되었다는 것이다. 바덴은 어쨌든 예로부터 훌륭한 음식으로 알려져 있고, 이곳의 모든 음식점 주인들의 관심사는 최소한 경쟁에서 밀리지 않는 것이어서 그렇다고 한다. 이처럼 저급하고 피상적인 주장은 벌써 문제 자체를 우회하며, 전통과 과거 운운하면서 바덴의 훌륭한 요리의 애당초 유래에 관한 질문을 뭉개 버리려 들기 때문에 검증에서 낙방이다. 무엇보다도 훌륭한 음식이 음식점 주인들의 승부욕 탓이라는 불합리한 생각이 어떻게 우리를 만족시킬 수 있겠는가! 마치 그 어느 주인이 정육업자나 빵 제조업자, 제과업자에게 최대한 투자를 늘리는 데만 관심이 있다는 듯이 말이다. 더욱이 온천 호텔의 소유주 모두 수세기에 걸쳐 손님을 끌어당기는 힘, 그들의 결코 쇠약해지지 않는 거대한 매력의 근원이 땅 밑 지하의 뜨거운 광천수의 존재에 있는 이 바덴에서 말이다!

그래, 현상을 이론화하려면 더 깊이 본질을 파고들어야 한다. 비밀은 과거의 관습이나 전통에 있지도 않고, 주인들의 계산속에 있지도 않다. 그 비밀이란 이미 주어진 것으로서 우리가 감수해야 하는 영원한 자가당착의 하나로서, 세계 구조의 심층 깊이 놓여 있다. 만일 바덴의 음식이 전통적으로 더 빈약하고 초라한 것이라면 주인들은 지출의 3분의 1을 절약할 수 있을 것이며, 그래도 객실은 만원일 것이다. 그들의 손님이 음식 때문에 이곳에 오는 것은 아니기 때문이다. 그들을 이리로 오게 하는 것은 신경증적인 좌골신경통으로 인한 경련이니 말이다. 하지만 어쨌든 한번 시험삼아 바덴에서 사람들이 합리적인 생활을 하고 있을 것이라고, 온천욕뿐만 아니라 금욕과 금식도 요산과 경화증에 대한 투병 수단이 될 것이라고 가정해 보자. 어떤 결과가 나올까? 요양객들은 건강해질 것이고, 조만간 온 나라에 좌골신경통 환자도 사라질 것이다. 자연의 모든 형상이 그렇듯이 그들도 현존과 존속의 권리를 갖고 있다. 온천은 무용지물이 되고 호텔은 쇠락할 것이다. 이런 궁극적인 손실을 무시해서 대책을 강구하지 않는다면 세상은 나아지는 것이 아니라 그와 정반대가 되리라. 세상의 계획안에 통풍과 좌골신경통이란 것이 없어져 그 귀한 온천이 텅 비어 버리게되니까.

이 같은 보다 더 신학적인 근거에 바로 심리학적인 근거가 덧붙여진다. 우리 요양객들 중 누가 온천욕과 마사지, 염려와 권태를 참아 내는 것도 부족해 금식과 금욕의 고통까지 참아 내려 한단 말인가? 아니다, 우리는 절반만 건강해진다 해도 그 대신 좀 더 즐겁고 멋진 생활을 하기를 원한다. 우리는 자신이나 타인들에게 단호한 요구를 할 수 있는 젊은이가 아니고 삶의 제약에 깊이 얽혀 있으며, 지나치게 까탈을 부리지 않는 데 익숙해진 나이든 사람들이다. 그러니 진지하게 질문을 생각해 보자. 이상적인 요양을 통해 우리 모두 확실히 완치되어 죽을 필요가 없어진다면 과연 그것이 올바르고 바람직한 일일까? 다소 역겨운 이 질문에 정말 양심적으로 답한다면 우리의 대답은 그렇지 않다는 것이다. 그렇지 않다. 우리는 완치되기를 원하지 않는다. 우리는 영원히 사는 것을 원하지 않는다.

물론 개별적으로 물어 본다면 아마 모두 오히려 그렇다고 말할지 모른다. 요양객이며 작가인 나 헤세가 이런 질문을 받는다고 가정해 보자. 작가 헤세에게는 질병과 죽음이 비껴간다고 생각하는가, 영원히 지속되는 삶이 훌륭하고 바람직하며 불가피하다고 여기는가 하고 말이다. 그럴 경우 글쟁이들이 그렇듯이 공명심 때문에 일단은 그렇다고 답하겠지. 하지만 다른 이들, 요양객 밀러나 좌골신경통 환자 레크란트, 64호실의 네덜란드 남자에 대해 그 같은 질문을 받는다면 서슴지 않고 곧바로 아니라고 답할 것이다. 아니다. 사실상 더는 아름답지 못한 우리 늙은이들은 통풍이 없다 할지라도 영원히 살아갈 필요는 없다. 그것은 오히려 매우 치명적이기도 할 것이며, 너무나 지루하고 너무나 추할 것이다. 그래, 기꺼이 죽기를 원한다. 말년이 오면 말이다. 하지만 오늘은 진을 빼는 목욕이 끝나면, 죽도록 지친 오전이 지나면 조금은 나은 시간을 갖고 닭 날개를 물어뜯으며 맛 좋은 생선 껍질을 벗기고 적포도주 한잔을 홀짝거리고 싶다. 그렇게 우리는 비겁하고 나약하며 향락에나 빠진 늙은 이기주의자들이다. 우리의 심리란 그런 것이다. 류머티스 환자이며 늙어 가는 우리의 영혼은 바덴의 영혼이기도 하다. 이런 면을 보아도 바덴의 음식 전통은 마땅한 것이라 생각된다.

이것으로써 우리의 풍성한 생활이 충분히 확인되고 정당화될까? 또 다른 근거가 필요하지는 않을까? 아직도 수많은 근거가 더 있다. 아주 단순한 근거 하나를 더 들자면 광천욕이 "체력을 소모시킨다"는 것이다. 광천욕이란 허기를 느끼게 한다. 나는 요양객이며 식객이기도 하거니와, 또 어떤 때는 그와 상극인 것을 추구하기도 해 금식의 쾌감을 알기도 한다. 따라서 세상이 곤궁으로 시달리고 있다는 것을 알면서도 신진대사에 해로울 정도로 3주 동안씩이나 진수성찬을 함께 즐긴다고 해서 양심의 가책을 느끼지는 않는다.

한참 옆길로 새어 버렸다. 하루 일과에 대한 이야기로 다시 돌아오자! 어쨌든 나는 정오의 향연이 벌어지는 이곳에 앉아 생선과 구운 고기, 과일이 차례로 나오는 것을 본다. 음식을 기다리는 동안에는 시중을 들고 있는 여종업원들의 다리를 한참 동안 심각하게 바라본다. 모두 검은색 스타킹을 신고 있다. 그렇게 한참은 아니지만 지배인의 다리도 심각하게 바라본다. 지배인의 다리는 우리 모든 환자들에게는 바라보는 것만도 소중한 위안거리다. 매우 기분 좋은 남자인 그 웨이터는 한때 말할 수 없이 고통스러운 중증 류머티스를 앓아 걸을 수도 없을 정도였는데, 바덴 요양을 통해서 완치된 것이었다. 우리는 모두 그 사실을 알고 있다. 그가 직접 많은 이들에게 그것을 이야기해 주었으니까. 그래서 종종 그렇게 심각하게 지배인의 다리를 바라본다. 그런데 검은 스타킹 속의 젊은 여종업원들의 다리는 요양 같은 것은 일체 할 필요도 없이 원래부터 그렇게 날씬하고 민첩한 것이다. 그런 사실 때문에 우리는 더욱더 깊은 생각에 잠긴다.

나는 혼자서 지내고 있기 때문에 식사 시간은 동료 요양객들과 좀 가까워질 수 있는 유일한 기회이기도 하다. 그들의 이름도 모르고 그저 몇 안 되는 사람들과 한두 마디 이야기를 나눈 것밖에는 없지만, 그들이 앉는 것과 먹는 것을 바라보면서 나는 많은 경험을 한다. 내 옆방에는 네덜란드 남자가 있는데, 아침저녁으로

벽을 타고 들려오는 그의 목소리 때문에 나는 몇 시간씩 잠을 설친다. 그런데 그가 이곳 식탁에서는 내가 알아들을 수 없을 정도로 목소리를 죽여 자기 부인과 이야기를 하는 것이다. 마치 64호실의 그가 아닌 것처럼 말이다. 귀여운 소년 같으니라고!

우리의 이 대낮의 극장에는 단호한 개성과 확실한 역할로 인해 매일 나를 즐겁게 해 주는 몇몇 인물들이 있다. 여선제후 역을 맡은 이는 거대한 체구의 네덜란드 여자로서, 2미터가 넘는 키와 육중한 체중에 품위 있고 당당한 외모를 지녔다. 그녀의 태도는 장엄하지만 걸음걸이에는 뭔가 문제가 있다. 앙증맞게 가느다란 장난감 같은 지팡이를 짚고 그녀가 홀에 들어설 때면 그 모양새가 묘한 교태기를 띠며 위태위태한 것이 거의 숨 막힐 지경이다. 매 순간 그 지팡이가 부러지기를 기대해 보지만, 아마도 강철로 만들어져 있지 않나 싶다.

그리고 또 끔찍할 정도로 진지한 한 남자가 있다. 아무리 못해도 분명 국회의원 정도는 될 듯한데, 철저하게 도덕적이고 남성적이며 애국자다. 붉은 기를 띤 아래쪽 속눈썹은 성 베른하르트 협곡의 충견들처럼 달라붙어 있다. 목덜미는 넓고 뻣뻣해 한 대 쳐도 끄떡없을 듯이 보이며, 이마에는 주름이 가득하다. 서류 가방에는 성실하게 벌어들여 정확히 세어 놓은 수표가 꽉 차 있다. 그의 가슴은 나무랄 데 없고 높지만 배타적인 이상으로 가득 차 있다. 어느 끔찍한 밤, 나는 이 남자가 내 아버지가 되어 있고 내가 그 앞에 서서 추궁을 당하는 꿈을 꾸었다. 첫째는 애국심이 부족해서였고, 둘째는 도박에서 50프랑켄이나 잃어서이며, 셋째는 한

처녀를 농락했기 때문이다. 그런 치명적인 꿈을 꾼 날에는 내가 앞에서 벌벌 떨어야 했던 그 남자를 현실 속에서 다시 만나 보기를 갈망했다. 그를 보기만 해도 치유가 될 것이다. 현실은 항상 우리의 악몽에 등장한 상보다는 훨씬 더 무해한 것이니까. 그 남자는 아마도 미소를 지어 보이든지, 나를 향해 고개를 끄덕여 주든지, 아니면 여종업원과 농지거리를 하든지 하겠지. 아니면 그의 실제 모습을 통해서 내 꿈의 왜곡된 상을 바로잡아 주겠지. 하지만 점심때가 되어 식사를 하며 그 엄격한 남자를 다시 만났을 때 그는 고개를 끄덕이지도 미소를 짓지도 않았다. 그저 적포도주 잔을 앞에 두고 침울하게 앉아 있었는데, 이마와 목덜미에 잡힌 주름 하나하나가 그의 빈틈없는 도덕성과 단호함을 말해 주었다. 그의 앞에 있으면 끔찍한 공포를 느꼈다. 그래서 저녁이 되면 나는 다시는 그의 꿈을 꾸지 않게 해 달라고 기도를 드렸다.

그와는 아주 다르게 한창 나이인 케셀링 씨는 얼마나 호감이 가고 사랑스러우며 품위가 넘치는가. 그의 직업이 뭔지는 모르지만 분명 스페인 귀족이거나 그 비슷한 신분이겠지. 비단결 같은 연갈색 머리카락은 그의 깔끔한 이마를 둘러 물결치고, 뺨에 팬 상쾌한 보조개는 부드럽게 유혹을 한다. 연푸른색의 어린아이 같은 눈은 열정적이고 열광적인 시선을 보내며, 단아한 손은 고상한 채색 조끼를 살며시 쓰다듬는다. 그 가슴에서 무슨 흠을 잡을 수 있으랴. 제아무리 품위 없이 자극을 가한들 이 단아한 귀족의 모습을 흐뜨려 놓을 수는 없을 것이다. 머리끝부터 발끝까지 르누아르의 소녀처럼 불그스레한 케셀링은 더 젊었을 때는 아마 큐피드의 장난꾸러기 놀이 친구들과 어울렸겠지. 마음에 드는 녀석. 그런데 이 사랑스러운 녀석이 나를 얼마나 경악하게 하고 실망시켰던가. 어느 해질녘 흡연실 안에서 그가 저속한 그림을 모은 작은 포켓 컬렉션을 내게 보여 주었을 때 말이다. 이에 대해서는 난 말을 잃는다.

이 홀에서 지금껏 본 이들 중 가장 흥미롭고 멋진 요양객은 오늘은 오지 않았다. 단 한 번 그가 여기에 앉아 있는 것을 보았을 뿐인데, 그때 그는 내가 앉는 작은 원탁 맞은편에 저녁 내내 앉아 있었다. 갈색의 쾌활한 눈과 가늘고 민첩한 손을 가진 그는 모든 환자들 가운데서 피어난, 젊음과 광채가 넘치는 한 송이의 고독한 꽃이었다. 사랑하는 이여, 다시 오라. 나와 함께 맛있는 음식을 먹고 맛좋은 포도주를 즐기며 우리의 동화와 웃음소리로 홀을 밝혀 보자꾸나!

우리 요양객들은 서로 감독한다. 피서지에서 대개 그렇듯이 그럴 때 유행이나 우아함은 별 역할을 하지 못한다. 그만큼 세세히 우리는 동료들의 건강 상태를 추적한다. 그들 속에 우리 자신의 모습이 비쳐 있는 것을 보기 때문이다. 가령 6호실의 백발의 신사가 오늘 상태가 좋아 문에서 식탁까지 혼자서 걸을 수 있게 되면 우리는 모두 기뻐한다. 그런데 플루리 부인이 오늘 침상을 떠날 수 없다는 이야기를 듣게 되면 우리는 모두 침통해져 머리를 설레설레 흔들어 대는 것이다.

그렇게 한 시간 동안이나 실컷 먹으면서 서로 관찰하다가 마지못해 그 즐거움을 깨뜨리고 이 기쁨의 홀을 떠난다. 이제 내게는 하루 중 지내기가 좀 더 용이한 시간이 시작된다. 날이 좋을 때면 나는 호텔 정원을 찾아간다. 그곳의 보이지 않는 장소에 놓여 있는 야외용 의자를 내 것으로 삼아 노트와 연필, 장 파울의 책 한 권을 놓아두었다. 3, 4시가 되면 나는 대개 '처치'를 받는다. 의사에게 가야 하는 것이다. 그러면 그의 조수들이 최신 방식의 처치를 해 준다. 나는 석영등 아래에 앉아 이 마법의 등에서 나오는 태양열 에너지를 최대한 이용해서 몸의 가장 필요한 부분을 점화구에 최대한 가까이 대고 싶은 욕구를 느낀다. 그러다가 살을 태운 적도 몇 번 있다. 저 멀리서는 의사와 같이 일하는, 지칠 줄 모르는 여자 직원이 투열 요법을 하기 위해 나를 기다리고 있다. 그녀는 조그만 쿠션과 전극을 내 손목에 연결시키고 전류를 통하게 한다. 동시에 그와 똑같은 두 개의 쿠션으로 그녀가 내 목과 등을 처치할 때면 나는 너무 뜨거워질 때 소리를 지르는 것 말고는 아무할 일이 없다. 그런데 이 처치 시간 동안에는 늘, 의사가 들어오고 그와 대화를 나눌 수 있는 기회가 있기도 한데, 그것은 하나의 매력이다. 비록 이런 희망이 스무 날 중 열아홉 날은 이루어지지 않는다 할지라도 희망은 희망인 것이다.

잠깐 산책을 하기로 결심하고 요양소 정원 문 앞을 지날 때, 저 위 요양소 홀에서 자주 열리는 연주회가 지금도 분명 열리고 있다는 것을 이 생생한 방문길에 알아차린다. 연주회는 항상 열리지만 나는 이제껏 한번도 들어 보지 못했다. 그래서 그 안으로 들어가 본다. 그리고 홀 안에 매우 많은 청중이 모여 있는 것을 본다. 이 곳의 요양객 혹은 환자들이 그처럼 집단으로 모여 있는 것을 본 것은 처음이다. 수백 명의 남녀 동료들이 그곳에 앉아 있다. 어떤 이들은 차나 커피를 앞에 놓고 어떤 이들은 책이나 이미 뜨기 시작한 양말을 준비해 놓은 채 멀리 홀 뒤쪽에서 열정적으로 연주를 하고 있는 소그룹 연주자들에게 귀를 기울인다. 빈 자리가 없어서 나는 오랫동안 문 옆에 선 채로 바라보며 귀를 기울인다. 나는 음악가들이 연주하는 것을 본다. 그들은 주로 알려지지 않은 작곡가들의 복잡한 곡을 연주한다. 이 모든 노력에 나는 전혀 공감할 수가 없는데, 그것은 연주의 질 때문은 아니다. 연주자들은 오히려 자기가 맡은 일을 매우 훌륭하게 해내고 있다. 바로 그렇기 때문에 나는 그들이 재주 부려 만든 이 모든 것, 편곡이나 개작 대신에 제대로 된 음악을 연주하기를 바라는 것이다. 하지만 그렇다고 또한 그것을 정말로 바라는 것도 아니다. 이처럼 「카르멘」이나 「박쥐」에서 흥미 본위로 발췌한 곡 대신 슈베르트의 사중주나 헨델의 이중주 하나가 연주된다 해도 나로서는 아무것도 더 나아질 것이 없다. 실은 더 나빠지겠지. 비슷한 어떤 상황에서 그런 일을 한 번 겪은 적이 있다. 그때 찾은 사람이 별로 없는 홀에서 카페 악단의 제1바이올린 주자가 바흐의 샤콘느를 연주하고 있었다. 그가 그 연주를 하는 동안 나는 동시다발적으로 일어나는 다음의 장면에 귀를 곤추세우고 있었다. 두 청년이 웨이터에게 음식 값을 지불하면서 작은 동전들을 식탁 위에 놓아 세도록 했다. 또 한 박력 있는 여성이 소지품 보관소에서 우산 때문에 강력하게 항의하고 있었다. 또한 네 살쯤 되는 매력적인 한 조그만 소년이 낭랑한 목소리로 줄곧 지껄여 대며 회식자 일동을 즐겁게 해 주고 있었다.

그 밖에도 병과 유리잔, 컵과 스푼이 작동하고 있는 중이었다. 또한 눈이 나쁜 어느 노부인은 과자 접시를 식탁 가장자리 너머로 내던져 그녀 자신도 소스라치게 놀랄 정도였다. 이 모든 일은 그 자체로 보면 나의 공감과 주의를 완전히 끌 만한 사건이었다. 하지만 그 많은 장면이 한꺼번에 밀어닥치고 엮이는 것에 대해 나는 정신적으로 감당할 수 없다는 느낌이 들었다. 그 책임은 오로지 음악에 있었다. 방해가 된 것은 오로지 바흐의 샤콘느였다. 하지만 요양소 홀 연주자들은 정말 감탄스러웠다! 그러나 내 생각에 연주회에는 중요한 한 가지, 감각이 빠져 있었다. 2백 명이나 되는 사람들이 지루해하고 어떻게 오후를 보내야 할지 모른다고 해서 몇 명의 훌륭한 연주자들이 유명한 오페라의 편곡이나 연주하다니, 내가 보기에 그것은 말이 안 된다. 이곳의 연주회에서 빠진 것은 바로 심장이다. 심오한 내면의 어떤 것, 말하자면 예술을 통한 구원을 기대하는 절박함, 생생한 욕구, 영혼의 긴장이다. 이 점에서 내가 틀릴 수도 있다. 하지만 적어도 내가 곧장 알아본 것은 이 활력 없는 청중 역시 동일한 집단이 아니라 수많은 개별적인 영혼으로 구성되어 있다는 사실이다. 그중 한 영혼은 연주자들에 대해 매우 과민 반응을 보인다. 홀에서 무대와 거의 맞닿은 맨 앞줄에 한 열정적인 음악 애호가가 앉아 있다. 검은 수염에 금테 안경을 쓴 남자로, 몸을 뒤로 확 젖힌 채 눈을 감고 음악의 박자에 맞춰 그의 잘생긴 머리를 흔들고 있다. 그러다 곡 하나가 끝나면 깜짝 놀라 눈을 크게 뜨고 맨 먼저 박수갈채를 보내기 시작한다. 손뼉 치는 것만으로는 만족을 못하고 아예 일어나 무대 앞으로 걸어간다. 지휘자의 등 뒤로 자신을 알리고는 군중의 갈채가 계속되는 가운데 열광적인 찬사의 말을 그에게 퍼붓는다.

서 있는 것이 피곤하기도 하고 또 이 연주회에 그 수염 난 열광주의자처럼 매료되지 않았기 때문에 나는 두 번째 휴식 시간에 이곳을 떠나리라 생각한다. 그것은 바로 옆방에서 알 수 없는 잡음이 내 귀에 들릴 때였다. 옆에 있는 좌골신경통 환자에게 물어 거기가 카지노라는 것을 알게 된다. 나는 기쁜 나머지 서둘러 그쪽으로 간다. 맞다, 그곳 구석에는 야자수가 있고 플러시 천으로 된 둥근 의자들이 놓여 있다. 커다란 초록색 테이블에서는 룰렛 게임이 벌어지고 있는 것 같다. 나는 가만가만 다가간다. 테이블은 호기심 어린 사람들로 빽빽하게 에워싸여 있는데, 그들의 어깨 사이로 게임 과정의 일부를 구경할 수 있다. 내 눈은 먼저 연미복 차림에 면도를 한 테이블의 신사에게 사로잡힌다. 나이를 알 수 없는데, 갈색 머리카락에 조용한 철학적 얼굴을 하고 있다. 그는 놀라우리만치 완벽하게 한 손만으로 탄력 있는 진기한 지팡이나 갈퀴를 이용해 번개처럼 빠르게 주화를 테이블의 각 필드에서 다른 임의의 필드로 옮긴다. 마치 노련한 송어 낚시꾼이 영국제 용수철 채찍을 다루듯이 탈러를 긁어모으는 유연한 갈퀴를 다룬다. 또한 주화를 공중으로 내던져 원을 그리며 원하는 테이블 필드에 떨어지게 할 수 있다. 그 행위가 박자에 맞춰 행해지는 데는 공 심부름을 하는 그의 더 젊은 조수가 지르는 소리가 일조를 하고 있다. 그런데 그 모든 행위에도 불구하고 매끈하게 면도를 한 그의 조용하고 불그스레한 얼굴은 그다지 윤기가 없는 갈색 머리카락 밑에서 한결같이 조용하고 평온한 상태로 있다. 나는 한참동안 그를 바라본다. 앉는 면이 엇비스듬히 놓인 특수 제작된 자신의 작은 의자에 그가 부동의 자세로 앉아 있는 것을, 조용한 얼굴에 오직 눈만이 재빠르게 움직이고 있는 것을, 조용히 움직이는 왼손으로 탈러 주화를 내던졌다가 갈퀴를 이용해 조용히 움직이는 오른손으로 다시 붙잡아 모서리로 날라다 놓는 것을 바라본다. 그의 앞에는 크고 작은 은화로 세운 기둥들이 있다. 슈틴네스*는 너는 못 가지리라. 그의 조수는 계속해서 공을 던지고 공은 숫자가 매겨진 구멍 속으로 굴러들어 간다. 조수는 계속 구멍의 숫자를 외치며 게임에 초대를 한다. 판돈이 만들어졌다고 하면서 "더 이상 돈을 걸 수 없다"고 경고한다. 진지한 신사는 계속 테이블 앞에서 게임을 하며 작업한다. 그 옛날 전쟁 전의 전설 같은 아득한 시절에, 여행을 다니며 방랑하던 시절에 나는 이런 광경을 이미 자주 보았다. 세상에 있는 많은 도시에서 이런 야자수와 쿠션을 보았고, 똑같은 초록색 테이블과 공을 보았다. 그때 투르게네프와 도스토옙스키의 멋지고 자극적인 도박꾼 이야기를 생각하다가 다른 일에 관심을 돌렸다. 자세히 보니 여기서 다만 한 가지 눈에 띄는 것은 게임이 모두 오로지 연미복 신사 자신의 즐거움을 위해서 행해지고 있었다는 사실이다. 그는 탈러를 내던져 그것을 5에서 7로, 짝수에서 홀수로 밀어 딴 돈을 지불하고 잃은 돈은 긁어모아 들였다. 그러나 모두 그 자신의 돈이었다. 구경꾼들은 아무도 판돈을 걸지 않았다. 그들은 대개 시골 출신의 순수한 요양객들로서, 나와 마찬가지로 즐거워하고 심히 경탄하면서 그 철학자의 게임 전개를 따라가며 조수의 얼음처럼 냉정한 프랑스어 외침에 귀를 기울였다. 그런데 내가 동정심에 사로잡혀 손이 닿는 테이블 모서리에 2프랑을 놓았을 때, 50개의 눈들이 크게 뜨인 채 홀린 듯이 나를 바라보았다. 그 광경을 참기 힘들어 내가 놓은 프랑이 갈퀴 아래로 사라지는 순간을 미처 기다리지 못하고 나는 황급히 그곳을 떠났다.

　오늘도 나는 바데 가의 진열창 앞에서 몇 분을 보낸다. 거기에는 요양객들에게 필요해 보이는 물품을 살 수 있는 가게가 몇 개 있다. 이를테면 그림엽서나 청동 사자, 도마뱀, 유명인들의 사진이 새겨진 재떨이(그래서 그것을 산 사람들은 예컨대 불붙은 담배를 매일 리하르트 바그너의 눈에 쑤셔 대는 재미를 볼 수 있다) 등이다. 다른 물건도 많이 있는데, 그것에 관해서는 뭐라고 말을 못 하겠다. 오랫동안 봐 왔지만 그 물건들의 특성과 분위기를 파악하지 못했기 때문이다. 그중 상당수가 원시 종족의 제사에 소용되는 것 같다. 하지만 틀릴 수도 있다. 그것 모두 나를 슬프게 한다. 사회적 삶에 대한 그토록 강한 의지를 갖고 있음에도 내가 시민적 현실 세계의 바깥에서 살고 있다는 것을, 그 세계에 대해 아무것도 모르며 그만큼 정말 이해하지도 못하리라는 것을, 긴 세월 글을 쓰고자 그토록 애써 왔건만 나 역시 그 세계로부터 결코 이해받을 수 없으리라는 것을 그것들은 너무나 잘 말해 주기 때문이다. 일상의 필요에 쓰이는 물품이 아니라 이른바 선물용품과 사치품, 카니발용 소품 등이 전시되어 있는 이 진열창을 바라보면 이 세계의 낯설음이 나를 경악시킨다. 수백 가지의 물건 중 20, 30가지는 그 분위기나 의미, 사용법에 관해 아주 막연하게 짐작할 수 있는데, 내가 갖고 싶은 것은 하나도 없다. 어떤 물건은 보다가 그 것이 무엇인지 추측해 볼 수 있는 것이 있다. 모자에 꽂는 것일 까? 아니면 주머니에? 아니면 맥주잔에? 그것도 아니면 카드놀이 에 필요한 것일까? 나로서는 전혀 알지도 못하고 짐작도 할 수 없 는 상상 세계에서 나온 그림이나 비문, 표어, 인용이 있다. 또한 내가 잘 알고 있는 경외할 만한 상징을 활용한 작품도 있는데, 내 가 이해할 수도 인정할 수도 없는 것이다. 이를테면 유행하는 여 성용 우산의 손잡이에 새겨진 붓다상이나 중국신상은 내게 이해 할 수 없고 낯설며 참담하다 못해 기괴한 모습으로 남아 있다. 그 것을 어떤 의도적이고 의식적인 성인 모독 행위라 할 수는 없을 것이다. 하지만 어떤 생각과 욕구, 정신 상태가 기업가에게 이 미 친 물건을 생산하게 하고 구매자로 하여금 그것을 사도록 부추긴 다는 말인가. 내가 몹시도 알고 싶어 하는 것은 이것이지만, 아무 리 해도 알아낼 수가 없다. 또 다른 광경을 보면, 5시인데 세련된 커피 하우스 안에 사람들이 앉아 있다! 부유한 사람들이 차나 커 피, 초콜릿을 들면서 곁들여 크림과 값비싸고 맛있는 과자를 즐기 는 것은 전적으로 이해할 수 있다. 하지만 자유롭고 완전한 의미 를 지닌 인간이 그런 일을 즐기는 데 무엇 때문에 일체 필요하지 도 않은 회칠과 장식이 넘쳐나는 초만원의 비좁은 공간 속에서 그 렇게 불편을 겪어야 한다는 말인가. 추근추근 알랑대는, 지나치게 달콤한 음악과 형편없이 좁고 초라하며 불안한 좌석 때문에 말이 다. 사람들이 이 모든 방해물과 불편함과 모순을 그대로 느끼는 것이 아니라 여전히 좋아하고 찾는 이유가 무엇이란 말인가. 그 이유를 결코 파헤쳐 낼 수는 없을 것이다. 말했듯이 나는 그것을 내게 있는 약간의 정신 분열증적 소질 탓으로 여겨 왔다. 하지만 그것은 늘 내게 걱정거리가 된다. 그리고 그런 카페에 앉아 끈끈할 정도로 달콤한 음악을 생각하며 잡담을 나누고 대리석, 은, 양탄자, 거울 등 두툼하고 조야한 사치품에 에워싸여 거의 숨이 막힐 지경인 그 고상하고 부유한 사람들, 바로 그 사람들이 저녁마다 일본식 생활의 고상한 단순성에 관한 강연을 이른바 홀린 듯 들으며, 아름답게 인쇄되고 철해진 수도사의 전설이나 붓다의 말씀을 집에 놓아두고 있는 것이다. 나는 솔직히 광신도나 도덕 설교자 따위는 되고 싶지 않다. 도리어 여러 가지 심히 무모하고 위험스러운 악덕을 지녔으면 하며, 사람들이 만족스러워할 때면 기쁘다. 만족스러워하는 사람들과는 더 편안하게 살아갈 수 있기 때문이다. 하지만 대체 그들이 만족스러워하는가? 대리석, 크림, 음악 이 모든 것이 정말로 그럴 만한 것인가? 바로 이들이 제복 입은 종업원의 시중을 받으며 맛 좋은 달콤한 음식이 가득 담긴 접시를 앞에 놓고 신문에서 순전히 기아와 봉기, 총격과 교수형에 관한 보도를 읽는 바로 그 사람들 아닌가? 이 우아한 커피숍의 거대한 창유리 뒤에는 지독한 빈곤과 절망, 착란과 자살, 공포와 경악으로 가득 찬 세계가 놓여 있지 않은가? 그래, 안다. 모든 것이 그럴 수밖에 없다. 모든 것은 어쨌든 간에 옳은 것이다. 신의 의도가 그런 것이니까. 하지만 그래도 내가 아는 것은 단지 사람들이 기본 상식을 아는 정도뿐이다. 그런 지식은 불확실하다. 솔직히 나는 이 모든 것이 전혀 옳지도 않고 신의 뜻도 아니며 정신 나간 끔찍한 일이라고 본다.

나는 서글퍼져 그림엽서가 진열된 가게가 있는 곳으로 향한다. 나는 이곳을 이미 아주 잘 알고 있다. 바덴의 그림엽서에 관해 아주 진이 빠지도록 공부를 했다고 말해도 될 것이다. 이 모든 것은 이런 욕망의 징후를 통해 보통의 요양객과 그의 영혼에 대해 좀 더 잘 알고자 하는 노력에서 나온 것이다. 바덴의 옛 풍경화를 복제한 아름다운 모조품이 상당히 많이 있고, 온천욕 장면을 그린 그림과 자수도 있다. 그런 것을 통해 알 수 있는 것은 바덴이 옛날에는 진지하거나 예의 바른 도시도 아니었고 아마 오늘날만큼 위생적인 것 같지도 않지만 그 대신 분명 사람들은 더 만족스럽게 생활하고 온천욕을 했다는 것이다. 이런 옛 그림, 거기 그려진 탑과 박공, 당시의 복장과 민속 의상, 이 모든 것이 사람들에게 아련한 향수를 불러일으킨다. 물론 이 시대를 살고 싶어 하는 사람은 아무도 없겠지만 말이다. 이 모든 도시 그림과 거리 그림, 온천 그림은 그것이 16세기 것이든 18세기 것이든 간에 아주 나지막하고 부드럽게 말없는 슬픔을 발산한다. 그런 슬픔은 그 모든 그림에서 나오는 것이다. 그 그림에 그려진 모든 것이 아름다우며, 그 모두에서 자연과 인간 사이에는 평화가 지배하는 듯이 보이고, 집과 나무는 서로 싸울 일이 없어 보이기 때문이다. 오리나무 숲에서부터 양 치는 여자의 의상까지, 주석으로 끝마무리가 된 성문 탑에서부터 다리와 분수, 그리고 제국풍의 기둥에서 오줌을 누고 있는 날렵한 강아지들까지도 아름다움과 통일성이 모든 것을 감싸고 있는 듯하다. 사람들은 이 오래된 많은 그림에서 우스꽝스럽고 바보 같은 공허한 것을 보지만, 그래도 그것을 추악하거나 천인공노할 것이라고 여기지는 않는다. 집은 들판의 돌처럼, 혹은 가지에 일렬로 앉아 있는 새들처럼 나란히 서 있다. 그와 달리 요즘의 도시에서는 대부분의 집이 제각기 다른 집을 향해 고함을 치고 경쟁을 하며 밀어제치고 싶어 하는 것 같다.

내가 사랑했던 여인이 언젠가 모두 모차르트 시대의 의상을 입고 돌아다녔던 한 아름다운 파티에서 갑자기 눈물을 터뜨린 일이 떠오른다. 깜짝 놀라 이유를 묻자 "왜 지금은 모든 것이 그렇게 추해야 하죠?"라고 말했다. 그때 나는 그들보다 우리의 삶이 더 나빠진 것은 없으며, 더 자유롭고 풍요로우며 더 대단해진 것이라고 그녀를 위로했다. 아름다운 가면 속에는 이가 득실거리고, 거울 홀과 촛대의 화려함 뒤에는 굶주리고 억압받는 민중이 있었다고 했으며, 우리가 그 옛 시대에서 그야말로 가장 아름다운 것만을, 그들의 밝은 외면만을 남겨 가지고 있는 것은 어쨌든 좋은 일이라고 했다. 하지만 사람들이 언제나 꼭 그렇게 합리적으로 생각하는 것은 아니다.

그림엽서 이야기로 되돌아가자! 이곳에는 그런대로 독창성을 지닌 특수한 부류의 그림엽서가 있다. 이 지역은 민중 언어로는 뤼블리란트라 불린다. 그런데 학교, 군대, 가족 소풍, 싸움질 등 갖가지 민중 생활을 그린 다양한 그림 시리즈가 있고, 그 그림에는 모든 인간이 무*로 그려져 있다. 무 연인들의 쌍, 무의 결투, 무의 의회가 그려진 것을 볼 수 있다. 이들 엽서는 대단한 인기를 누리고 있고, 분명 그럴 만하긴 하다. 그런데 그것 역시 나를 즐겁게 해 주지는 않는다. 역사적 풍경과 뤼블리 그림 외에 셋째로 광범위한 부류로서 에로틱한 소묘 부류를 들 수 있다. 이 영역에서는 무엇인가가 이루어지고 이런 종류의 그림을 통해 어떠한 인종, 어떠한 수액과 피가 진열창의 이 황량한 세계 속으로 들어올 수 있으리라고 생각할지 모른다. 하지만 그 같은 희망은 애당초 이미 접어야 했다. 바로 이 그림 세계 속의 연애 생활 묘사가 너무나 수준 낮은 것을 보고 나는 깜짝 놀랐다. 수많은 이 부류의 그림 모두 한탄스러우리만치 순진무구하고 수치스럽게 그려져 있는 것이다. 여기서도 내 취향이 일반 사람들의 취향과 극단적으로 맞지 않다는 것을 알았다. 누가 내게 연애 생활에 관한 소묘를 수집하라고 한다면 나는 이곳에서 구할 수 있는 것과는 그야말로 완전히 다른 그림을 갖다 댈 테니 말이다. 이곳을 지배하는 것은 순수한 에로틱의 파토스도, 보일 듯 말 듯한 유희의 시정(詩情)도 아니며, 감미롭고 수줍은 약혼의 분위기다. 수많은 연인들이 모두 신중하고 세련된 복장을 하고 있었는데, 신랑들은 대개 연미복 차림으로 챙이 높은 모자를 쓰고 양손에는 꽃다발을 들고 있었다. 많은 경우 달빛이 그 모습을 비추고 있었다. 그림 밑에는 시구가 하나씩 있어 상황을 설명해 주었다. 이를테면,

사랑스러운 그대여, 달빛 광채 속에서
그대의 푸른 눈 속에 나의 행복이 깃들어 있음을 본다.

나는 이런 부류의 엽서에 매우 실망했다. 이런 우편엽서 제작자는 연애 생활에 관해 그저 관례적이고 무미건조한 부분밖에 알지 못함이 분명했다. 어쨌든 나는 우리 시대의 대중 문학에 대한 예로서 다음의 시구 몇 개를 적어 두었다.

사랑하는 이와 손을 맞잡네,
그것은 나의 이상이라, 영혼의 성스러운 결합.

우리가 보기에도 이 시구는 능숙한 것이 못되지만, 함께 그려진 삽화와 비교해 보면 그것은 고전적이었다. 분명 어느 미용실의 밀랍 모델을 본뜬 머리를 한 어느 젊은 처녀가 나무 밑 벤치에 앉아 있고 아주 고급 양복을 입은 한 젊은 남자가 윤이 나는 가죽 장갑을 끼거나 벗는 일에 몰두하면서 그녀의 앞에 서 있었다.

그런데 오늘도 나는 다시 잠깐 동안 그 그림들 앞에 서 있었다. 그러면서 황량함과 권태를 느꼈고, 그 자체로는 그토록 보호할 만한 연주회, 도박사, 정식 신혼부부, 뤼블리 그림의 세계를 뒤로 던져 버리고 싶은, 격렬하게 불타는 욕구를 느꼈다. 그래서 눈을 감고 마음속으로 신에게 구원을 청했다. 깊은 환멸과 삶에 대한 막연한 혐오감으로 인한 발작이 멀지 않았음을 느꼈기 때문이다. 나의 은둔자적 성향과 기인 기질을 벗고 다수의 행복과 불행에 참여해 보려고 정말 선한 의도로 진지하게 노력을 할 때면 늘 그러한 발작으로 인해 나는 깜짝 놀라 비탄에 빠지는 것이다.

그런데 신은 나를 도왔다. 내게 더 친숙하고 더 신성한 다른 천

체들에서 오는 인사와 울림을 마음속 가득히 갈망하며 눈을 뜨고 요양 세계와 뤼블리 세계로부터 가슴을 돌린 순간, 바로 구원과도 같은 생각이 떠올랐던 것이다. 우리 호텔의 외진 곳에 어느 구석진 곳이 있었으니 말이다. 모든 손님들이 다 알지는 못하는 그곳에는 그토록 사랑스러운 점이 많은 우리 주인이 포획한 두 마리의 어린 담비를 사람만한 크기의 철창에 가두어 놓고 있다. 나는 갑자기 담비들을 보고 싶은 욕망을 느끼고 맹목적으로 그에 따랐다. 그래서 호텔로 되돌아가 동물들이 갇혀 있는 곳을 찾았다. 그들과 함께 있으니 곧바로 모든 것이 좋아졌다. 이 위험한 순간에 내게 필요한 것이 무엇인지 정확히 알게 된 것이었다. 두 마리의 고상하고 아름다운 동물은 마치 아이들처럼 붙임성이 있고 호기심이 많아 유혹을 하면 잠자던 굴에서 쉽사리 나왔다. 그리고 자신들의 힘과 유연성에 도취되어 널찍한 우리 속에서 무모하게 뛰어올랐다가 다시 내 곁의 창살에 멈춰 붉게 달아오른 콧등으로 헐떡거리면서 눅눅한 온기를 뿜으며 내 손을 핥았다. 더 이상은 내게 필요 없었다. 이 맑은 동물의 눈을 바라보는 것, 모피로 둘러싸인 이 훌륭한 걸작품을, 신의 착상을 보는 것, 이들의 생생하고 따뜻한 호흡을 느끼고 그 날카롭고 거친 맹수의 체취를 맡는 것, 이것으로 충분했다. 모든 행성과 항성, 모든 야자수 숲과 원시림의 강이 순수하게 현존한다는 사실을 확신하는 것만으로 충분했다. 구름과 초록색 잎 하나하나를 바라봄으로써 충분히 보증이 될 법한 그 무엇을 담비들은 내게 보증해 주었다. 바로 이런 더 강력한 증빙력이 내게 필요했던 것이다.

담비들은 그림엽서보다도, 연주회보다도, 도박 홀보다도 더 강한 힘을 내뿜었다. 담비들이 존재하는 한 원시림의 체취가, 본능과 자연이 존재하는 한 작가에게는 아직 세계가 가능했고 아름다웠으며, 아직 미래에 대한 소망이 있었다. 심호흡을 하며 나는 마음의 압박감이 사라지는 것을 느꼈다. 저절로 웃음이 터져 나왔다. 나는 담비들에게 사탕 한 개를 주고 해방감을 느끼며 저녁을 거닐었다. 태양은 숲 울창한 산의 가장자리에 이미 내려앉았고, 가벼운 황금빛 구름이 낀 푸른 하늘은 나의 혼란스러운 감정의 골짜기 위로 밝고 천진난만하게 빛났다. 미소 지으며 나는 내게 좋은 시간이 오는 것을 느꼈다. 내가 사랑하는 여인을 생각했으며, 떠오르는 시구를 흥얼거렸고, 음악을 감지했다. 행복과 경건함이 온 세상에 차는 것을 느끼며 기도하는 마음으로 그날의 모든 짐을 던져 버리고 새와 나비, 물고기, 구름을 가로질러 즐겁고 덧없으며 순진무구한 창작의 세계 속으로 춤추듯 들어갔다.

　지쳤지만 행복한 마음으로 뒤늦게 숙소로 돌아간 이 저녁에 대해서는 여기서 보고하고 싶지 않다. 내 모든 좌골신경통 환자 철학은 여기서 다 무너져 내렸다. 지치고도 행복에 겨워 노래를 흥얼거리며 나는 밤중에 돌아왔다. 보라, 오늘은 잠도 내게서 달아나지 않았다. 그토록 두려워했던 그 녀석도 다정하게 찾아와 푸른 날개에 나를 태우고 천상으로 데려다 주었던 것이다.

네덜란드 사람

오랫동안 나는 이 부분을 쓰는 일로 압박감을 느껴 왔다. 이제 써야 할 때가 왔다. 14일 전 조심스럽고 주도면밀하게 내가 묵을 65호실 호텔 방을 찾아냈을 때 모든 점에서 내가 잘못 선택한 것은 없었다. 방은 밝고 친근감 있게 양탄자가 깔려 있고 벽의 옴폭한 부분이 있어 그 안에 침대가 놓여 있었다. 보통과는 다른 독특한 방의 구조는 나를 기쁘게 했다. 멋진 등이 있고, 강과 포도원을 내다볼 수 있다. 게다가 건물의 가장 높은 층에 위치하고 있어서 내 위로는 아무도 살고 있지 않으며, 도로에서 들려오는 소음 같은 것도 거의 없다. 나는 훌륭한 선택을 한 것이었다. 그때 옆방 사람들에 관해서도 물었는데, 안심할 수 있는 정보를 들었다. 한쪽에서는 한 노부인이 머물고 있었는데, 실제로 그녀의 기척을 들은 적은 한 번도 없다. 그런데 다른 쪽 64호실에 그 네덜란드 사람이 머물고 있었던 것이다! 열두 날이 지나는 동안, 열두 번의 괴로운 밤이 지나는 동안 그 남자는 내게 심히 중요한 존재가, 아 정말 너무나 중요한 존재가 되었다. 그는 내게 신화적 형상이면서 우상, 악마가 되고 유령이 된 것이었다. 내가 그를 이겨 낸 것은 불과 며칠 전이다.

그자에 관해 설명을 한들 어느 누구도 나를 믿지 않으리라. 그토록 많은 날 동안 낮이면 내 작업을 방해하고 밤이면 내 수면을 방해한 그 네덜란드 남자는 미쳐 날뛰는 베르세르커*도, 열광적인 음악가도 아니다. 또 만취해서 아무 때나 귀가를 한다든지, 자기

아내를 구타하거나 욕설을 퍼붓거나 하는 사람도 아니다. 또한 휘파람을 불거나 노래를 부르는 것도 아니다. 정말이지 코를 곤 적도 한 번도 없고, 골았다 해도 나를 방해할 정도로 크지는 않았다. 이미 젊지 않은 그는 착실하고 예의 바른 남자로서 시계처럼 규칙적으로 생활하며, 결코 눈에 띄는 부덕 같은 것을 지닌 것도 아니다. 이런 흠잡을 데 없는 시민이 어떻게 그토록 나를 괴롭힐 수가 있었단 말인가?

그런 일이 가능했던 것이며, 유감스럽게도 그것은 사실이다. 내 불행의 토대가 된 두 가지 핵심 점은 이것이다. 64호실과 65호실 사이에는 문이 하나 있는데, 빗장이 걸려 있고 탁자가 가로놓여 있기는 하지만 결코 두툼한 문은 아니다. 이것이 첫째 불행으로서, 그것을 제거할 수는 없는 상황이다. 둘째로 더 나쁜 것은 그 네덜란드 사람에게 부인이 있다는 사실이다. 허용된 방법으로는 그녀를 세상 바깥으로 몰아내거나 아니면 64호실에서라도 몰아내는 것 또한 불가능하다. 거의 온종일을 자기 방에서 지내는 투숙객은 비교적 드문데, 나는 바로 나 자신과 마찬가지로 내 이웃이 그런 부류에 속하는 해괴한 불운을 겪게 된 것이다.

만일 내게도 마찬가지로 부인이 있거나 내가 노래 교사라도 된다면, 아니면 피아노나 바이올린 혹은 발트호른이 있다면, 아니면 대포나 북이 있다면, 승리의 희망 속에서 내 이웃 그 네덜란드 인과 전쟁이라도 치를 텐데. 하지만 사태는 이렇다. 이 네덜란드 인 부부는 하루 24시간 내내 내게서는 아무런 소리도 듣지 않는다. 나는 왕이나 중증 환자를 대하듯 그들을 대한다. 그들은 끊임없이 내게서 완벽하고 절대적인 고요라는 엄청난 호의를 넘치게 받는 것이다. 그런데 그러한 호의에 대한 그들의 응답은 어떤가? 그들은 밤마다 12시부터 6시까지 잠을 잠으로써 내게 매일 여섯 시간의 정양 기간을 준다. 이 시간 동안 나는 일을 하든지 잠을 자든지 기도를 하든지 명상을 하든지 마음대로 할 수 있다. 그런데 하루의 나머지 열여덟 시간에 대해서는 어떠한 권한도 없는 것이다. 그 시간은 내 것이 아니다. 날마다 이 열여덟 시간은 아마 내게서는 아예 열리지 않고 오로지 64호실에서만 열리는 것이리라. 64호실에서는 하루의 열여덟 시간 동안을 잡담하고 웃어 대며 화장을 하고 손님을 맞는다. 총기를 쓰거나 음악을 하는 것도 아니고, 때리며 싸움질을 하는 것도 아님은 인정하는 수밖에 없다. 하지만 생각에 잠기거나 독서를 하거나 명상을 하는 일 따위는 없으며 잠잠히 지내지도 않는다. 끊임없이 이야기소리가 봇물처럼 터져 흐르는데, 주로 넷에서 여섯 명 가량의 사람들이 건너편에 모여 있다. 그리고 저녁이 되면 두 부부가 열한 시 반까지 잡담을 해 댄다. 그런 다음에는 유리잔과 자기 그릇이 딸그랑거리고 칫솔질 소리가 나며 의자들이 밀쳐지고 양치질 소리가 들린다. 이어서 침대가 삐걱거린다. 그러고는 잠잠해지는데 새벽 6시경까지는 잠잠하다(이것은 재차 인정할 수 있겠다). 그런데 6시가 되면 부부 중 어느 쪽인지는 모르지만 한 사람이 일어나 바닥을 쿵쾅거리면서 목욕을 하러 갔다가 금방 돌아온다. 그 사이 나도 목욕할 시간이 되어 있다. 내가 되돌아올 때부터 잡담과 소음, 웃음, 의자 밀치기 등등으로 이어지는 실타래가 다시 자정이 되기 직전까지는 도무지 끊어지지 않는다.

그런데 내가 다른 이들처럼 좀 더 이성적인 보통 사람이라면 그 상황에 쉽게 적응할 것이다. 어쨌든 둘이 하나보다는 강하기 때문에 내가 굴복할 것이다. 그리고 대부분의 요양객들이 그렇듯 내 방이 아닌 다른 곳, 독서실이나 흡연실, 복도나 요양홀, 식당 같은 데서 하루하루를 보내겠지. 그리고 밤이 되면 곧바로 잠을 잘 것이다. 그런데 나는 그렇게 하지 못하고, 낮에는 많은 시간을 혼자 책상 앞에 앉아서 긴장 속에서 생각을 하고 글을 쓰다가 많은 경우 쓴 것을 나중에 그냥 다시 폐기해 버리는 힘들고 어리석은 소모적 열정에 사로잡혀 있다. 그리고 밤에는 잠자고 싶다는 크고 간절한 욕구를 느끼지만, 내가 잠드는 일이란 황혼녘 어두워지기까지의 몇 시간씩 걸리는 복잡한 과정이다. 게다가 잠은 매우 어렴풋하고 얕고 까다로워 그것을 낚아채는 데는 한 번의 입김이면 족하다. 그러다가 10시나 11시가 되어 죽을 만큼 지쳐 막 잠이 들려고 해 봤자 아무런 도움도 되지 않는다. 옆방의 네덜란드 인 부부가 수다를 계속 떨고 있는 한 그 정도로 해서는 잠이 들지 않는다. 진이 빠진 채 자정이 오기만을, 그 헤이그 남자가 불현듯 내가 잠들 수 있도록 해 주기만을 애타게 기다린다. 그때까지 기다리고 귀 기울이고 내일 작업을 생각하다가 다시 잠이 깨어 흥분 상태가 되니 잠깐이나마 미처 잠을 맛보기도 전에 내게 허용된 평온한 여섯 시간이 거의 다 지나가 버리는 것이다.

잠 좀 더 잘 수 있게 해 달라고 그 네덜란드 사람에게 요구하는 것이 얼마나 온당하지 못한 일인지 나는 깊이 의식하고 있다. 그런 사실을 구태여 말할 필요가 있을까? 나의 불면과 정신적 도락에 대해 책임은 그에게 있는 것이 아니라 오로지 내게 있는 것이다. 그것을 내가 너무나 잘 알고 있다는 사실을 말할 필요가 있을까? 그렇지만 내가 이 바덴의 일을 메모하는 것은 다른 사람들에게 호소하거나 나 자신을 정화하기 위해서가 아니라 체험을 기록하기 위해서다. 비록 그것이 이상야릇하게 일그러진 정신병자의 체험이라 해도 말이다. 정신병자의 정당한 권리에 관한 더욱 복잡한 다른 질문은 이 노트에서는 건드리지 않고 그냥 두겠다. 말하자면 어떤 시대나 문화적 환경 속에서는 온갖 이상의 희생양이 되어 그 시대 상황에 순응하는 것보다는 정신병자가 되는 것이 더 품위 있고 고상하고 더 옳은 일이 아닌가 하는 그 끔찍하고 충격적인 질문, 이 언짢은 질문, 니체 이후 세분화된 온갖 정신에 대한 질문 말이다. 어쨌든 그것은 나의 거의 모든 글의 주제가 되고 있다.

그러니까 위에서 설명한 이유로 인해 그 네덜란드 사람은 내게 골칫거리가 되었다. 왜 내가 항상 네덜란드 남자 한 사람만을 단수로 거론해야 하는지 생각으로든 말로든 나 스스로 확실히 해명할 수가 없다. 한 쌍의 부부, 즉 두 사람이 문제인데 말이다. 그렇지만 여성에 대한 본능적인 친절 때문에 내가 남편보다는 부인에게 더 관대한 것이든, 실제로 나를 유난히 괴롭히는 것이 남자의 목소리와 좀 육중한 발걸음이든 간에 어쨌든 내게 고통스러운 이는 네덜란드 인 '부부'가 아니라 그 네덜란드 '남자'다. 여자에 대한 이런 본능적인 무시는 일부 나의 적대감에서 나오는 것이다.

그러나 남자를 적 혹은 대척자로 신화화하는 것은 매우 심오한 불가항력적인 충동에서 기인한다. 그 네덜란드 사람, 강건함과 번지르르한 외모, 점잖은 행동으로 가득 찬, 지갑을 갖고 다니는 그 남자는 그 유형 자체로 이미 아웃사이더인 내게 적대감을 불러일으킨다.

그는 마흔세 살 가량의 신사로 중키에 강하고 좀 땅딸막한 모습을 하고 있는데, 그런 모습이 건강하고 정상적이라는 인상을 준다. 얼굴과 외형은 살이 찌고 둥그스레하지만 눈에 띌 정도는 아니다. 약간 묵직한 눈꺼풀이 있는 크고 탄탄한 두상은 그다지 두드러지지 않은 땅딸막한 목에 붙어 있어서 육중하다는 느낌을 주며 몸 전체를 누르고 있다. 그 네덜란드 사람이 절도 있게 행동하고 훌륭한 매너를 지녔음에도 불구하고 건강과 몸무게 때문에 그의 동작과 걸음걸이는 유감스럽게도 이웃인 내가 바라는 바보다 더 묵직하고 잘 들린다. 목소리는 낮고 단조로워서 음색의 높이나 강도에 별 변화가 없으며, 전반적 인격은 공정하게 보자면 진지하고 믿을 만하며 차분해서 호감이 갈 정도다. 이와 달리 좀 거슬리는 점은 시시콜콜 감기에 잘 걸려서(다른 바덴 요양객들도 모두 그렇듯이) 심하게 기침을 하고 재채기를 해 댄다는 것이다. 그럴 때면 기침과 재채기 소리에서도 역시 어떤 묵직하고 충만한 힘이 드러난다.

그러니 이 헤이그 남자는 불행하게도 내 이웃이 되어 낮에는 내 정신적 작업의 적으로서 위협을 가하고 종종 작업을 말살시키기도 하며, 일부 밤 시간 동안은 내 수면의 적으로서 잠을 말살시키는 것이다. 물론 허구한 날 내가 그의 존재를 징벌과 부담으로서 느끼는 것은 아니었다. 야외에 나가 작업을 할 수 있는 온화하고 햇살 비치는 날도 많이 있었다. 호텔 정원 속 숨겨진 작은 수풀 속에서 나는 서류 가방을 무릎에 올려놓고 노트에 빽빽하게 글을 썼으며 사색을 하고 내 꿈을 좇아가 보거나 행복에 겨워 나의 장 파울을 읽었다. 하지만 차갑고 비 내리는 날도 아주 많이 있었는데, 그런 날은 온종일 벽을 사이에 두고 적과 마주하고 있는 나 자신을 보았다. 내가 소리 없이 긴장한 채 책상 앞에서 일에 매달려 있는 동안, 옆의 네덜란드 사람은 오락가락하다가 세면대에 물을 채우고 대야 가득 침을 내뱉으며 소파에 털썩 앉았다. 자기 부인과 이야기를 하고 농담을 하며 함께 웃어 댔고 방문객을 맞았다. 그때는 대개 내게는 무척 피곤한 시간이었다. 그런데 그런 상황에서 내게 엄청난 도움이 되는 것이 있으니 바로 나의 일이다. 나는 일의 영웅도 아니고 근면상을 받을 만한 사람도 못 된다. 그러나 일단 이미 어떤 환상이나 생각의 고리가 내 안에 가득 차 그에 사로잡히기 시작하면, 상당한 저항이 있기는 하지만 일단 이미 그 생각을 하나의 형식으로 엮고자 마음먹으면 나는 그 일만을 물고 늘어질 뿐 내게 중요하다 해도 다른 일은 까맣게 잊어버린다. 64호실에서 네덜란드가 온통 교회당 헌당 기념 축제를 벌였는데도 그것이 내게 아무런 방해도 되지 않은 적이 있었다. 내가 어떤 고독하고 환상적이며 위험스러운 맞추기 놀이에 매혹되어 마음을 빼앗기고 있었기 때문이다. 그 놀이는 나를 사로잡았다. 나는 열에 들떠 떨리는 손끝으로 생각을 좇아 글을 써 나가며 문장을 만들고, 밀려오는 연상 가운데서 선택을 하며 집요하게 적절한 단어를 건져 냈다. 독자는 그것을 보고 많이 웃을지도 모른다. 하지만 우리 작가들에게는 글을 쓴다는 것이 매번 새롭게 흥분되는 대단한 일이다. 가장 작은 조각배를 타고 먼 바다에서 하는 항해이며, 우주를 통과하는 고독한 비행이다. 단어 하나하나를 찾아 적절하다고 생각되는 세 개의 단어 가운데서 선택을 하면서 동시에 만들고 있는 문장 전체를 느낌과 청각 속에 담아 두는 것, 문장을 연마하고 생각한 대로 구성하며 구조물의 나사를 조이면서 동시에 장 전체, 책 전체의 분위기와 균형을 어떻게든 은밀한 방식으로 항상 느낌 속에 생생하게 간직하는 것은 흥분되는 작업이다. 내 경험으로는 그림을 그릴 때만이 그와 비슷한 긴장과 집중을 해 보았다. 그림을 그릴 때도 아주 똑같다. 모든 색 하나하나를 옆의 색과 제대로 조심스럽게 맞추는 일은 멋지고 쉽다. 그런 일은 배운 다음 얼마든지 자주 실습해 볼 수 있다. 하지만 그것을 넘어서 지속적으로 그림의 여러 부분, 아직 아예 그리지도 않아 볼 수 없는 부분까지도 생생하게 간직해 함께 고려하는 것, 서로 교차하는 궁선(弓線)의 수많은 그물망을 모두 감지하는 것은 놀라우리만치 어렵고 성공하기 힘든 일이다.

따라서 문학적 작업에는 극도로 팽팽해진 창작의 충동 속에서 외부에서 오는 장애나 방해물을 거뜬히 이겨 낼 만한 집중력이 절실하게 요구된다. 쾌적한 책상 앞에서 최상의 조명에 자신의 익숙한 필기도구로 특수 용지 등을 사용해야만 작업이 가능해 보이는 작가는 내가 보기에 미심쩍다. 아마 사람들은 본능적으로 모든 외적 편의와 쾌적함을 추구할 것이다. 하지만 그런 것을 가질 수 없을 때는 그것 없이도 살아가기 마련이다. 그렇게 종종 나는 창작의 시간에 나를 보호해 주는 어떤 거리 혹은 격리벽을 나와 64호실 사이에 끼워 넣은 채 글을 쓸 수 있었다. 그러나 지치기 시작하고 누적된 수면 부족이 강한 힘으로 거기에 가세하면 곧바로 다시 방해물이 살아나는 것이었다.

그럴 때는 일보다도 수면과 관련해 훨씬 상황이 나빴다. 순수하게 심리학에만 기반을 둔 나의 불면증 이론을 여기서 입증하려는 것은 아니다. 다만 작업을 할 때는 그 고무적인 힘 덕분에 때때로 네덜란드 사람에 대한 그런 일시적인 면역성이 생기고 64호실을 잊은 집중 상태에 빠질 수 있지만, 잠을 자려고 애쓸 때는 그러한 행운을 나누지 못한다는 것을 말할 뿐이다.

불면증 환자는 오랫동안 시달리게 되면, 신경질적 과로 상태에서는 대부분의 사람들이 그렇듯이, 거부와 증오 심지어 파괴의 감정을 자신뿐만 아니라 가장 가까운 주변으로 돌리게 된다. 그런데 내게 가장 가까운 주변이란 오로지 네덜란드와 관련되어 있었으니, 불면의 밤을 지내는 동안 네덜란드에 대한 거부와 분노, 증오의 감정이 서서히 쌓여 갔다. 낮 동안은 긴장과 방해가 정말 끊임없이 계속된 관계로 발산될 수 없는 감정이었다. 네덜란드 사람 때문에 잠 못 이루고 과로로 인해, 그리고 쉬고 싶다는 억제할 수 없는 욕구로 인해 열에 들떠 침대에 누워 있으면, 그러면서 바로 옆 이웃이 무료하고도 확실하고 단호한 걸음걸이에 또한 확실하고 엄격한 동작을 취하면서 격한 소리를 내는 것을 듣고 있으면,

그에 대한 격렬한 증오심이 끓어올랐다.

하지만 어쨌든 그런 상황에서도 내 증오심이 어처구니없다는 것을 어느 정도까지는 계속 의식하고 있었다. 그러는 사이 순간 다시금 내 증오심이 우스워지면서 그것을 누그러뜨릴 수 있었다. 그런데 내게 치명적인 것은 이 증오심이 날이 갈수록 중립화되거나 분산되는 것이 아니고 오히려 점점 더 어리석고 편협해지며 점점 더 개인을 향하게 되었다는 사실이다. 증오심 그 자체는 개인과는 상관없이 단지 내 수면의 방해물과 나 자신의 과민성, 틈이나 있는 문을 향한 것이었는데 말이다. 그 네덜란드 사람 개인은 아무 죄도 없다며 나 자신을 질책하며 확인시켜 주어도 결국 아무런 도움이 되지 않았다. 나는 그냥 그를 증오했다. 더군다나 그가 실제로 날 괴롭게 할 때만, 가령 무분별하게 깊은 밤중에 큰 소리를 지르며 말하고 웃어 대는 순간에만 증오한 것이 아니었다. 그래, 나는 이제 적나라하고 단순 무지하고 아둔한 증오심으로 그를 정말 노골적으로 증오했다. 기독교 신자인 성공한 소상인이 유대인을 증오할 때처럼, 혹은 공산주의자가 자본주의자들을 증오할 때처럼 말이다. 그것은 이성을 잃은 아둔하고 동물적인 증오였으며, 근본적으로는 비겁하거나 질투에 찬 성질의 증오였다. 정치나 사업, 대중에게 해를 끼쳐 능력을 인정하기도 힘들 다른 사람이 그런 증오를 드러내면 나는 늘 언짢아한다. 나는 이제 그 네덜란드 사람의 기침, 목소리뿐만 아니라 그 사람 자체를, 그의 실제 인물까지 증오했다. 그가 낮에 아무것도 모른 채 기분 좋게 어딘가에서 나와 마주칠 때면 내게는 그것이 완전한 적이나 해충과의 만

남이 되었다. 그리고 내 모든 철학적 사유는 내 감정을 드러내지 않을 정도까지만 이어졌다. 그의 매끈하고 쾌활한 얼굴, 두터운 눈꺼풀, 두텁고 쾌활한 입술, 세련된 조끼 속의 복부, 걸음걸이와 행동, 그 모든 것이 내게는 역겹고 혐오스러웠다. 내가 가장 증오했던 것은 그의 기력과 건강, 강건함을 드러내는 수많은 특징 전부였고, 그의 웃음과 기분 좋은 상태, 움직일 때의 에너지, 시선의 우월한 냉담성 등 생물학적이고 사회적인 우월성을 나타내는 그 모든 특징이었다. 물론 그가 밤낮으로 다른 사람들의 잠과 기력을 잠식할 때면, 이웃들이 배려해 주며 조용히 행동하고 절제하는 것은 늘 받아 누리면서도 자신은 아무런 거리낌 없이 밤낮을 가리지 않고 멋대로 온갖 소리를 내고 요동을 치며 집 안팎을 진동시킬 때면, 그런 식으로 건강하고 좋은 기분이 되어 행복한 신사 노릇을 하는 일은 어렵지 않았으리라. 누가 이 네덜란드 남자 좀 데려가 버렸으면! 음울한 마음으로 나는 방랑하는 네덜란드 인을 떠올렸다. 그 역시 저주받은 악마이며 고통을 끼치는 정령 아니었는가? 하지만 나는 무엇보다도 언젠가 작가 물타툴리가 그린, 기름기 흐르는 향락가로서 돈을 긁어모은 저 네덜란드 인들을 떠올렸다. 그들의 풍요와 지겨울 정도의 온화함은 말레이 인들에 대한 착취를 기반으로 한 것이었다. 용감한 물타툴리여!

내가 생각하고 느끼는 방식, 나의 신앙과 상상 생활을 좀 더 잘 알고 있는 친구들은 이 비인도적 상태로 인해 내가 얼마나 고통을 받았는지, 무고한 한 사람에 대한, 내 마음에서 나온 것이 아닌 이 강요된 증오가 얼마나 나를 훼방하고 괴롭혔을지 상상할 수 있으리라. 더욱이 그것은 내 '적'의 무고함 때문도, 내가 감정적으로 그에게 끼친 부당함 때문도 아니고, 무엇보다도 내 행동의 터무니없음 때문이었고, 내 학식과 믿음, 신앙을 이루는 모든 것과 내 실제 태도 사이의 깊고 근본적인 모순 때문이었다. 합일성의 관념만큼 내가 세상에서 그토록 깊이 믿는 것은 아무것도 없으니 말이다. 그 어떠한 관념도 합일성의 관념만큼 내게 신성한 것은 없다. 세상 전체가 신에 의해 합일되어 있다는 것, 모든 고통, 모든 악은 오로지 우리 개개인이 더는 자신을 전체에서 분리될 수 없는 부분으로 느끼지 않는 데서, 자아를 너무 중시하는 데서 생겨나는 것이라는 관념 말이다. 나는 인생에서 많은 고통을 겪었다. 부당한 일도 많이 저질렀으며, 나 자신에게 어리석고 쓰라린 짓을 많이 했다. 그렇지만 항상 다시금 구원을 받을 수가 있었다. 내 자아를 잊고 포기하며 일체성을 느낄 수 있었으며, 내면과 외부 세계 간의, 자아와 세계 간의 균열을 망상이라 여기고 눈을 감은 채 기꺼이 합일의 세계로 들어갈 수 있었다. 그런 일은 내게 결코 쉽지 않았다. 나만큼 성자의 재능을 갖추지 못한 사람이 또 있을까. 하지만 그럼에도 항상 내게는 기독교 신학자들이 '은총'이라는 아름다운 명칭을 부여한 그 기적이, 다시는 저항하지 않고 기꺼이 화합의 상태에 이르는 저 신성한 화해의 체험이 다시금 일어났다. 그것은 기독교에서 말하는 자아의 포기, 혹은 인도에서 말하는 합일에 대한 인식과 다름없었다. 아, 그런데 나는 또 다시 그토록 철저히 합일성의 바깥에 서 있었고, 개별화된 채 고통스럽고 증오에 찬 적대적 자아가 된 것이었다. 분명 다른 이들도 마찬가지였다.

그 점에서 나는 혼자가 아니었다. 삶 전체가 외부 세계에 대한 자아의 투쟁이며 전투적인 자기주장이 되는 수많은 사람들이 있었다. 그들은 합일성과 사랑, 조화의 사상을 알지 못했으며, 그런 것을 낯설고 어리석고 약한 것으로 여겼을 것이다. 정말이지 현대인들의 실용적인 모든 보통 종교는 자아와 그것의 투쟁을 찬미한다. 하지만 이런 자아감와 투쟁 속에서 평안을 느끼는 것은 오로지 단순 소박한 사람들, 굽힐 줄 모르는 강직한 자연적 존재들에게나 가능한 일이었다. 지식인들, 고통 속에서 예지력을 갖게 된 사람들, 고통 속에서 섬세한 감수성을 갖게 된 사람들에게는 그러한 투쟁을 통해 행복을 찾는 것은 금지된 일이었다. 그들에게 행복이란 오로지 자아를 포기하는 데서만, 합일성을 체험하는 가운데서만 생각할 수 있는 것이었다. 아, 자신을 사랑하고 자신의 적을 증오할 수 있었던 그 단순한 이들은 복이 있나니. 자신에 대해 결코 회의를 품어 볼 필요가 없었던 저 애국자들은 복이 있나니. 그들은 자기 나라의 모든 불행과 재난에 대해서 결코 그 자신은 추호의 책임도 없었으며, 프랑스 인이든 러시아 인이든 유대 인이든 누구든지 상관없이 항상 타자, 즉 '적'이 당연히 책임을 졌으니 말이다. 살아있는 자들의 10분의 9나 되는 이 사람들은 아마도 그들의 야만적인 근원 종교 속에서 정말 행복했을 것이다. 아마도 그들은 우둔함으로, 혹은 사고에 대한 극도로 교활한 적대감으로 무장한 채 부러우리만치 즐겁고 가볍게 살았을 것이다. 사실은 이것 역시 몹시 의심스러운 일이었지만 말이다. 그러한 인간들의 행복을 재는 잣대가, 다시 말해 그들의 고통과 나의 고통을 잴 수 있는 공통적인 잣대가 어디에 있었겠는가?

이런 생각을 한 때는 고통스러울 정도로 길고 긴 어느 날 밤이었다. 나는 옆방에서 기침을 하고 침을 뱉고 오락가락하는 그 네덜란드 사람의 희생물이 되어 열이 오르고 과로한 상태로 침대에 누워 있었다. 오랜 독서로(내가 달리 무엇을 하고 싶었겠는가?) 눈은 몹시 피곤해져 있었다. 그리고 이제는 이런 상태를, 이 고통과 치욕을 무조건 끝장내야 한다고 느꼈다. 이런 명료함이, 이런 확신 혹은 결단이 서광처럼 차가운 빛으로 불현듯 내 안에 떠오르자, '이 일은 곧장 끝을 보고 해결을 봐야 한다'는 것이 내 마음에 분명하고 확고해지자 곧바로 먼저 의례적이고 속된 환상이 내 안에 떠올랐다. 그것은 특별한 고통의 순간이 올 경우 민감한 사람이라면 누구나 잘 알고 있는 것이다. 이런 비통한 상황에서는 단두 가지 길을 생각할 수 있을 것 같았는데, 나는 그중 하나를 선택해야 했다. 말하자면 내가 자살을 하든지, 아니면 그 네덜란드 사람과 맞붙어 그의 목줄을 잡고 승리를 거두든지 하는 것이었다. (바로 그때 그는 다시 유별난 힘으로 기침을 해 댔다.) 두 가지 상상은 좀 유치하기는 하지만 멋있고 구원을 가져다주는 것이었다. '이제 내가 내 목을 절단 낸다면 너희에게 마땅한 보응이 되겠지' 하는 자살자의 전형적이며 유치한 감정 속에서, 종종 생각해 온 평범한 방식 중 하나로 자신을 없애 버린다는 생각은 멋진 것이었다. 또한 내가 아닌 네덜란드 사람을 붙들어 목 졸라 죽이거나 사살해서 그의 야비하고 미분화된 생명력에 대한 승리자로서 남는다는 또 다른 상상 역시 멋있었다.

나 자신의 소멸이든 적의 소멸이든 이 소멸에 관한 천진무구한 환상은 그러다가 곧장 바닥이 났다. 한순간은 그러한 환상에 빠져 소망의 이미지 속으로 도주할 수 있었지만, 그것은 곧바로 퇴색해 그 마력을 잃었다. 그처럼 미궁을 헤매며 잠깐 방황하고 나니 그 소망이 무기력해졌기 때문이다. 그리고 그러한 소망이 단순히 순간적인 흥분 상태에 지나지 않았다는 것을, 사실은 나 자신이나 네덜란드 사람을 없애는 것이 내가 정말 진지하게 원하는 바가 아니라는 것을 인정할 수밖에 없었다. 그저 그가 멀리 떨어져 있기만 해도 더 바랄 나위 없이 충분하리라. 나는 이제 그가 멀어지는 것을 이미지 속에 그려 보려 했다. 불을 켜고 침대 탁자의 서랍에서 기차 시간표를 꺼내서는 네덜란드 사람이 내일 아침 일찍 여행을 떠나 가능한 한 빨리 그의 고향에 도착하게 되는 빈틈없는 여행 계획을 세우려고 애를 썼다. 이 일은 조금은 나를 즐겁게 해 주었다. 나는 그 남자가 스산하고 차가운 새벽에 일어나는 것을 보았다. 그가 마지막으로 64호실에서 화장을 하고 장화를 신는 것을 보았고, 문을 쾅 닫는 소리를 들었으며, 추위에 떨며 정거장으로 가서 여행을 떠나는 것을 보았다. 또한 아침 8시에 바젤에서 그가 프랑스 세관원을 욕하는 것을 보았다. 내 소망의 이미지가 그를 데리고 움직여 갈수록 내 마음은 가벼워졌다. 하지만 내 상상력은 파리에서 벌써 끝이 나 버렸다. 그리고 나의 그 남자가 네덜란드 국경에 도달하기 훨씬 전에 모든 이미지는 다시금 산산조각이 났다.

그것은 장난질이었다. 그렇게 단순한 싸구려 방법으로 적을, 나 자신 안의 적을 이길 수는 없었다. 네덜란드 사람에게 어떤 식으로든 복수를 할 수는 없었다. 다만 그에 대해서 값어치 있고 긍정적이며 나로서 품위 있는 태도를 취하는 수밖에 없었다. 내가 해야 할 일은 아주 분명했다. 아무런 가치도 없는 나의 증오를 벗고 그 네덜란드 사람을 사랑해야 하는 것이었다. 그렇게 되면 *그가* 침을 뱉든 굉음을 내든 나는 그보다 우월하며 *꼬떡*도 하지 않을 것이다. 내가 그를 사랑할 수 있었다면 아무리 건강하고 생명력이 넘친다 해도 그런 것은 그에게 아무런 소용이 없었을 것이다. 그랬다면 그는 내 수중에 들어오는 것인데, 그랬다면 그의 이미지가 더는 합일성의 사고에 거슬리지 않았을 것이다. 그런데 자, 목표는 근사했다. 내 불면의 밤을 훌륭하게 이용한 것이었으니!

임무는 그렇게 간단하고도 그만큼 어려운 것이었다. 그 일을 해결하고자 나는 정말 꼬박 하룻밤을 다 보냈다. 그 네덜란드 사람을 변형시켜 새로 만들어야 했다. 내 증오의 대상에서, 내 고통의 근원에서 벗어나 그를 재창조해야 했다. 내 사랑의 대상으로, 내 관심과 연민, 형제애의 대상으로 새로이 주조해야 했다. 내가 이 일을 해내지 못한다면, 그를 그렇게 개조하기 위해 내 안의 온기를 조달하지 못한다면 나는 패배한 것이었다. 그렇게 되면 네덜란드 사람은 내 목 속에 박혀 있었을 것이다. 그리고 나는 계속 밤낮으로 그의 목을 졸라야 했을 것이다. 내가 해야 했던 일은 오로지 "네 원수를 사랑하라"는 그 놀라운 말씀을 실행하는 것이었다. 나는 오래전부터 야릇하게 강압적인 「신약성서」의 이 말씀을 모두 단순히 도덕적인 것으로서, '해야 한다'는 명령으로서 받아들이지 않고 우리를 향해 손짓하는 한 진정한 현인의 친절한 암시로 받아들였다. '이 말씀을 일단 문자 그대로 실행해 보라. 그것이 너를 얼마나 평안하게 하는지 놀라게 될 것이다.' 이 말씀이 단지 최고의 도덕적 요구일 뿐만 아니라, 영혼의 행복론으로 보아도 가장 현명한 내용을 담고 있다는 것을 나는 알고 있었다. 「신약성서」의 모든 사랑론은 그 다른 의미 외에 최대한의 심사숙고 끝에 얻은 영혼의 기술이라는 의미를 지니고 있음을 알고 있었다. 이 경우야말로 확실했다. 정말 미숙하고 단순한 정신 분석가라 할지라도 나와 내 구원 사이에 가로놓여 있는 것이 오로지 내 원수를 사랑하라는, 아직 실행되지 않은 요구였음을 확인할 수 있었을 것이다.

그런데 나는 해냈다. 그는 내 목 안에 박혀 있지 않았다. 그는 새로이 주조되었다. 하지만 그것은 쉽게 된 일이 아니었다. 땀과 노동을 지불했으며, 두세 시간씩 극도의 긴장으로 보낸 밤을 지불했다. 그런 다음 어쨌든 해낼 수 있었다.

나는 두려움의 대상인 그의 모습을 최대한 예리하고 선명하게 내 영혼 앞으로 끌어다 놓는 것으로 그 일을 시작했다. 더 이상 손도, 손가락도, 신발도, 눈썹도, 볼의 주름도 느끼지 않게 될 때까지, 내 앞에 있는 그를 실컷 바라보고 마음속으로 완전하게 소유할 때까지, 그를 걷게 하고 앉게 하며 웃게도 하고 잠들게 할 수 있을 때까지 말이다. 나는 그가 아침이면 이를 닦고 밤이면 베개를 베고 잠드는 광경을 상상했다. 눈꺼풀이 지쳐 가고 목의 긴장이 풀리며 머리가 힘없이 내려앉는 것을 보았다. 그 정도까지 그를 소유하기는 한 시간쯤 걸렸을 것이다. 이로써 많은 것을 얻었다. 작가에게 무엇을 사랑한다는 것의 의미는 그것을 환상 속으로 받아들여 그 속에서 온기를 넣고 품어 주면서 그것과 유희하는 것이었고, 자기의 영혼으로 그 속을 꿰뚫고 들어가 자기의 호흡으로 생기를 주는 것이었다. 나는 내 적에게 그렇게 했다. 마침내 그는 내 소유가 되었고 내 안으로 들어왔다. 그의 좀 짤막한 목이 아니었더라면 그렇게 할 수 없었을지 모른다. 그런데 그 목이 내게 도움이 된 것이었다. 나는 네덜란드 사람에게 반바지나 프록코트를 입혔다 벗겼다 해 보기도 했고, 경주 보트에 태우거나 점심 식탁에 앉혀 보기도 했으며, 그를 군인이나 왕, 거지, 노예, 노인, 아이로 만들어 보기도 했다. 그렇게 변형된 모든 모습 속에서 그는 짧은 목과 약간 튀어나온 눈을 하고 있었다. 이 특징이 그의 약점이었고, 나는 바로 그 점을 공격해야 했다. 네덜란드 사람을 더 젊게 만들어 젊은 남편이나 신랑, 대학생, 고등학생의 모습으로 내 앞에 나타나게 하기까지는 오랜 시간이 걸렸다. 마침내 그를 어린 사내아이로 되돌려 놓을 수 있었을 때 나는 처음으로 그 목에 동정심을 느꼈다. 이 건장하고 에너지 넘치는 소년이 천식의 경미한 징후를 보여 부모에게 걱정을 끼치는 것을 보았을 때, 그는 연민이라는 부드러운 방법으로 내 심장을 정복했다. 나는 연민이라는 부드러운 길을 계속 걸었다. 그리고 다음의 시기와 단계를 만들어 내는 데도 더 이상 기술이 필요 없었다. 열 살이 된 이 남자가 처음으로 온몸에 구타를 당하는 것을 보기에 이르렀을 때, 갑자기 그의 모든 것이 감동을 자아냈다. 그 두툼한 입술, 묵직한 눈꺼풀,

탄력 없는 목소리, 이 모든 것이 호소력을 얻었다. 그리고 나의 집중된 환상 속에서 그가 상상적 죽음을 당하기도 전에 그의 인간적인 면과 약점, 정말 그가 죽겠구나 하는 생각이 형제애를 느낄 정도로 이미 내게 다가와 오래전부터 그에 대한 모든 반감이 사라져 버렸다. 그러자 기쁜 나머지 그의 눈을 완전히 감겼다. 그리고 나도 눈을 감았다. 이미 아침이 되었기 때문이다. 긴 밤의 창작 활동으로 인해 나는 기진맥진해서 유령처럼 베게에 매달렸다.

그 이후 낮에도 밤에도 내가 네덜란드에 승리했음을 확인할 수 있는 기회가 충분히 있었다. 그 사람이 웃든 기침을 하든, 아무리 건장한 발걸음으로 돌아다니고 굉음을 내며 성큼성큼 걸어 다니든, 의자를 밀치든 농지거리를 하든 나는 결코 평정을 잃지 않았다. 낮에는 웬만큼 일을 할 수 있었으며, 밤에는 웬만큼 휴식을 취할 수 있었다.

나의 승리는 대단한 것이었다. 그런데 그 승리를 오래 누리지 못했다. 승리의 밤이 지난 지 이틀째 되는 아침에 그 네덜란드 사람이 훌쩍 떠나 버린 것이었다. 이로써 그는 다시금 승리자가 되었다. 그리고 나를 묘한 실망감 속에 남겨 두었다. 내가 힘들게 쟁취한 사랑과 포용 능력이 이제는 쓸모없게 되었기 때문이다. 그가 떠나기를 전에는 내심 그토록 갈망했건만 이제는 그로 인해 고통스러울 지경이었다.

그가 있던 64호실에는 한 조그만 백발의 노부인이 들어왔는데, 내가 거의 보지도 듣지도 못한 그 고무 밑창이 달린 지팡이를 들고 있었다. 그녀는 이상적인 이웃이었다. 결코 나를 방해한 적이 없었으며, 내 안에 분노나 적의를 일으킨 적도 없었다. 그러나 그것은 시간이 지난 뒤인 지금에야 비로소 인정할 수 있는 사실이다. 여러 날 동안 새 이웃과의 관계는 계속 실망스러웠다. 다시 나의 네덜란드 사람이 그 방에 있었다면 훨씬 좋았을 것을. 이제 마침내 그를 사랑할 수 있을 텐데 말이다.

우울

내가 바덴에 처음 온 날에 가진 낙관주의를 지금 돌이켜보면 거울 앞에 날 세워 놓고 스스로 혀를 뽑아 버리고 싶은 충동을 이겨 내기 힘들다. 당시 순진하게 품었던 희망 찬 기쁨을, 이런 온천 요양에 걸었던 나의 어리석은 믿음을 돌이켜보면 말이다. 심지어 당시 나 자신을 상대적으로 젊고 건강하다 여기며 희망 넘치는 경미한 환자로 평가했던, 더욱 파렴치하고 자족적인 소년다운 허영심을 돌이켜보면 그렇다. 처음 왔을 때의 장난처럼 가벼운 그 모든 기분을 떠올려 보면, 또 바덴에 대해서나 내 좌골신경통의 무해성과 치료 가능성에 대한, 따뜻한 온천수, 온천장 의사와 투열 요법, 석영등에 대한 내 원시적인 믿음을 떠올려 보면 그렇다. 그런데 맙소사, 이 같은 망상이 어떻게 사라져 버렸는가. 그런 소망이 어떻게 꺼져 버렸단 말인가. 말라카 지팡이를 짚고 혼자서 열광하며 장난스럽게 바데 가를 춤추며 내려가던 신출내기에게 무엇이 남아 있는가! 우직하면서도 융통성 있고 사람 좋게 웃음 짓던 그에게 말이다. 지금은 내가 그야말로 원숭이 같다는 생각이 든다. 그래, 그토록 낙관적이고 매끈하게 칠해져 어디에든 적응하게 만드는 그 세속적 철학에서 남은 것이 무엇인가! 당시 나는 그런 철학을 가지고 놀면서 내 말라카 지팡이로 그랬듯이 나를 꾸몄다.

이 산책 지팡이가 아직도 그대로 있기는 하다. 어세만 해도 발끈 화를 내며 내 멋진 지팡이의 끝부분에 저 빌어먹을 고무마개를 씌우라는 온천장 감독의 제안을 거절했다. 하지만 그런 제안이 내일 또 반복될 경우 내가 그것을 받아들이지 않을 것이라고 어찌 장담하겠는가?

나는 무서운 통증을 겪고 있다. 걸을 때뿐만 아니라 앉아 있을 때도 그래서 그저께부터는 거의 계속 누워만 있다. 아침마다 목욕을 마치고 올라서면 두 개의 조그만 돌계단이 내게는 힘겨운 노동이 된다. 헐떡이고 땀을 흘리면서 난간을 잡고 올라간다. 더는 목욕 타월을 몸에 두를 힘조차 거의 없어서 잠시 의자에 주저앉는다. 실내화를 신고 나이트가운을 입는 것은 혐오스럽고 과중한 의무다. 유황 온천수까지 가고 또 나중에는 온천수에서 승강기까지, 승강기에서 침실까지 가는 길은 끔찍하게 힘겹고 끝이 없는 고통스러운 여행이다. 나는 이 아침 여정에서 생각할 수 있는 모든 보조 수단을 사용한다. 온천장 감독이나 문기둥, 모든 창턱을 꼭 붙들며 벽을 더듬어 가고, 반쯤 헤엄을 치는 듯한 심히 슬픈 거동으로 모양새 따위는 전혀 신경 쓰지 못한 채 다리와 등을 움직인다. 그런 거동은 전에(아, 그것은 얼마나 오래된 일인가!) 바다사자처럼 보였던 그 노부인에게서 내가 조소 어린 연민으로 바라보던 것이다. 옛말에 파렴치한 농담을 하면 그것이 당사자의 머리로 되돌아온다고 했는데, 여기서 그런 일이 벌어진 것이다.

아침마다 침대 가장자리에 앉아 신발을 신기 위해 몸을 굽혀야 하는 고통스러운 임무 앞에서 겁을 먹고 있을 때나, 목욕 뒤 탈진한 상태로 반쯤 졸면서 욕실 안 의자에 매달려 있을 때면, 내게 얼마 전까지만 해도, 몇 주 전까지만 해도, 침대를 빠져나오면 곧장 힘차고 정확하게 호흡 연습을 하고 흉곽을 펴고 배를 혁대로 조이며 꽉 찬 숨을 다스려 오보에를 불 때처럼 규칙적으로 내뿜었던 아침이 있었다는 기억이 떠오른다. 그것은 분명 사실이다. 하지만 이미 내가 한때 팽팽하게 뻗은 다리와 곧추세운 무릎에 탄력 있는 발가락으로 서 있을 수 있었다는 사실, 느리고 깊게 하는 무릎 굽히기와 다른 멋진 체조 동작을 모두 할 수 있었다는 사실을 나는 더 이상 곧이곧대로 믿을 수 없다!

물론 요양을 시작할 때 곧바로 내게 그런 반응이 생겨날 수 있을 것이라는 이야기를 들었다. 목욕이 심한 피로를 가져오며, 많은 환자들의 경우 처음에는 요양을 하다 통증이 더 심해진다는 것이었다. 그렇군, 난 고개를 끄덕였다. 하지만 그 피로가 이토록 비참할 수 있다는 것, 통증이 이토록 격하고 짓누를 정도로 심해질 수 있으리라고는 짐작도 하지 못했다. 여드레 만에 나는 집과 정원 안 여기저기 주변 벤치에 앉아 있다 다시 일어설 때마다 힘이 들고, 더는 계단도 오르지 못해 승강기를 타고 내릴 때 승강기 사환의 도움을 받아야 하는 늙은이가 되어 버렸다.

외부로부터도 온갖 실망스러운 일이 생겨났다. 이곳에서 몇 미터 거리에 있는 취리히에는 나와 절친한 친구들이 여러 명 살고 있다. 그들은 내가 병들어 이곳에 요양 차 와 있다는 것을 안다. 그들 중 두 친구는 내가 그곳을 지나며 그들을 방문했을 때 날 찾아오겠다고 직접 약속까지 했다. 그러나 아무도 오지 않았다. 물론 앞으로도 아무도 오지 않을 것이다. 그 약속을 믿고 기뻐했다는 것은 아직도 뿌리 뽑지 못한 나의 유치한 근성 중의 하나였다. 그래, 그들은 당연히 오지 않아. 그들이 얼마나 할 일이 많은지 나는 알고 있다. 고통 받는 그 가엾은 인간 모두 말이다. 연극을 보거나 음식점에 가거나 초대에 응한 뒤에 그들이 종종 얼마나 늦게 잠자리에 드는지 알고 있다. 그런 것을 생각하지 못한 채 병들고 지루한 인간인 나를 사람들이 즐거이 찾아올 것이라고 어린아이처럼 무조건 기대했다면 내가 어리석은 것이었다. 하지만 항상 나는 최악의 일을 염두에 두면서도 과도한 기대를 했다. 누구를 알게 되고 그에게 공감을 느끼면 벌써 나는 곧장 그 역시 최상의 것을 주리라 믿어 버린다. 그에게 그런 것을 요구하다가 뜻대로 되지 않을 때면 착각에서 풀려나 우울해지는 것이다. 호텔에서 몇 번 대화를 나눈, 내 마음에 쏙 든 아주 예쁘고 젊은 여성도 그랬다. 그녀가 내게 자신이 좋아하는 책이라면서 몇몇 조야한 소설을 들자 잠시 놀라기는 했지만 즉각 나는 내가 문학과 관련된 일에 전문가이며 정통하다고 해서 이 분야에서까지 색다른 판단과 이해를 앞세울 권리는 없다고 자신에게 말했다. 나는 그 책의 제목을 삼켰고 나 자신을 질책하면서 계속 그 여성이 최고이며 가장 고귀하다는 생각을 다졌다. 그런데 그녀가 어제 저녁 건너편 살롱에서 그런 살인을 저지르다니! 기분 좋고 쾌활하며 예쁘기까지 한 숙녀인 그녀, 분명 내가 있는 데서 아이를 구타하거나 동물을 학대하지 않을 그 여인은 쾌활한 이마와 천진무구한 눈을 지닌 채 내가 있는 곳에서 피아노 앞에 앉아 18세기의 사랑스러운 미뉴에트를 연습이 되지도 않았으면서 강력한 손으로 폭행하고 망가뜨렸던 것이다! 나는 심히 경악하고 비애를 느꼈으며 수치심으로 얼굴이 붉어졌다. 하지만 그때 나쁜 일이 벌어졌다는 생각을 한 사람은 아무도 없었다. 나는 바보 같은 감정에 싸여 혼자 앉아 있었다. 아아, 내가 얼마나 나의 고독을, 결코 떠나서는 안 되는 나의 동굴을 갈망했는가. 그곳에는 고통과 궁핍이 넘쳐나기는 해도 피아노나 문학적 대화, 교양 있는 동료 따위는 없으니 말이다!

내게는 그렇게 요양 전체가, 바덴 전체가 끔찍하도록 역겨운 것이 되었다. 내가 알기로 우리 호텔의 객들은 대부분 바덴에 처음 온 것이 아니다. 바덴을 여섯 번째, 열 번째 찾은 사람들이 다수다. 그리고 가능성을 계산해 볼 때 나도 그들처럼, 모든 신진대사 환자들처럼 될 것이 뻔하다. 해가 갈수록 고통은 더 치명적으로 될 것이며, 치유에 대한 희망은 그런 요양을 통해 최소한 해마다 잠시라도 좀 편해지기를 바라는 아주 소박한 기대조차 비껴갈 것이다. 의사들은 계속 장담을 하지만, 그거야 그들의 직업인 것이다. 그리고 우리 환자들이 겉으로는 좋아 보이고 아주 건강하게 잘 지내는 듯한 인상을 주는 것은 풍성한 음식으로 인한 물리적인 효과와 석영등의 조명 효과 때문이다. 석영등은 가장 그럴싸하게 우리 몸을 갈색으로 태워 준다. 그래서 우리가 혈기 왕성하게 막

고산지에서 내려온 사람들처럼 보이는 것이다.

　게다가 이런 나태하고 무기력한 온천장 분위기 속에서 사람들은 도덕적으로 타락한다. 수년에 걸쳐 내 몸에 밴 몇 가지 훌륭한 스파르타적 습관, 호흡과 체조, 빈약한 식사로 만족하는 습관은 내게서 사라졌다. 더욱이 의사가 직접 거드는 가운데 그렇게 된 것이다. 또한 처음에 내게 있었던 관찰이나 일에 대한 욕구는 거의 모두 사라져 버렸다. 이 온천 심리학이 꼭 유감스러운 것만은 아니며, 오히려 그와 반대일 것이다. 어차피 그것은 처음부터 하나의 작품은 아니었다. 목표를 의식한 형상화의 노력이 아니었으며, 그야말로 어떤 업무, 눈과 손목을 위한 매일의 사소한 운동이었다. 하지만 그것에서도 나태함이 주인 노릇을 해 가고 있다. 내게는 더 이상 잉크도 필요하지 않다. 이미 말할 수 없이 나를 힘들게 했던 네덜란드 사람에 대한 승리가 아니라면 난 곧바로 망가지고 타락할 수밖에 없을 것이다. 여러 가지 면에서 정말 그럴 수밖에 없다. 무엇보다도 나를 장악한 것은 태만이었다. 그 기분 나쁜 게으름은 특히 선하고 유용한 일을 못하도록 나를 막는데, 무엇보다도 조금의 육체적 긴장도 못하도록 하는 것이다. 나는 최소한의 산책도 할 수 없으며, 식사를 한 뒤에는 목욕 뒤나 처치를 받은 뒤처럼 몇 시간이고 침대 혹은 침대용 의자에 누워 있다. 내가 정신적으로 어떤 상태에 있는지는 나중에 언젠가 내가 이 실없는 수기를 다시 읽게 될 때 분명히 알 수 있을 것이다. 이 수기를 쓰느라 남은 의무감에서 나는 아직도 한 시간씩이나 자신을 괴롭히고 있다. 나는 온통 태만과 나른한 권태, 게으른 수면욕으로만 존재하고 있다.

더 부끄러운 고백 하나를 말하지 않을 수 없다. 내가 그 어떤 일도, 생각을 하거나 독서를 하려는 마음이 없다는 것, 심적으로나 육체적으로 모든 신선함과 활력을 잃었다는 것으로 충분히 나쁜 상태일 것이다. 그런데 갈수록 상황이 나빠진다. 나는 사람을 바보로 만드는 이 태만한 요양객 생활의 피상적이고 황량하며 방탕한 세계에 곧바로 빠져들기 시작했다. 이를테면 점심때는 훌륭하고 기름진 음식을 몽땅 다 먹어 치운다. 단순히 재미로, 내가 처음에 그랬던 것처럼 마음의 우월감 혹은 최소한 아이러니 속에서 그런 것만은 아니다. 아니다. 더 이상 오래전부터 배고픔이 무엇인지 모르게 되었음에도 불구하고 나는 먹고 마구 먹어 치운다. 권태에 찌든 인간의, 기름지고 몰인정한 부르주아의 마구 먹어 대는 무절제한 어리석음으로 날마다 두 번씩 이 양질의 긴 정식을 먹어 치우는 것이다. 저녁 식사 때는 대개 약간의 와인을 마시며, 잠자리에 들기 전에는 맥주 한 병을 마시는 것이 습관이 되었다. 20년 가까이 내가 마시지 않은 것을 말이다. 권유를 받아 처음에는 그것을 수면제로 마셨다. 하지만 며칠 전부터는 이제 완전히 습관으로, 그저 마셔 대기 위해 마시고 있다. 사람이 나쁜 짓, 미련한 짓을 얼마나 빨리 배울 수 있는지, 무위도식하는 개가 되는 것, 기름진 향락가 같은 돼지가 되는 것이 얼마나 쉬운 일인지 믿을 수가 없다!

그런데 악덕에 빠지는 나의 재주는 탐식과 폭음, 그리고 아무것도 하지 않고 하릴없이 누워 있는 것으로는 모자랐다. 육체적 습관과 태만에는 정신적인 것도 같이 간다. 있을 수 있으리라고는 한 번도 생각해 본 적이 없는 현상이 나타났다. 말하자면 긴장되고 거칠고 위험한 길은 모두 피하고 있는데, 비단 정신적인 것에서만 그런 것이 아니다. 그러고는 바로 그 얼빠지고 왜곡된, 어처구니없이 호사스럽고 내용 없는 쾌락만을 태만하고 게걸스럽게 찾고 있는 것이다. 정신적인 것에까지 그렇다. 그런 쾌락은 내가 전부터 멀리하고 혐오해 온 것이다. 또한 그런 것 때문에 나는 무엇보다도 부르주아와 도시인들을, 우리 시대와 문명 전반을 때때로 고발하고 경멸해 왔다. 나는 이제 그런 쾌락의 한 부분을 더 이상 혐오하거나 멀리하지 않고 함께 즐기며 찾아 나설 정도로 요양객의 평균 수준에 가까워졌다. 오래지 않아 나는 요양객 명단까지도 읽게 될 것이며(환자들의 재미 중 이것이 내게는 가장 이해할 수 없는 것이다), 오후 내내 뮐러 부인과 그녀의 류머티즘에 대해 말하고 거기에 좋은 모든 차 종류에 대해 이야기하게 될 것이다. 그리고 신혼부부들이나 그 대담무쌍한 무 인간들이 그려진 그림엽서를 내 친구들에게 보내겠지.

이제 나는 오랫동안 그토록 조심스럽게 피해 온 요양소 연주회를 자주 찾으며, 다른 모든 사람들과 마찬가지로 의자에 앉아 대중음악이 스쳐 흐르는 것을 들으며 편안함을 느낀다. 그러자면 한 조각의 시간이, 우리 요양객들에게는 남아도는 시간 중의 한 조각이 흘러 사라지는 것을 듣고 느낄 수 있다. 가끔은 음악 자체나 잘 연주된 몇몇 악기의 순전히 감각적인 매력이 나를 사로잡는다. 그럴 때면 연주된 작품의 특성이나 내용 따위는 전혀 의식되지 않는다. 단순한 스타일과 작풍 때문에 전 같으면 혐오스러워했을 경박한 악곡을 이제 나는 어려움 없이 끝까지 귀 기울여 듣는다. 권태에 찌든 다른 한 무리의 사람들 사이에서 15분, 때로는 30분 동안 지쳐 늘어진 자세로 앉아 그들처럼 시간이 어디론가 흐르는 소리를 듣는다. 그들처럼 권태로운 얼굴을 하고 아무런 생각 없이 자주 목이나 목덜미를 긁어 대며 지팡이 손잡이에 턱을 기대거나 하품을 한다. 이따금 한번씩은 내 영혼이 소스라치게 놀라 우리에 갇힌 채 갑자기 깨어나는 초원의 동물과도 같이 저항하며 움찔하기도 한다. 하지만 곧바로 다시 꾸벅 졸다가 잠이 들며 계속해서 꿈을 꾸는 것이다. 그것은 명부의 세계이며 내가 존재하지 않는 곳이다. 이 연주회장 의자에 앉게 되면서부터 나는 나의 영혼과 결별했으니까.

지금에야 비로소, 나 자신이 완전하게 군중의 일부이며 평균적 요양객이 된 지금, 권태에 찌든 지친 속물이 된 지금에야 비로소 나는 이 글의 첫머리에서 나 스스로 이 세상과 정서의 정상적인 대표자인 양 굴었던 것이 얼마나 우스꽝스럽고 파렴치한 짓이었는지를 느낀다. 아이러니컬하게도 그런 짓을 했다. 그런데 영혼을 잃어버린 채 홀에 앉아 대중음악을 받아들이고, 사람들이 차나 필젠 맥주를 마시는 이곳의 정상적 일상에 실제로 내가 동참하게 된 지금에야 비로소 내가 이 세계를 얼마나 증오하는지, 얼마나 신랄하게 증오하는지를 다시금 온 피부로 느낀다. 지금 내가 이 세계 속에서 증오하고 경멸하며 조롱하고 있는 것은 바로 나 자신이기 때문이다. 다른 어떤 깃도 아니다. 이 세계와 결탁하고 그곳에 합류해 그 속에서 적응하며 편안함을 느끼고 있다니 ―. 이 순간 나는 뼛속 깊숙이 그것을 느낀다. 그런 것은 내게 아무것도 아니다. 그런 것은 내게 금지되어 있으며 내가 알고 있는 모든 선과 성스러움에 대한 죄악이다. 그런 선하고 성스러운 것에 참여하는 것이 나의 행복이지 않은가. 그런데 오로지 그 이유, 요즘 그런 죄악을 저지르고 있다는 오직 그 이유 때문에, 이 세계와 결탁하고 그것을 받아들였다는 그 이유로 지금 나는 최악의 상태인 것이다! 그런데도 나는 거기에 머물러 있다. 태만은 나의 분별력보다 더 강하며, 기름지고 게으른 배는 소심하게 탄식하는 영혼보다 강한 힘을 발휘한다.

나는 이제 가끔씩 동료 요양객들과 환담을 나누기도 한다. 우리는 식사 뒤에 잠시 복도에 둘러서서 정치적 상황과 통화(通貨), 날씨와 치료에 관해 말하며, 생명 철학이나 가족 부양에 관해서도 의견을 말한다. 서로 완전히 통하는 생각을 말하는 것인데, 젊은 이들에게는 정말이지 어떤 권위가 필요하다든지, 가끔 고생을 해보며 힘든 일을 겪는 것은 해롭지 않다는 등 뭐 그런 내용이다. 나는 모든 이야기에 미리부터 기꺼이 수긍할 준비가 되어 있다. 그래서 뱃속에는 양질의 음식을 가득 채운 채 그런 말에 완전한 동의를 표한다. 가끔은 영혼이 벌떡 깨어나고 입 안의 말이 나 자신의 분노를 자아내 서둘러 냉정하게 그곳을 떠나 고독을 찾아야 하는 때가 있다(아, 이곳에서 고독을 찾기란 얼마나 어려운가). 하지만 정신에 대해 저지르는 이 같은 죄악에도, 어리석고 쓸데없이 잡담이나 해 대며 게으르게 아무 생각도 해 보지 않고 그저 긍정만 하는 죄악에도 책임은 전적으로 내게 있었다.

이곳에서 내가 익숙해지기 시작한 또 다른 심심풀이는 영사기다. 이미 나는 여러 날 저녁을 극장에서 보냈다. 처음에는 단지 어디선가 혼자 있기 위해, 어떤 말도 듣지 않아야겠기에, 또한 네덜란드 사람의 영향권에서 벗어나기 위해 그랬다면, 그 다음에는 이미 심심풀이 짓에 중독이 되어 즐기기 위해 찾아간 것이었다. (전에는 내 어휘 사전에 없던 '심심풀이'란 말이 이제는 이미 내게 익숙해져 버렸다!) 나는 극장에 자주 갔다. 그리고 시각적 쾌락에 빠져 무감각해진 채로 혐오스러운 음악과 함께 천인공노할 만하고 무성의한 예술 대용품과 사이비 극작을 아무런 갈등도 없이 접했다. 그뿐만 아니라 그 공간의 나쁜 분위기까지도 육체적으로나 정신적으로 견디었다. 나는 모든 것을 참고 삼키기 시작했다. 가장 바보스런 것, 가장 추악한 것까지도. 연극, 서커스, 교회, 검투사와 사자, 성인, 환관들과 더불어 고대 그리스의 황후가 등장하는 영화가 상영되는 것을 몇 시간이고 보았다. 그러면서 최고의 가치와 상징이, 영혼이 지닌 가능하고 불가능한 모든 능력, 모든 상태와 더불어 왕관과 왕홀, 예복과 성자의 후광, 십자가와 황제의 보주(寶珠)가, 또한 수백 명의 인간과 수백 마리의 동물들이 조소거리로서 집합되어 진열창에 세워지는 것을 견디었다. 그 자체로는 호화스러운 이런 사치가 어처구니없는 하나의 끝없는 텍스트에 의해 가치를 상실하고 엉터리 극작론에 의해 오염되며 심장도 두뇌도 없는 관객(나도 그중 하나다)에 의해 품위를 잃고 연시가설무대로 전락하는 것을 견디었다. 역겨울 때가 많았고, 내가 달아날 뻔할 때도 자주 있었다. 하지만 좌골신경통 환자는 그렇게 쉽게 달아나지 못한다. 나는 그대로 머물러 있었고, 그 엉터리를 끝까지 보았다. 아마 내일이나 모레 다시 그 홀에 갈 것이다. 영화관에서 나를 열광시킨 몇 가지 것도 보았음은 부인할 수 없을 것이다. 이를테면 어느 매력 있는 프랑스 곡예사, 또 대개의 작가들보다 더 기발한 착상을 지닌 재담가를 보았다. 내가 탄식하는 것, 나의 분노와 혐오감을 자극하는 것은 영화관이 아니라 오로지 영화관을 찾는 나다. 그곳으로 가 그 끔찍한 음악을 듣고 어처구니없는 텍스트를 읽으며 순진무구한 내 형제들인 군중의 울음소리를 함께 듣도록 나를 부추긴 것이 누구란 말인가? 나는 그런 거창한 영화 속에서 2분 전까지만 해도 살아 있던 위용 있는 수많은 사자들이 경직된 시체가 되어 사막 위로 끌려가는 것을 보았다. 그리고 절반의 관객이 이 소름끼치게 슬픈 광경을 보며 떠들썩한 웃음으로 반응하는 소리를 들었다! 대체 이곳의 온천에는 사람들을 평준화시키는 소금이나 산(酸), 석회 같은 것이라도 들어 있단 말인가? 그래서 그것이 숭고하고 고귀하고 가치 있는 것은 모두 혐오하게 만들고 천하고 비속한 것에 대한 혐오증은 없애 버리는 것일까? 이제 나는 몸을 굽히며 수치스러워하고 있다. 이후 나의 초원으로 되돌아온 뒤에 나는 몇 가지 서약을 했다.

이제 나의 악습과 새로 물든 부도덕의 목록에 종지부를 찍었는가? 아니다, 아직 끝을 내지 못했다. 도박까지 배우게 된 것이다. 종종 나는 쾌감과 긴장 속에서 초록색 테이블 앞에서 도박을 했고, 여러 개의 작은 구멍이 프랑켄 은화를 삼키게 되어 있는 머신에서도 했다. 유감스럽게도 돈이 거의 없어서 정말 제대로 도박을 할 수는 없지만, 내가 넣을 수 있는 만큼은 거기에 밀어 넣었다. 두 번은 끝에 한두 프랑켄 이상은 잃지 않고 한 시간 가량 도박을 할 수 있었다. 그렇다고 제대로 된 도박을 해 본 것은 물론 아니었다. 하지만 그로 인해 그러한 꽃의 향기를 맡기도 했다. 그것이 내게 큰 즐거움이 되었다는 것은 인정할 수밖에 없다. 또한 연주회에 갔을 때나 요양객들과 이야기할 때, 혹은 영화관에서 사자들을 볼 때처럼 거기에 대해서도 아무런 양심의 가책을 느끼지도 않았을 뿐 아니라, 이런 부도덕의 어느 정도 금지된 반시민적인 면이 너무나 내 구미에 맞았다는 것도 고백할 수밖에 없다. 내가 더 짜릿할 정도로 판돈을 걸 수 없다는 것이 정말 유감이다.

내게 도박이 주는 선정적인 감동이란 이랬다. 먼저 나는 잠시 동안 숫자가 적힌 칸을 바라보면서 초록색 테이블의 가장자리에서 있다가 룰렛을 하는 남자의 목소리에 귀를 기울였다. 이 남자가 부른 숫자, 돌아가는 공에 의해 선택된 숫자는 직전까지만 해도 그런 유의 수많은 숫자 가운데서 보이지 않는 시시한 하나의 수에 지나지 않았지만, 이제 남자의 목소리 속에서, 공이 채우고 있는 구멍 속에서, 청자들의 귀와 심장 속에서 온기를 띠며 환하게 빛을 냈다. 그것을 쿼터 혹은 싱크(cinq)나 트로야(trois)라고 했다. 그 숫자는 내 귀와 의식 속에서와 공이 미끄러지는 둥근 원추형의 궤도 위에서뿐만 아니라 초록색 테이블 위에서도 빛이 났다. 7이 나타날 경우, 경직된 검은색 숫자 7은 그에 속한 초록색 필드 속에서 몇 초간 화려한 미광을 받아 다른 모든 숫자를 무의미한 것으로 만들어 버린다. 모든 다른 수는 그야말로 가능성에 지나지 않았으며, 그 수만이 유일하게 성취된 것이며 현실성을 얻었기 때문이다. 가능성이 현실로 되는 것, 기다리다가 참여하게 되는 것, 그것이 도박의 정신이었다. 이제 몇 분 동안 바라보고 듣다가 도박에 빨려들기 시작하자 그다음에 우아한 흥분의 멋진 첫 순간이 왔다. 6이란 수가 불린 것이었다. 그것이 나를 놀라게 하지는 않았다. 내가 마치 그것을 기대했던 것처럼, 정말이지 마치 내가 직접 그 수를 불러내고 만들어 창조하기라도 한 것처럼 그것은 정당하고 당연하다는 듯 현실로 나타났다. 이 순간부터 내 영혼은 게임에 참여하고 운명을 예감하며 우연과 특별히 친구가 되는 것을 느꼈다. 그것이 너무나 행복한 느낌을 준다는 것을 고백할 수밖에 없다. 그것은 모든 게임의 핵심이고 자력이다. 7과 그다음에 1, 그다음에 8이 나타나는 소리를 듣는다고 해 보자. 그럴 때 나는 놀라거나 실망스럽게 느끼지 않고 바로 이 숫자들을 기대했다고 믿었다. 이제 교류가 성사된 것이었고, 나는 흐름에 합류해 거기에 나를 맡길 수 있었다. 이제 초록색 평면을 응시하고 숫자들을 읽었으며 그중 하나에 끌려 그것이 나지막하게 불리는(때로는 두 개가 동시에 불리는) 소리를 들었고, 그 숫자가 내게 살며시 눈짓하는 것을 보았다. 그러면 내 프랑켄화를 그 숫자 위에 놓는 것이었다. 그 숫자가 나타나지 않아도 실망하거나 마법에서 깨어나지 않으며, 나의 6이나 9가 조만간 올 것을 기다릴 수 있었다. 그리고 그 수는 두 번이나 세 번 만에 왔다. 정말로 온 것이었다. 이 승리의 순간은 경이로웠다. 너는 운명을 불러내 거기에 자신을 맡긴 것이다. 위대한 비밀과의 교류를 믿고 그것과 연합해 친구가 된 듯한 예감을 갖고 있다. 보라, 정말이다. 분명 맞다. 너의 말없는 은밀한 상상이, 너의 숨겨진 작은 이상이 빛을 발하며 기적이 나타난다. 예감은 현실이 된다. 너의 숫자는 전능한 행운의 공에 의해 선택받는다. 바퀴 앞의 남자는 큰 소리로 그 숫자를 부르고, 테이블 앞의 남자는 원을 그리며 번쩍이는 은화를 한 줌 가득히 너에게 던진다. 그것은 특히나 멋진 일이며 완전한 행운이다. 그런데 돈과는 무관한 일이다. 이 글을 쓰고 있는 나를 보면 내가 딴 모든 프랑켄화를 한 푼도 지니고 있지 않으니 말이다. 게임은 프랑켄화를 몽땅 다시 집어삼켰다. 그럼에도 그 승리의 멋진 순간은 경이로운 내면의 어린아이처럼 충만하고 넘쳐나는 성취를 퇴색시키지 않고 달콤하게 계속 비추어 준다. 그런 성취 하나하나가 터질 듯이 가득 장식된 크리스마스트리였고 기적이며 축제였다. 더욱이 그것은 영혼의 축제였고 마음속의 가장 심오한 생명 본능에 대한 확증이고 긍정이었으며 그 고양이었다. 분명 우리는 이와 똑같은 기쁨을, 이와 똑같은 경이로운 행복을 더 높은 차원에서 더 고상하고 세분화된 형태로 체험할 수 있다. 심오한 삶의 인식에 대한 깨우침, 어떤 내적 승리의 찰나, 가장 빈번하게는 창조적인 순간, 어떤 발견이나 번개처럼 떠오르는 착상의 순간, 예술가의 작업에서 개선(凱旋)의 명중타를 탐지하는 일, 이 모든 것은 게임 승리의 체험과 유사하되 더 고차원적 종교 속에 있는 것이다. 이들은 마치 이미지와 거울 이미지의 관계와도 같다. 하지만 행복한 자, 은총을 받은 자일지라도 그런 고차원적인 신성한 순간을 체험하기란 얼마나 어려운가. 지치고 때늦은 인간인 우리의 마음속에서 어떤 기쁨이 빛을 발하는 경우란 얼마나 드문가. 또 어린 시절 체험한 행복과 비교할 수 있을 만큼 강력하고 대단하게, 어떤 넘치는 행복감이 마음속에서 빛을 발하는 경우란 얼마나 드문가! 도박사가 얼핏 돈을 염두에 두고 있는 것 같지만, 그가 추구하는 것은 그런 체험이다. 우리의 밋밋하고 진부한 삶 속에서 그토록 희귀하게 된 이런 기쁨의 극락조를 그는 애써 얻으려는 것이다. 그의 눈길 속에 타오르는 열망은 그것을 향하고 있다.

그런 다음 행운은 오락가락했다. 얼마 동안 나는 행운과 완전히 하나가 되었다. 구르는 공 안에 나 자신이 앉아 있는 듯했으며, 승리를 거두었다. 달콤한 흥분감이 전율하듯 내 몸을 관통했다. 그런 다음에는 최고의 순간이 지나갔다. 나는 바지 주머니에 한 줌 가득히 따낸 동전들을 갖고 있었는데, 이제 몇 번이고 계속 걸었다. 그리고 자신감은 서서히 떨어졌다. 1이 튀어나오고 4가 튀어나왔다. 나를 소스라치게 놀라게 한 그 숫자는 내게 적대적이었고 나를 비웃었다. 이제 나는 조바심을 잃고 불안해져 예감과는 아무 상관도 없이 숫자에 걸었다. 짝수와 홀수 사이에서 한참동안 흔들렸지만, 판돈을 다시 몽땅 잃을 때까지 강박적으로 계속 걸었다. 그런데 그런 일은 차례대로가 아니라 이미 동시에 일어났다. 게임 중에도 나는 비유의 심오함을 발견했다. 게임 속에서 인생의 복제품을 본 것이다. 그곳에서는 정확히 똑같은 일이 벌어진다. 그곳에서는 이성과는 무관한 헤아리기 어려운 예감이 우리에게 막강한 마법을 발해 최대의 능력을 내뿜는다. 그런데 뛰어난 본능적

예감이 마비되면 비판과 이성이 뒤섞여 한순간 방황하고 저항을 하지만, 우리와 상관없이 우리의 두뇌를 뛰어넘어 결국은 일어날 수밖에 없는 일이 일어난다. 전성기가 지났는데도 멈출 수 없는 도박사, 더 이상 어떤 직관이나 심오한 믿음의 능력으로 인도받지 못하는 마비된 도박사는, 중요한 인생사를 앞에 놓고 우왕좌왕하다가 눈을 감고 잠잠히 기다리는 대신 그저 계산하고 안간힘을 쓰며 이성을 초긴장시키다가 과오를 저지르는 인간과 완전히 똑같다. 초록색 테이블에서 벌어지는 게임의 법칙 중 가장 확실한 한 가지는 이것이다. 만일 이 번호 저 번호를 잇달아 걸어 보다가 그냥 다시 휙 물러나 버리는 지치고 운 나쁜 상대 도박사를 만난다고 해 보자. 그럴 때마다 너는 그 상대가 지금껏 헛되이 에워싸고 있다가 이제 절망 속에서 내어버린 숫자에다 걸어라. 분명 그 숫자가 나타나게 되어 있다.

시민 사회나 요양소의 다른 모든 오락과 별반 다르지 않게 게임은 돈이 걸린 문제다. 이곳의 이 초록색 테이블에서는 연주회나 요양소 정원에서처럼 책을 읽지도 김빠진 대화를 나누지도 않으며, 양말을 뜨지도 않는다. 하품을 하지도 않고, 목을 긁어 대는 일도 없다. 류머티즘 환자까지도 여기서는 결코 앉는 일이 없으며, 평상시에는 그토록 아끼는 자신의 다리로 긴 시간 동안을 힘들게 영웅적으로 서 있다. 이곳 게임 홀에서는 농담도 하지 않으며 질병이나 포앙카레*에 대해서도 말하지 않는다. 소리 내어 웃는 일도 거의 없으며, 탁자 주변의 관객 무리는 귓속말을 하며 진지하게 서 있다. 외치는 자의 목소리는 절제되고 엄숙하다. 초록색 테이블 위에서는 은화들이 소리 죽여 살며시 딸그락거린다. 바로 이런 점이, 이런 정신 집중과 상대적인 자제와 위엄이 바로 내가 보기에는 다른 어떤 종류의 오락보다 게임이 한없이 선호되는 이유다. 다른 오락에서는 사람들이 시끄럽고 격의도 없으며 무절제하다. 그런데 이곳 게임 홀에서는 심각할 정도의 엄숙함과 경축일 같은 분위기가 지배한다. 손님들은 교회에라도 들어오듯 뭔가 두려워하며 조용하게 입장하고, 과감하다 해도 기껏해야 속삭이는 정도이며, 경건하게 연미복의 신사를 바라본다. 그리고 그 신사는 하나의 인격이 아니라 관직과 위엄을 공정하게 지니고 있는 표본처럼 행동한다.

이런 축제 분위기, 그리고 멋지고 기분 좋은 엄숙함이 어디에서 오는 것인지 그 심리학적 원인을 여기서 탐구할 수는 없다. 나의 온천 심리학이 나 자신이 아닌 다른 사람들의 심리에 관한 것이라는 망상을 이미 오래전에 버렸기 때문이다. 게임 홀의 위엄과 겸양에 가득 찬 신성한 분위기, 소곤거릴 정도로 경외심 가득한 분위기는 단순히 보건대 아마도 여기서 다루어지는 것이 돈이기 때문일 것이다. 음악이나 극작품, 혹은 그 밖의 다른 유치한 것이 아니라, 인간이 아는 바 중 가장 심각한 것이고 가장 사랑받으며 최고로 신성한 것인 돈 말이다. 그렇지만 이야기했듯이 그 이유를 탐구하지는 않겠다. 그것은 나와 무관한 문제다. 다만 모든 다른 통속 오락에서와는 달리 이곳 게임 홀은 경외심이 담긴 분위기가 지배하고 있다는 사실을 단언할 뿐이다. 예컨대 영화관이라면 관객은 기쁨이나 불쾌감을 거리낌 없이 말로, 그것도 부르짖기까지

하며 표현한다. 하지만 이곳에서는 연기자인 도박사까지도, 가장 격렬한 감정이 일고 가장 정당하고 허용된 감정이 이는 순간조차, 말하자면 돈을 딸 때와 잃을 때조차 자세와 품위를 보여 주어야 한다는 커다란 의무를 느낀다. 날마다 하는 카드 게임에서는 20 라펜*만 잃어도 욕설과 저주로 분풀이를 해 대는 바로 그 사람이, 이곳에서는 그 백배나 되는 돈을 잃으면서도 결코 소란을 피우거나 감정을 거칠게 표현해 주위 사람들을 괴롭히는 일은 없다. 그런 사람들을 나는 이곳에서 본다. 물론 그가 여기서 '눈썹 하나 까닥하지 않는다'고 말할 수는 없다. 눈썹은 심히 떨리니까.

지혜로운 정부는 국민 교육이 육성할 수 있는 모든 것을 배려하면서 거기에 기여하는 모든 기관을 장려하고 후원한다. 그렇기 때문에 내가 이 영역에서 완전히 문외한임에도 불구하고 감히 전문가들에게 말해 줄 수 있는 것은, 온갖 게임이나 심심풀이, 오락 중 그 어떤 것도 공개된 게임 홀에서 벌어지는 도박만큼 참가자에게 자기 절제와 침착성, 예의를 교육시키는 것은 없다는 사실이다.

그러니까 게임이란 호감이 가는 것이며 정말이지 내게는 유익해 보인다. 그것의 어두운 면에 대해서도 생각하고 도리어 실험 삼아 그것을 체험해 보려고 늘 기회를 찾았다. 국민 경제학자들이 종종 도덕적 파토스 속에서 그토록 열정적으로 설파하는 게임 반대 의견은 내가 보기에 모두 무의미하다. 도박사는 너무 쉽게 돈을 따기 때문에 자칫 일의 신성함을 경멸하게 될 위험에 빠진다는 것, 다른 한편으로는 돈을 모두 잃을 위험 속에 헤매고 있다는 것, 셋째로는 게임 공과 탈러 주화가 굴러다니는 것을 장시간 바라보고 나면 시민 경제 도덕의 기본 개념인 돈에 대한 무조건적인 존경심조차도 상실할 수 있다는 것, 이런 의견은 물론 모두 다 옳다. 그렇지만 나로서는 그 모든 위험을 심각하게 여길 수가 없다. 심리학자인 내가 볼 때, 아주 심한 정신적 질환을 앓고 있는 수많은 사람들의 경우 자기 재산의 급속한 손실, 그리고 돈의 신성함에 대한 그들의 믿음이 흔들리는 것은 결코 불행이 아니라 가장 확실하고 그야말로 유일하게 가능한 구원을 의미한다. 오늘날 우리의 삶 속에서도 마찬가지로 일과 돈에 대한 절대적 숭배와는 반대로 순간의 게임에 대한 의미, 우연에 대해 열린 자세, 운명의 변덕에 대한 신뢰가 전적으로 바람직한 것이라 생각된다. 그것이 우리 모두에게는 너무나 결핍되어 있다.

그래, 내가 생각하기에 금전 게임의 단점, 그 화려한 면에도 불구하고 그것이 결국 패덕으로 치부되는 요인은 순전히 어떤 정신적인 점이다. 무척이나 편했던 내 개인적 체험에 의하면, 매일 20분간 룰렛 게임의 긴장과 게임 홀의 그처럼 비현실적인 분위기에 자신을 내맡기고 있으면 기분 좋은 자극이 생겨난다. 권태롭고 공허한 지친 영혼에게 그것은 진정한 청량제이며, 내가 이제껏 시도해 본 일에서 최고 중 하나다. 단점이라면 오직(이 단점은 마찬가지로 그렇게 기분 좋은 알코올과 게임이 공통적으로 지닌 것이다) 게임에서는 이 모든 멋진 자극이 외부에서 오며 순전히 기계적이고 물리적이어서 끊임없이 작동하는 이 자극 메커니즘을 신뢰하다가 자신의 훈련과 정신적 활동을 소홀히 하고 결국은 상실해 버릴 커다란 위험이 있다는 점이다. 생각하고 꿈을 꾸며 환상을 펼치고 명상을 하는 대신, 오로지 기계적으로 룰렛을 통해 정신에 활력을 준다면 그것은 자기 몸을 관리한답시고 온천욕과 마사지사를 필요로 하면서도 운동과 훈련 같은, 자기가 해야 할 노력은 포기하는 것과 대충 흡사하다. 또한 눈 고유의 예술적 활동인, 아름답고 흥미로운 것을 발견해 골라내서 고정시켜 놓는 일을 순전히 물질적인 눈요기로 대체하는 영사기의 자극 메커니즘 역시 똑같은 속임수에서 나오는 것이다.

그렇다, 마사지사와 병행해 체조가 필요하듯이 정신도 게임이나 그런 멋진 모든 자극제 대신, 혹은 그와 더불어 반드시 자신의 노력이 필요하다. 그러므로 노름보다 백배 나은 것은 빈틈없고 예리한 사고 내지 기억의 훈련, 또는 일단 본 것은 눈을 감고도 재현해 내는 훈련이며, 저녁이면 하루 일과를 재구성해 보기, 자유 연상, 환상을 펼치기 같은 온갖 적극적인 정신 훈련이다. 이런 말을 덧붙이는 것이 국민 복지의 벗들을 위한 것임은 마찬가지다. 아마도 또 내가 앞에서 문외한처럼 암시한 것을 수정하기 위한 것이기도 할 것이다. 이런 순수한 정신적 체험과 교육의 영역에서 사실 나는 문외한이 아니며, 도리어 연륜 있는, 이미 지나칠 정도로 노련한 전문가이니 말이다.

그러고 보니 또다시 주제에서 한참 벗어나 헤맸다. 어떤 개별적 문제가 풀릴 때까지는 아무런 작업 능력도 없이 그냥 연상적으로 우연히 몰려드는 착상을 열거해 놓는 것이 완전히 이 수기의 운명인 것처럼 말이다. 하지만 아마도 이것이 바로 요양객의 심리학에 해당하리라고 생각한다.

도박에 대해 소소한 찬사를 보내느라 나는 나의 주제, 그 유쾌하지 못한 주제를 벗어났다. 원래의 주제로 되돌아가는 것이 힘들어서 그러한 찬사를 계속 더 엮어 가고 싶었을 것이다. 그래도 돌아갈 수밖에 없다. 요양객 헤세로 되돌아가자. 내키지 않는 지친 행동과 절뚝거리는 걸음걸이의 이 느긋해진 중년의 남자를 다시금 살펴보자! 그는 우리 마음에 들지 않는다. 그 사람 말이다. 우리는 그를 좋아할 수 없다. 툭 터놓고 볼 때 모범적이지도 흥미롭지도 않은 그의 인생에 대한 기나긴, 아니 아예 끝도 없는 이야기를 이어 가길 바라기는 힘들다. 이 남자가 이미 오래전부터 더 이상 즐거운 인물을 만들어 내지도 못하고 있는 그 무대에서 언젠가 물러난다면 반대할 이유가 없다. 가령 어느 날 아침 그가 목욕탕 속에서 지친 나머지 물속에 빠져 가라앉아 있다 해도 우리는 애석해할 이유가 전혀 없으리라.

하지만 위에서 이야기한 요양객 헤세에 대해 우리가 그토록 흥미를 잃었다고 말한다면 그것은 오로지 그 당시의 그의 기능, 그 순간의 응집 상태와 관련된 것이다. 그의 상태가 변하고 있다는 것, 새로운 분모 여하에 따라 그의 존재가 뒤바뀔 수 있다는 결코 사그라질 수 없는 가능성을 놓쳐서는 안 될 것이다. 이미 자주 체험했겠지만 이런 기적은 매순간 일어날 수 있다. 우리가 머리를 설레설레 저으며 요양객 헤세를 관찰하면서 그가 몰락한 상태에 이른 것을 알게 되면 몰락의 의미로 생각할 수 있는 것은 말살이 아니라 단지 변화임을 잊지 말아 달라. 우리의 모든 생각, 또한 우리 심리학의 토대가 되고 배양소가 되는 것은 신에 대한 믿음이고 합일성에 대한 믿음이기 때문이다. 그리고 아무리 절망스러운 경우라 해도 항상 합일성은 은총이나 인식의 길을 통해 다시 생겨날 수 있다. 그것이 죽음을 통과하는 발걸음일지언정 그 단 한 걸음으로 환자가 건강을 되찾아 생명을 얻을 수도 있다. 혹여 교수형에 의한 것일지언정 그 단 한 걸음으로 죄인이 다시금 순결하고 신성하게 될 수 있으리라. 누구든지 순간의 은총의 눈짓에 의해 새로워지고 행복한 어린아이가 될 수 있다. 그러지 못할 만큼 혐오스럽고 탈선한, 하등의 가치도 없어 보이는 인간은 없는 것이다. 이 같은 나의 믿음이, 이 같은 나의 지식이 글을 쓸 때나 이 글을 읽을 때 결코 잊히지 않기를. 사실 이 글의 저자는 자신의 비판자들이나 변덕, 염세주의, 심리학에 맞설 수 있는 용기와 정당화 혹은 대담성을 어디에서 얻어야 할지 알지도 못하고 있으리라. 불멸의 균형으로서의 합일성에 대한 지식이 그의 정신 속에서 끊임없이 그런 것과 맞설 경우에 말이다. 오히려 반대로 한쪽에서 나를 드러내며 과감히 밖으로 나갈수록, 가차 없이 비판하면서 융통성 있게 변덕을 조절해 나갈수록 저 반대쪽에서는 화해의 빛이 더욱 밝게 빛난다. 끊임없이 요동치는 이 끝없는 균형이 아니라면 단 한 마디라도 이야기하고 판단할 용기를 어디에서 얻으며 애증을 느끼며 표현하고 단 한 시간이라도 살아갈 용기를 내가 어디에서 얻겠는가?

회복

조만간 나의 요양은 끝이 날 것이다. 다행히도 상태가 나아져 잘 지내고 있다. 일주일간이나 나는 전혀 어찌할 바를 모른 채 침울해 있었다. 그저 계속 병든 상태로 지치고 권태로웠으며, 나 자신에게 진절머리가 났다. 하마터면 내 지팡이에 고무 깔창을 만들어 달라고 할 뻔했다. 하마터면 요양객 명단을 읽기 시작했을 것이다. 하마터면 그저 15분이나 30분간 대중음악이나 듣는 정도가 아니라 아예 한두 시간씩이나 이어지는 완전한 연주회를 찾아다니고, 저녁이면 맥주를 한 병이 아니라 두 병은 마셨을 것이다. 하마터면 요양 홀에서 내가 가진 현금을 몽땅 털렸을 것이며, 호텔 내 식탁 동료들에게 얼마간은 매료되어 그들을 좋아했을 것이다. 그 유쾌한 사람들을 존경하면서 그들에게서 많은 것을 배울 수 있었으리라. 대화로써 그런 일을 시도한 옛 과오를 저지르지 않았다면 말이다. 마음 깊이 통하지 않는 사람들과의 대화는 대부분 그처럼 황량하고 환멸을 가져온다. 더욱이 낯선 이들이 내게 말을 걸 때면 그들은 못마땅하게도 내가 전문가라는 것을 알아보고 어떻게든 문학이나 예술을 화제로 삼아야한다고 여긴다. 그래 놓고는 허튼소리를 지껄여 대는 것은 물론이다. 가장 매력적인 인간이 열두 사람 중 나머지 열한 명과 구분되지 않을 때 우리는 한 가지 면을 보고 그를 알아본다.

게다가 통증이 있었고 날씨까지 나빠 나는 날마다 다시 감기에 걸렸다(나의 그 네덜란드 사람의 영원한 감기를 이제 이해했다).

그리고 치료로 인한 무시무시한 피로가 있었다. 뭐라고 자랑할 수 없는 날이 계속되었다. 하지만 늘 그렇듯이 어느 날 바로 그런 날의 끝이 왔다. 내 모든 고통을 벗은 날, 완전히 누워만 있고 더는 매일의 온천욕을 하지 않게 된 날이 왔다. 나는 스트라이크를 벌인 것이다. 단 하루 동안 나는 그냥 누워만 있었다. 그런데 다음날부터 상태가 나아졌다. 전환이 시작된 이 날은 내게 기념비적이다. 그도 그럴 것이 전환과 전복이 그야말로 갑작스럽고 놀랍게 이루어졌기 때문이다. 인간은 어떤 상황도, 극히 괴로운 상황이라 할지라도 일단 의지만 있으면 감당을 한다. 그래서 나 또한 이 요양에서 가장 황량하고 침체되었던 때조차도 온갖 절망의 한가운데서 이 늪으로부터 다시 빠져나와 기어오르게 되리라는 것을 결코 의심해 본 적이 없다. 기어오르는 것, 긴 시간에 걸쳐 힘들게 외부 세계를 이겨 내는 것, 가장 이성적인 태도를 긴 시간에 걸쳐 추구하고 찾아내는 것, 내가 알고 있는 바 그것은 항상 가능한 길이었다. 아주 가능성 높고 권유할 만한 이성의 길이었다. 하지만 나는 추구할 필요가 없이 그저 찾기만 하면 되는 또 다른 길도 있음을 과거의 체험을 통해 알고 있었다. 행운과 은총, 기적의 길이 그것이다. 바로 기적이 지금 내 가까이 있으리라는 소망, 이성과 의식적인 훈련의 노상에서 수고와 먼지 속에서가 아닌 향기로운 은총의 길을 통해 이 비참한 나날의 수치스러운 상태에서 구원받고 싶다는 그런 소망을 나는 감히 품지 못했다.

　망연자실한 상태에서 다시 몸을 일으켜 치료와 삶을 계속하리라 결심한 날, 나는 실컷 휴식을 취하기는 했어도 상태가 결코 좋지 않았다. 다리에는 통증이 있었고, 척추도 아팠으며, 목은 뻣뻣했다. 일어나기도 힘들고, 승강기로 가는 길이나 목욕탕 안에서도, 돌아오는 길도 힘이 들었다. 마침내 점심때가 되어 밥맛도 없이 짜증난 상태로 슬금슬금 식당으로 들어갔을 때 갑자기 나는 나자신이 감지되었다. 갑자기 나는 더 이상 굼뜬 다리와 기쁨이라고는 찾아볼 수 없는 얼굴로 호텔 계단을 내려가는 요양객만은 아니었고, 그와 동시에 나 자신을 바라보는 관객이기도 했다. 수많은 층계 중 어느 하나 위에서 갑자기 그런 일이 일어났다. 나는 갑자기 둘로 분열되어 나 자신을 바라보았다. 이 밥맛없는 요양객이 계단을 슬금슬금 내려가는 것을 보았고, 도움이 필요해 손을 층계 난간 위로 놓는 것을 보았으며, 인사하는 지배인 옆을 지나쳐 식당으로 들어가는 것을 보았다. 이런 상태는 이미 자주 겪은 것이었다. 그래서 이 짜증스러운 불모의 나날 가운데 갑자기 그런 상태가 다시 찾아온 것을 곧바로 행운의 징조로 여기고 반겼다.

나는 높고 밝은 식당 안 나의 외로운 작은 원탁에 앉으면서 동시에 내가 앉는 모습을 바라보았다. 의자를 내 밑으로 끌어내면서 고통스러워 입술을 살짝 깨무는 것을 보았다. 그런 다음 기계적으로 화병을 손가락 사이로 쥐어 내게 좀 더 가까이 옮겨 놓는 것을, 느리게 머뭇머뭇하며 링에서 냅킨을 빼는 것을 보았다. 여기저기에 다른 요양객들도 와서 백설공주의 난장이들처럼 그들의 작은 식탁에 앉아 링에서 냅킨을 살짝 잡아 뽑았다. 하지만 나의 바라보는 자아의 대상은 주로 요양객 헤세였다. 자제하기는 했지만 심히 권태로운 얼굴을 한 요양객 헤세는 자기 컵에 물을 약간 따르고 빵 한 조각을 떼어 냈다. 물을 마시려고 한 것도, 빵을 먹으려한 것도 아니었으니까 모든 것이 그냥 심심풀이였다. 그는 장난삼아 스프에 숟가락질을 했고, 커다란 홀 안의 다른 식탁을 멍한 눈길로 바라보았으며, 벽에 그려진 풍경을 올려다보았다. 지배인이재빠르게 홀 안을 돌아다니는 것을 보았고, 검정 옷에 흰 앞치마를 두른 아리따운 웨이트리스들을 바라보았다. 몇몇 다른 요양객들은 함께 어울려서 혹은 짝을 이루어 좀 더 큰 식탁에 앉아 있었지만, 대부분은 앞서 말한 헤세와 마찬가지로 그들의 외로운 접시를 앞에 놓고 혼자 앉아 있었으며, 자제하기는 했지만 심히 권태로운 얼굴로 그들의 잔에 약간의 물이나 포도주를 느릿느릿 따르고 빵을 떼었으며 멍한 눈길로 다른 이들의 식탁을 건너다보았다. 벽에 그려진 풍경을 올려다보고, 서두르는 지배인과 검은 옷에 흰앞치마를 두른 아리따운 웨이트리스들을 쳐다보았다. 벽에는 멋진 풍경이 친근하고도 바보 같이 그리고 좀 당혹스러운 듯 걸려있었으며, 홀 천장에서는 한물 간 어느 장식가의 착상인지 거기에그려진 네 마리의 코끼리 두상이 친근하고 당당하게 내려다보고있었다. 전에 그것을 보면 자주 기쁨을 느꼈다. 나는 인도 신들의친구이며 숭배자이고, 그래서 그 모든 두상 속에서 코끼리 머리를한 훌륭하고 지혜로운 가네샤 신*을 보았기 때문이다. 나는 이 신을 대단히 숭배한다. 그리고 종종 식탁에서 코끼리들을 올려다보면서, 내 어린 시절에 들은, 기독교의 특권은 무엇보다도 이방 신들이나 우상을 섬기지 않는다는 데 있다는 이야기가 지금 무엇이중요한가 하고 곰곰 생각했다. 그런데 나이가 들고 지혜가 생길수록 나는 기독교가 가톨릭의 경이로운 마리아 외에는 그 어떤 이방 신들이나 우상을 지니지 않는다는 그 점에서 바로 그 종교의 결정적인 단점을 찾을 수 있다고 생각했다. 이를테면 사도들이 따분하고 근엄한 설교자가 아니고 온갖 영웅적인 힘과 자연의 표징을 지닌 신들이라면 훨씬 더 인정할 것이다. 그런데 복음주의자들의 동물들을 보면 그저 하나의 연약하고 언제나 환영받는 그 대용물밖에 없다.

나와 요양객들, 그 밖의 모든 것을 바라보고 있는 이는 이제 좌골신경통 환자인 요양객 헤세가 아니라 사람들과 어울리기를 좀 싫어하는 예전의 은둔자요 괴짜인 헤세였다. 그 헤세가 권태롭게 음식을 먹는 헤세, 권태롭게 음식을 먹는 다른 요양객들을 바라보고 있다. 그는 예전의 방랑자요 시인인 헤세, 나비와 도마뱀, 고서적과 종교의 친구인 헤세였다. 세상에 대해 단호하고 강력하게 맞섰던 그 헤세, 관할 관청으로부터 거주 증명서 제시를 요구받을 때 혹은 그저 국세 조사 서류를 작성해야 하는 경우만 생겨도 깊은 비애를 느꼈던 그 헤세였다. 이 옛 헤세, 최근 들어 얼마간 낯설어지고 상실된 그런 나의 자아가 이제 다시 현현해 우리를 바라보았다. 그 나는 시큰둥하게 포크로 장난질이나 하며 잘생긴 생선을 토막 내고 배고프지도 않으면서 한 입 한 입 짜증 난 입 속으로 쑤셔 넣는 밥맛없는 요양객 헤세를 보고 있었다. 다른 손님들이 하듯이 그가 아무런 필요도 의미도 없이 물컵과 소금통을 이리저리 옮기며, 의자 밑으로 발을 뻗었다 자기 쪽으로 끌어당겼다 하는 것을 보고 있었다. 누구 하나 배고픈 사람은 없었음에도 지배인과 아리땁고 젊은 웨이트리스들이 이 권태에 찌든 사람들에게 최대한 세심하게 봉사하며 음식을 먹여 주는 것을 보고 있었다. 또한 홀의 높고 화려한 아치형 창문 뒤 바깥에 있는 또 다른 세상의 하늘에서 구름이 흘러가는 것을 보고 있었다. 이 모든 것을 그 은밀한 관객은 보고 있었다. 그리고 갑자기 이 모든 공연이 그에게는 기이하고 우스꽝스러우며 희극적으로 보이고 괴기스럽게까지 보였다. 제대로 살아 있지 못한 인간들로 이루어진 이 불안하고 경직된 밀랍 인형관이, 권태에 찌들어 밥맛없이 음식을 먹는 헤세가, 권태에 찌든 다른 사람들이 그래 보였다. 그것은 참을 수 없이 가소롭고 참을 수 없이 바보 같은 짓이었다. 무의미한 의식(儀式)으로 가득 찬 이 연극, 음식과 도자기와 잔, 은과 와인과 빵, 종업원, 무더기로 쌓인 이 모든 것이 이미 오래전부터 물릴 정도로 배불러 있는 몇몇 손님들을 위한 것이었다. 그들의 권태와 우울함은 음식을 먹거나 마시는 것으로도, 흘러가는 구름을 바라보는 것으로도 치료할 수 없는 것이었는데 말이다.

요양객 헤세는 그저 지루해서 제대로 마시지도 않으면서 물잔을 들어 올려 입에 갖다 대며 식사 때의 당황스럽고 기계적인 이 모든 가식적 행동에 또 하나를 새로 추가했다. 그러자 바로 그때 두 개의 나, 음식을 먹는 헤세와 바라보는 헤세의 합일이 이루어졌다. 갑자기 나는 재빨리 잔을 내려놓아야 했다. 갑자기 터져 나온 엄청난 웃음보, 완전히 어린아이 같은 기쁨, 이 모든 상황이 무한정 가소롭다는 갑작스런 인식이 나를 내면 깊숙이 전율시켰던 것이다. 한순간 내게는 병들고 시큰둥하고 악습에 젖은 나태한 사람들로 가득 찬 홀의 이미지(이 점에서 나는 다른 사람들의 영혼 속이 나와 비슷하다고 생각했다) 속에 우리의 문명화된 모든 삶이 반영되어 있는 듯했다. 신이나 하늘의 구름과는 상관없이, 강력한 동기도 지니지 못한 채 어쩔 수 없이 시큰둥하게 고정된 궤도를 굴러가는 삶 말이다. 한순간 나는 마찬가지 모습을 한 수천 개의 식당을 생각했고, 얼룩진 대리석 식탁이 있고 과다한 감미료가 첨가되어 달콤하고 음탕한 욕정을 짜내는 음악이 있는 수백 개의 커피 하우스를 생각했다. 그 한가운데서 우리 인류가 살고 있는 호텔과 사무실, 온갖 건축물, 음악과 관습을 생각했다. 내게 그 모든 것의 의미나 가치는 생선용 포크를 하릴없는 손에 쥐고 권태로운 장난질이나 하는 것과 같았고, 냉혹한 시선으로 불만스럽고 황량하게 홀을 요리조리 훑는 것과도 같았다. 그런데 식당과 세상, 요양객들과 인류 이 모든 것이 다 같이 한순간 내게 경악스럽거나 비참하게 느껴진 것이 아니라 그저 엄청나게 가소로워 보일 뿐이었다. 그래, 웃기만 하면 되었다. 그러면 마력은 깨지고 기계적 행위는 끝이 날 것이다. 그러면 신과 새들과 구름이 우리의 황량한 홀 안을 돌아다닐 것이다. 그리고 우리는 더 이상 요양소 식탁에 앉은 음울한 손님이 아니고 이 세계의 찬란한 식탁에 앉은 신의 행복한 손님들이었다.

말한 것처럼 그 순간 마음속에서부터 요동이 일고 큰 웃음이 터져 나올 것만 같아 나는 재빨리 물잔을 내려놓았다. 웃음이 터져 나오지 않게 참는 것은 무척 힘들었다. 그래, 그런 일은 어린 시절에 자주 겪었지. 식사를 할 때, 아니면 학교에서나 교회 그 어디에

선가 앉아 있을 때 뭔가 이유가 충분히 있어 폭소를 터뜨리고 싶은 충동이 코와 눈까지 차올랐는데도 웃어서는 안 되니 어떻게든지 참아 내야만 하지 않았는가. 선생님과 부모 때문에, 질서와 법 때문에 말이다. 그 선생님과 부모를 우리는 마지못해 믿고 따랐다. 그런데 그들의 질서와 종교론, 윤리론의 배후에 존재하는 권위가 바로 어린아이들을 성인의 품에 올린 예수라는 것을 알고 무척 놀랐으며 지금도 그러하다. 예수는 정말로 모범적인 아이들만을 말한 것이었을까?

하지만 이번에도 참는 데 성공한다. 나는 말없이 있다. 다만 목 안이 꽉 차오르고 콧속이 간지러운 것을 느끼며, 그렇잖으면 나를 질식시킬 듯한 뭔가를 어떻게든 조금이나마 배출할 수 있는 통풍관과 출구를 간절히 찾고 있다. 내게 허용된 가능한 출구를 말이다. 다시 지나가는 지배인의 다리를 살짝 꼬집든지, 웨이트리스들에게 내 물잔에 담긴 물을 뿌려 보면 어떨까? 아니, 안 되지. 모든 것이 금지되어 있었다. 그런 것은 30년 전에나 있었을 법한 진부한 이야기였다.

나는 이런 생각을 하며 웃음이 목구멍 가장 위쪽까지 차오른 상태로 옆 식탁의 건너편에 앉은 내가 모르는 어느 부인의 얼굴을 응시했다. 병들어 보이는 그 백발의 부인은 자기 옆쪽 벽에 환자용 지팡이를 기대어 놓고서는 냅킨꽂이용 링을 갖고 장난을 치고 있었다. 마침 식사가 잠시 중단된 시간이었던 것이다. 우리는 모두 이 시간을 때우기 위해 익숙한 방법을 사용했다. 누구는 오래된 신문을 격성적으로 읽었다. 그가 그것을 오래전부터 외우고 있었음이 분명했다. 그럼에도 권태에 찌든 나머지 대통령의 건강이 좋지 않다는 소식이나 캐나다의 어느 연구 위원회의 활동에 관한 보고를 몇 번이고 되풀이해 삼켰다. 한 노처녀는 가루약 두 봉지를 잔에 섞었다. 그것은 다음 식사 뒤에 복용할 약이었다. 그녀는 어딘지 좀 자기보다 더 예쁜 다른 사람들을 해치기 위해 마법의 약을 섞는 동화 속의 어느 무서운 할멈 같아 보였다. 또한 투르게네프나 토마스 만의 소설에 나오는 듯한, 기품 있고 피곤해 보이는 한 신사가 벽에 그려진 한 풍경을 비탄에 차서 바라보고 있는 것이 유난히 눈에 띄었다. 내 마음에 가장 든 이는 단연 우리의 그 거인 여자였다. 늘 그렇듯이 그녀는 나무랄 데 없는 자세로 기분 좋게 자기의 빈 접시를 앞에 두고 앉아 있었으며, 화가 나 보이지도 지루해 보이지도 않았다. 그런가 하면 뻣뻣한 목을 하고 주름살이 있는 저 까다로운 도덕군자 신사께서는 완전히 배심 재판소라도 되는 듯 의자에 무겁게 앉아 마치 자신의 아들에게 막 사형 선고라도 내린 듯한 얼굴을 하고 있었다. 그러면서 그 사이 한 접시 가득 담긴 아스파라거스만을 먹었다. 붉은 볼의 급사 케셸링 씨는 오늘도 여전히 상냥하고 볼이 붉었지만 좀 늙고 멍해 보였다. 오늘은 컨디션이 좋지 않은 듯했으며, 그의 어린아이 같은 얼굴에 팬 보조개는 오늘도 그의 윗주머니에 들어 있는 춘화 꾸러미만큼이나 황당하고 불필요해 보였다. 이 모든 것이 얼마나 기이하고 우스꽝스러웠는가! 왜 우리는 모두 그렇게 앉아 기다리며 히죽히죽 웃었단 말인가? 오래전부터 이미 배도 고프지 않았는데 무엇 때문에 모두 음식을 먹고 또 다음번 음식을 기다렸단 말인가? 케셀링 씨는 왜 그의 서정적인 머리카락을 조그만 주머니 빗으로 빗었을까? 무엇 때문에 호주머니에는 그 바보 같은 그림을 가지고 다녔으며, 또 그 호주머니에 실크를 채워 넣었단 말인가? 모든 것은 그렇게 아무런 근거도 없고 황당했다. 그러니 그 모든 것이 격렬한 웃음보를 터뜨리게 한 것이었다.

그래서 나는 노부인의 얼굴을 응시하고 있었다. 그때 갑자기 그녀가 냅킨꽂이용 링을 내려놓고 나를 바라보았다. 우리가 잠시 서로 응시하는 동안 웃음이 내 얼굴까지 차올랐다. 그래서 어찌할 수가 없어 나는 터질 듯한 웃음을 몸속에 담은 채 최대한 친절하게 그 부인을 보며 히죽 웃었다. 웃음이 내 입을 잡아 늘이면서 눈으로 새어 나왔다. 이런 마당에 그녀가 나를 어떻게 생각했을지 모르겠다. 하지만 그녀는 실로 훌륭하게 반응했다. 먼저 재빨리 자신의 눈길을 내리깔고 서둘러 자기 장난감을 다시 손에 잡았다. 하지만 그녀의 얼굴은 불안정해졌다. 내가 대단한 호기심으로 바라보는 동안, 그녀의 얼굴은 점점 이지러져 괴상망측하게 찌푸려졌다. 그녀는 웃고 있었다! 얼굴을 찌푸리고 숨을 죽이며 내가 그녀에게 전염시킨 웃음보와 싸우고 있었다! 호텔 동료들에게 나이 지긋하고 분별력 있는 사람들로 알려져 있는 우리 둘은 초등학교 아이들처럼 각자의 자리에서 앞을 힐끗 보면서 서로 곁눈질하며 그렇게 앉아 있었던 것이다. 둘의 얼굴은 계속 웃음을 자제하느라 움찔거렸다. 홀 안의 다른 두세 사람이 이를 눈치 채고 재밌는 듯 얼마간 조소 어린 미소를 머금기 시작했다. 그리고 마치 창문이 깨어지고 청백색 하늘이 흘러들어 오기라도 한 것처럼 몇 분간 홀

안 가득히 즐겁고 뭔가 근질근질한 분위기가, 싱글거리는 웃음이 퍼졌다. 마치 우리가 이루 말할 수 없이 아둔하고 우습게 요양의 권위와 지루한 슬픔 속에 머물러 있었다는 사실을 지금 모두가 동시에 깨닫기라도 한 것 같았다.

그 순간 이후 나는 다시 잘 지낸다. 나는 더 이상 단순히 질병 상태와 치료 방식에 따라 분류된 요양객이 아니다. 병과 치료는 다시금 부차적인 일이 되었다. 물론 지금도 계속 아프며, 그것을 부인할 수는 없다. 하지만 아프다 한들 어쩌겠는가. 나는 병을 그 자체에 내맡겨 버린다. 온종일 병의 비위나 맞추기 위해 내가 존재하는 것은 아니다.

식사 뒤 한 호텔 투숙객이 내게 말을 걸었다. 나와는 정말 통하지 않는 남자로서 의견도 다양했으며, 내게 신문을 갖다 주며 억지로 대화를 나누게 한 것이 벌써 여러 차례였다. 학교 제도와 교육에 대한 엄청나게 지루하고 긴 대화 속에서 그가 증명하는 모든 기본 원칙과 의견을 내가 최대한의 겸양으로 무조건 동의한 것은 겨우 최근의 일이다. 그런데 그가 다시, 그 친구가, 평소의 습관대로 복도에서 엿보고 있다가 다가와 내 앞에 섰다.

"안녕하세요." 그가 말했다. "오늘 무척 행복해 보이는군요!"

"맞습니다! 무척 행복합니다. 점심을 먹으면서 하늘에 구름 몇 점이 흘러가는 것을 보았습니다. 이제껏 그 구름이 그저 종이로 만들어진 홀 장식품인 줄 알았는데, 그것이 진짜 실제 공기이고 구름이라는 걸 발견하고 지금 너무 기쁩니다. 구름이 내 눈앞에서 떠다녔어요. 거기에는 숫자가 적혀 있지 않습니다. 어디에도 가격표가 붙어 있지 않지요. 제가 얼마나 기쁜지 선생도 알 거요. 현실은 여전히 존재합니다. 바덴 한복판에도 말입니다! 놀라운 일이지요!"

아, 내 말을 듣고 그 남자가 보인 표정은 얼마나 밉상이던가!

"저, 그런데." 그는 말을 질질 끌어 이 말을 하는 데 1분이나 걸렸다. "그렇다면 선생께선 더 이상 현실이 존재하지 않는다고 믿으셨던 게로군요! 그런데, 대체 뭘 두고 현실이라고 하시는지 여쭤 봐도 될까요?" "아." 내가 말했다. "철학적으로 보면 그건 복잡한 문제입니다. 하지만 실질적으로는 아주 쉽게 답해 드릴 수 있겠어요. 보세요, 현실이란 다른 한편 '자연'이라고 불리는 것과 아주 똑같은 것이라고 생각합니다. 어쨌든 현실이라는 것이 이곳 바덴에서 늘 우리 주변에 존재하는 것이라는 생각은 하지 않습니다. 요양력이나 병력도 아니고, 이 같은 류머티즘에 관한 소설도, 통풍 관절염에 관한 드라마도 아니며, 산책이나 요양소 연주회도, 식단이나 프로그램도, 온천장 관리인도, 요양객들도 아니지요."

"뭐라고요. 그렇다면 요양객들도 선생께는 현실이 아니란 말입니까? 이를테면 선생과 지금 얘기하고 있는 저도 현실이 아니라는 건가요?"

"죄송합니다. 선생의 마음을 상하게 할 생각은 정말 없습니다. 하지만 선생은 내겐 정말로 현실성이 없습니다. 선생이 제게 어떻게 보이냐 하면, 인지한 바를 체험하게 하거나 사건이 현실로 되게 하는 그런 확실한 점이 없습니다. 선생님, 선생께서는 존재하고 있습니다. 그것을 제가 부인할 수는 없지요. 하지만 제가 보기에는 어떤 시간적이고 공간적인 현실이 결여된 차원에서 존재하는 것입니다. 선생은 종이나 돈, 신용 대부, 도덕, 법, 정신, 품위의 차원에서 존재하고 있다는 걸 얘기해 드리고 싶습니다. 선생은 미덕과 정언적 명령, 이성의 공간적, 시간적 동지입니다. 심지어는 물 자체(Ding an sich) 혹은 자본주의와도 유사할지 모릅니다. 하지만 선생에게는 돌이나 나무, 두꺼비, 새들이 모두 내게 직접적으로 확인시켜 주는 그런 현실성은 없지요. 선생, 저는 당신의 의견을 무한정 시인하고 존중할 수 있습니다. 선생을 의심할 수도 있고 인정할 수도 있지만, 선생을 직접 겪는 것은 불가능하지요. 선생을 사랑하는 것은 절대 불가능합니다. 선생은 그 운명을 선생의 친척이나 소중한 가족과, 미덕과 이성, 정언적 명령과 인류의 모든 이상과 함께 나누겠지요. 당신들은 대단해요. 우리는 당신들이 자랑스럽습니다. 하지만 당신들은 현실적이지가 않습니다."

그 남자는 눈을 크게 떴다.

"하지만 지금 선생님의 얼굴에서 내 손바닥을 느낀다면 저의 현실성을 확신하시겠습니까?"

"그런 실험을 하신다면 먼저 당신들에게 해가 될 겁니다. 나는 선생보다 강하고 이 순간은 완전히 그 어떤 도덕적 거리낌으로부터도 자유로우니까요. 하지만 그 밖에도 당신들은 그렇게 유리한 증거가 있다 해도 목적을 이루지 못할 겁니다. 당신들의 실험에 물론 나는 놀랍게 작동하는 온갖 자기 보존의 장치를 다 써서 대응할 것입니다. 하지만 당신들이 공격을 해도 내게 당신들의 현실성을, 당신들의 인격이나 영혼의 존재를 확인시켜 주지는 못할 겁니다. 만일 전기의 양극 사이의 공간을 내 팔이나 다리로 채운다면 나 역시 방전되어 버리죠. 그렇게 해서 내가 어떤 인격이나 나름대로의 존재를 위한 전류를 얻게 되는 것이 아니고요."

"선생님은 타고난 예술가이시군요. 정말이지 그런 분에게는 많은 것이 허용되어 있지요. 선생님은 정신이나 개념적 사고를 싫어하고 그런 것과 반목하고 계신 것 같네요. 제가 보기에는 그러고 싶어 하시는 것 같아요. 하지만 작가 선생님, 그런 것이 직접 쓰신 그 많은 글과 얼마나 들어맞는지요? 저는 완전히 정반대의 내용을 전파하면서 비이성적이고 우연적인 자연 대신 이성과 정신에 대해 신념 고백을 하는 선생님의 문장과 기고문, 저서를 알고 있습니다. 거기서 선생님은 이념을 옹호하며 정신적인 것을 최고의 원리로 인정하고 계십니다. 그런데 지금은 대체 어떻게 된 것인지요?"

"아, 내가 그랬습니까? 그래요. 정말 그럴지도 모르죠. 아시다시피 난 불행하게도 항상 스스로 모순에 빠집니다. 현실이 늘 그렇게 만듭니다. 그렇게 만드는 것은 단순히 정신도 아니고 미덕도 아니며 또한 존경하기 힘든 당신도 아니지요. 이를테면 여름에 무리한 행군을 하고 나면 가득한 한 잔의 물이 너무 간절하며, 물이란 세상에서 가장 대단한 것이라고 말할 수 있습니다. 15분 후 물을 마시고 난 뒤면 지상에서 물과 그것을 마시는 일처럼 내게 재미없는 일도 없지요. 음식을 먹는 일도, 잠을 자는 일도, 생각을 하는 일도 마찬가지라고 여깁니다. 이를테면 이른바 '정신'이란 것에 대해 나는 먹고 마시는 일과 마찬가지라고 생각합니다. 때로는 세상에서 정신이나 추상화, 논리, 이념처럼 나를 강렬하게 끌어당기는 것도 없으며, 그처럼 내게 필요한 것도 없어요. 하지만 그런 것에 물린 나머지 그와 반대의 것을 원하게 된다면 정신이란 건 모두 상한 음식과도 같이 역겨워집니다. 이런 태도가 얼마나 자의적이고 무개성한 것인지, 정말이지 얼마나 허용하기 힘든 것인지 나는 경험에 의해 알고 있습니다. 그렇지만 왜 그런지는 결코 이해할 수는 없었어요. 식사와 금식 사이를, 자는 것과 깨어나는 것 사이를 끊임없이 오락가락할 수밖에 없듯이 나는 자연성과 정신성, 실제 경험과 플라토닉한 정신, 질서와 혁명, 가톨릭 정신과 종교 개혁의 정신 사이를 끊임없이 오락가락할 수밖에 없으니 그렇습니다. 인간이 한평생 한결같이 정신을 경외하고 자연을 경멸할 수 있다는 것, 항상 혁명가일 뿐 결코 보수주의자가 될 수는 없다는 것, 혹은 그 반대의 경우라 해도 내가 보기에 큰 미덕이고 개성이 넘치며 의연해 보이긴 하지만, 다른 한편으로는 그만큼 치명적이고 역겨우며 미친 짓으로 보이기도 합니다. 마치 누군가가 평생 음식만 먹고 있으려 하거나 평생 잠만 자려 하는 것처럼 말입니다. 그런데 모든 정당은 그것이 정치적인 것이든 정신적인 것이든, 종교적인 것이든 학문적인 것이든 모두 그런 미친 태도가 가능하고 당연한 것이라는 전제를 바탕으로 합니다! 선생 역시 내가 어느 때는 정신에 열광해서 거기서 불가능한 것을 기대하다가도, 또 다른 때는 정신을 증오하고 침 뱉으며 정신 대신 자연의 순수함과 충만함을 찾아나서는 것이 옳지 못하다고 여기는군요!

대체 왜 그럴까요! 왜 선생은 자연적인 것을 무개성하다고 여기며, 건강하고 자명한 것을 허용할 수 없는 것으로 보는지요? 선생이 내게 해명해 줄 수 있다면 나는 말로나 글로 기꺼이 모든 점에서 패배를 시인할 것이오. 그런 다음 어떻게든 내가 할 수 있는 만큼은 선생의 실재를 인정하고 선생에게 현실성이란 완전한 후광을 부여할 것입니다! 하지만 보시오, 선생은 바로 그것을 해명할 수 없잖소! 선생은 여기 서 있는데, 선생의 조끼 안쪽에는 아까 먹은 음식이 들어 있을 뿐 심장은 없을 것이오. 또한 선생의 수천 개의 모조 두개(頭蓋) 속에는 정신은 들어 있지만 자연은 없을 것입니다. 난 선생처럼 우스우리만치 비현실적인 존재를 결코 본 적이 없소. 류머티즘 환자이며 요양객인 선생처럼 말이오! 내면에 신문과 세금 고지서, 또는 칸트와 마르크스, 플라톤, 금리 계산표 외에는 정말이지 아무것도 없는 인간인 선생의 단추 구멍 사이로는 종이가 내비치고 솔기에서는 정신이 빠져나옵니다. 내가 입김을 불면 선생은 사라져 버릴 것이오! 내가 연인을 생각하기만 해도, 아니면 노란 작은 앵초만을 생각해도 충분히 선생을 현실에서 완전히 사라지도록 밀어붙일 수 있지요! 선생은 물건도 아니고 인간도 아니며, 하나의 이념이고 황량한 추상적 개념입니다."

그런데 정말로 기분이 아주 좋았는데도 좀 격해져서 내가 그 인물의 비현실성을 입증하려고 주먹을 쥔 채 팔을 뻗었을 때다. 그러자 주먹이 그의 몸을 관통했고 그는 사라져 버렸다. 이제야 나는 가만히 선 채 내가 모자도 쓰지 않고 숙소를 떠나와 외딴 강어귀를 헤매고 다녔다는 사실을 깨달았다. 나는 혼자서 아름다운 나무 아래 서 있었다. 강물이 밀려와 촬촬거렸다. 다시금 나는 정신의 반대극을 열정적으로 갈망하며, 어리석고 무법적인 우연의 세계에, 선홍색 대지에 비친 태양의 흑점과 그림자의 유희에, 흐르는 강물의 다양한 선율에 마음 깊이 도취되어 빠져 있었다. 아아, 난 그 선율을 알고 있었다! 나는 인도의 어느 강을 떠올렸다. 언젠가 그곳에서 나는 이제 이름도 생각나지 않는 한 늙은 사공의 동무가 되어 그 강어귀에 앉아 있었다. 그곳에서 수천 년 전으로 되돌아가 합일성의 사고에 사로잡혔고, 그만큼 다양함과 우연의 유희에도 사로잡혀 있었다. 나는 사랑하는 여인을 생각했다. 머리카락 사이로 살짝 드러난 그녀의 귓바퀴를 생각했다. 그러면서 지금껏 내가 이성과 이념을 위해 세운 모든 제단을 부인하고 허물어뜨리며, 반쯤 보이는 저 비밀스러운 귓바퀴를 기리기 위한 새로운 제단을 세우리라고 마음의 준비를 했다. 세계는 합일되어 있으면서도 다양함으로 가득 차 있다는 것, 아름다움은 무상함 속에서만 가능하다는 것, 은총은 죄인만이 체험할 수 있다는 것 등등의 수많은 영원한 진실에 대해 그 귀여운 귓바퀴는 좋은 상징과 신성한 표징이 될 수 있었다. 어떤 이시스 여신이나 비시누 신 혹은 연꽃처럼 말이다.

저 아래 돌밭에서는 강물이 얼마나 촬촬거렸던가. 정오의 빛은 얼룩진 플라타너스 줄기를 오르내리며 얼마나 노래를 불렀던가! 살아 있다는 건 얼마나 아름다운 일이던가! 식당에서 터진 그 어이없는 웃음보는 잊히고 사라졌으며 내 눈에는 눈물이 고였다. 신성한 강물의 촬촬거림은 내게 소리치며 깊은 일깨움을 주었다. 내

가슴은 평안과 감사로 가득 찼다. 나무 밑에서 한참동안 서성이는 동안 비로소 최근에 겪은 불쾌함과 방황, 고통과 어리석음의 심연이 이처럼 내 눈에 보였던 것이다! 맙소사! 내가 얼마나 비참해 보였는가. 얼마나 쉽사리 혐오스럽고 비굴한 인간이 되어 버렸는가! 그렇게 되는 데는 얼마간의 질병과 통증, 몇 주간의 요양 생활, 불면의 날만 있으면 되었다. 언짢음과 절망감이 내 목까지 차올랐다. 인도 신들의 음성을 들었던 내가 말이다! 그 사악한 마력이 결국 깨어지고 다시금 대기와 햇빛, 현실이 나를 에워싼 것은, 내가 다시 신의 음성을 감지하고 마음속에 새로이 경외감과 사랑을 느끼게 된 것은 얼마나 다행스러웠는가!

회상을 통해 나는 이 굴욕적인 날을 세심하게 다 지나왔다. 우울해하고 놀라며 슬픔에 젖으면서도 다른 한편 나를 옭아매던 모든 어리석음을 생각하고 웃기도 하면서. 그래, 이제 더 이상 나는 요양 홀을 찾을 필요가 없었다. 그토록 근엄한 게임 홀도 마찬가지였다. 내가 시간을 어떻게 보내든 더 이상 당혹스럽지 않았다. 마법은 풀렸다.

요양이 끝나기 며칠 전인 오늘, 어떻게 그렇게 될 수가 있었는지 생각해 보고 나의 몰락과 이 모든 수치스러운 체험의 원인을 찾고자 할 때, 이 수기의 아무 데나 한 페이지만 읽어 보면 원인을 분명하게 알 수 있다. 그것은 나의 환상이나 몽상 때문이 아니고, 도덕성과 시민성이 내게 결여되어 있어서도 아니었다. 오히려 그와 정반대였다. 나야말로 너무 도덕적이고 이성적이며 너무 시민적이지 않은가! 골백번 저지르면서 쓰디쓰게 후회해 온 나의 오래되고 영원한 하나의 과오를 이번에도 또다시 저질렀다. 나는 어떤 규범에 적응하고자 했고, 그 누구도 내게 요구하지 않은 것을 실현하려고 했다. 결코 내가 아닌 어떤 것이기를 원했으며, 그런 척이라도 하려 했다. 그런데 나 자신과 삶 전체를 폭행한 일이 그렇게 또 한 번 일어났던 것이다.

나는 내가 아닌 어떤 것이기를 원했다. 대체 어떻게? 나의 좌골 신경통에서 어떤 특수성을 만들어 냈으며, 그냥 있는 그대로의 나로 머물러 있는 것이 아니라 좌골신경통 환자와 요양객, 시민적 환경에 적응하는 호텔 손님의 역할을 연기했던 것이다. 온천욕을 하고 치료를 받았으며, 내 환경과 사지의 통증을 지나치게 심각하게 받아들였다. 나는 이 요양이란 속죄를 통해 반드시 건강해지리라고 결심했다. 오로지 은총의 길을 통해서만 이를 수 있는 것을 나는 속죄와 형벌, 작업의 성스러움을 통해, 온천욕과 세정(洗淨), 의사와 브라만교의 마법을 통해 이르고자 했다.

언제나 나는 그래 왔다. 내가 이곳 따뜻한 물속에서 부화한 이 근사한 온천 심리학 역시 그런 폭행이다. 정신적 사유를 통해 삶에 폭력을 가하려는 시도인 것이다. 그래서 실패하고 보응을 받을 수밖에 없었다. 내가 잠시 착각하고 있었듯이 나는 특별한 좌골신경통 환자로서의 철학자도 아니며, 그런 철학 같은 것은 아예 있지도 않다. 내가 서두에서 상상했던 것처럼 50대 사람들의 지혜라는 것도 존재하지 않는다. 지금의 내 사고는 20년 전과는 좀 다를지 모르지만, 내 감정과 존재, 욕망과 소망은 다르지 않다. 더 현명해지지도 더 둔해지지도 않았다. 지금도 그때나 마찬가지로 때로는 어린아이가 되고 때로는 늙은이가 될 수 있으며, 때로는 두 살이 되고 때로는 천 살이 될 수 있다. 또한 규범화된 세계에 적응하고 50세 된 좌골신경통 환자의 역할을 해 보려는 시도는 아무런 성과도 없다. 나의 심리학을 매개로 해서 좌골신경통이나 바덴과 화해해 보려는 시도가 그렇듯이 말이다.

구원에 이르는 두 가지의 길이 있다. 의로운 자들을 위한 정의의 길이 있고, 죄인들을 위한 은총의 길이 있다. 죄인인 나는 다시금 정의를 추구하는 과오를 범했다. 나는 결코 의로워질 수 없으리라. 의인에게는 달콤한 우유와도 같은 정의가 우리 죄인들에게는 독이다. 그것은 우리를 악하게 만든다. 이런 노력과 헛걸음을 계속 반복할 수밖에 없는 것이 나의 운명이다. 정신적인 면을 보아도 작가인 내가 예술이 아니라 사유를 통해 세상을 극복하려는 노력을 늘 되풀이할 수밖에 없는 것이 나의 운명이듯이 말이다. 나는 이 멀고 힘겹고 외로운 걸음을 내디디며 끊임없이 이성을 통한 그런 노력을 반복한다. 그리고 그것은 늘 고통과 방황으로 끝이 난다. 하지만 그런 죽음에는 늘 또다시 새로운 탄생이 이어지며, 늘 또다시 은총의 손길이 내게 와 닿는다. 고통과 방황은 더이상 나쁘지 않다. 헛걸음도 유익한 것이 되고, 실패도 값진 것이 되었다. 그것은 나를 다시 어머니의 품으로 내던져 은총을 새로이 체험할 수 있도록 해 주었으니까.

그러니 나 자신에 대해 도덕가연하는 짓을 그만두고자 한다. 이성과 심리학을 추구하고 치료를 시도한 일을, 실패와 절망을 책망하지도 후회하지도 않을 것이며, 나 자신을 더 이상 비난하지도 않으리라. 정말 모든 것이 좋아졌다. 나는 다시 신의 목소리를 듣는다. 정말 모든 것이 좋다.

　오늘 나의 65호실 방을 둘러보니 우스운 생각이 든다. 이 방과 조만간 작별할 생각을 하며 향수를 느끼니 말이다. 작별이란 내게 미리부터 얼마간 고통을 준다. 얼마나 자주 이곳 작은 책상에서 노트 가득히 글을 써 나갔는가. 때로는 여기서 뭔가 가치 있는 일을 하고 있다는 느낌으로 기쁨에 차서, 때로는 우울감과 불신에 가득 찬 채 어쨌든 작업에 몰두했다. 이해하고 해명하기 위한 노력에, 혹은 최소한 정직한 고백을 위한 노력에 몰두했던 것이다! 얼마나 자주 이 등받이 의자에 앉아 장 파울을 읽었는가! 이 알코브 침대에서는 얼마나 많은 날 밤을 한밤중까지, 아니면 아예 밤새 잠 못 이루고 누워 있었는가! 내 안에 침잠해 자신과 싸우다가 스스로 정당화하며, 나 자신과 나의 고통을 비유로, 반드시 해석하고 풀어야 하는 수수께끼 그림으로 느끼면서 말이다. 이곳에서 얼마나 많은 편지를 모르는 이들로부터 받고 썼는가. 책 속에 비친 나의 존재에 대해 친근감을 느낀 사람들이었다. 그들은 자신과 동쪽으로 보이는 내게 묻고 고백하고 탄핵하고 속죄하면서 내가 고백과 작품을 통해 추구하는 바와 똑같은 것을 추구했다. 선명함, 위로, 정당화, 새로운 기쁨, 새로운 순수성, 삶에 대한 새로운 사랑을 말이다! 여기 이 작은 방에서 얼마나 많은 생각과 다양한 기분이, 얼마나 많은 꿈이 나를 찾아왔는가! 이곳의 음울하고 지친 아침에 나는 목욕을 하기 위해 몸을 일으켜 세웠으며, 통증이 오는 경직된 팔다리를 통해 죽음을 미리 느끼며 무상함에 대한 불안한 글을 읽었다. 잘 지냈던 수많은 저녁, 이곳에서 나는 내 환상을 엮어 보거나 네덜란드 사람과 투쟁했다. 그 행복했던 날 이곳에서 사랑하는 여인에게 심리학 서문을 읽어 주었고, 그녀 역시 무척 좋아하는 장 파울을 소박하게 찬미할 때 그녀가 기뻐하는 것을 보았다. 결국 바덴에서 지낸 모든 시간이, 이런 요양, 이런 위기, 이 같은 균형의 상실과 재발견이 내게는 중요한 전환점이 된 것이었다.

이 작은 호텔 방에 대한 애정과 편안함을 3, 4주쯤 더 일찍 느끼지 못했다니 얼마나 유감스러운 일인가! 하지만 괜찮아. 이 방과 호텔을, 그 네덜란드 사람을, 요양을 최소한 지금이라도 받아들이고 사랑하고 내 것으로 만들 수 있으니 그것으로 족하다. 내가 바덴에서 지낸 날이 끝나 가는 지금에야 비로소 나는 이곳 바덴이 무척 아름답다는 것을 알며, 몇 달이고 여기서 살 수 있을 것 같다는 생각을 한다. 내가 이곳에서 지은 죄, 나 자신에 대해, 이성에 대해, 요양 추진에 대해, 옆방 사람들과 식탁 동료들에 대해 이미 저지른 많은 죄를 속죄하려면 정말 그래야만 할 것이다. 완전히 절망적이던 며칠간은 의사까지 의심하며 그의 확신이 정직한 것일까, 내게 준 희망이 가치가 있을까 의심하지 않았는가? 그래, 많은 것이 이제 회복되어야 하리라. 이를테면 내가 무슨 권리로 케셀링 씨의 은밀한 그림 갤러리를 혐오스러워한단 말인가? 대체 내가 도덕 재판관이라도 된단 말인가? 나 자신도 역시 모두가 인정하지 못할 취미를 갖고 있지 않았는가? 또 그 주름살 많은 도덕군자를 보고는 어쩌자고 그저 시민, 이기주의자, 타인들에 대한 오만불손한 재판관이라고만 생각했는가? 그를 자신의 강인함 때문에 몰락하고 자신의 정의 때문에 고통 받는 로마 인이나 당당하게 양식화된 비극적 영웅으로 만들 수도 있었을 텐데 말이다. 그 밖에도 놓쳐 버린 수많은 것을 되찾아야 하며, 수많은 죄악과 비정함을 속죄해야 하리라. 지금이라도 속죄의 길을 저버리지 않고 은총에 나를 내맡긴다면 말이다. 그러니 죄는 그냥 죄 그대로 놓아두자. 그리고 우리가 한순간 또 다른 죄를 쌓지 않을 수 있다면 기뻐하리라! 나는 사악했던 지난날의 심연 위로 다시금 몸을 굽혀 본다. 그러면서 멀고 작은 심연 속에 하나의 섬뜩한 이미지가 비치는 것을 본다. 음식을 앞에 놓고 불쾌한 얼굴로 창백하고 황량하게 앉아 있는 요양객 헤세를 본다. 불면으로 머리가 새고 위트도 환상도 갖지 못한 가없은 인간, 자기의 좌골신경통을 소유하지 못하고 거기에 사로잡히는 비정하고 병든 인간. 나는 전율하면서 자신으로부터 몸을 돌린다. 이 가없은 인간이 이제 죽어 다시는 나와 마주치지 않을 수 있다면 기쁘리라. 그가 평안히 잠들기를!

「신약성서」의 말씀을 계명으로가 아니라 우리 영혼의 비밀에 대한 엄청나게 깊은 지식을 표현한 것으로 받아들인다면 지금까지 이야기한 모든 것 중 가장 지혜로운 말씀은 "네 이웃을 네 자신처럼 사랑하라"다. 그것은 모든 처세술과 행복론에 대한 간결한 총체적 개념으로서, 그 외 「구약성서」에도 이미 나와 있는 말씀이다. 이웃을 자신보다 사랑할 수 없는 경우를 보자. 그런 사람은 이기주의자며 약탈자이고 자본가이면서 부르주아다. 그는 돈과 권력을 모으긴 하지만 진정한 기쁨을 누리지 못한다. 가장 고귀하고 달콤한 영혼의 기쁨은 그에게 막혀 있다. 다른 한편 이웃을 자신보다 더 사랑할 수 있는 경우를 보자. 그런 사람은 열등감에 가득 차 있으며, 또 모든 이들을 사랑하고픈 욕구로 가득 차 있으면서도 자신에 대한 원한과 끊임없는 고통으로 가득 차 있는 가엾은 악마다. 그리고 날마다 자신을 뜨겁게 달구는 지옥에서 살고 있다. 그와 상반되는 것은 사랑의 균형, 어디서든 죄의식에 머물러 있지 않고 사랑할 수 있는 능력, 누구에게도 도둑맞지 않는 자신에 대한 그런 사랑, 타인을 사랑하면서도 자신의 자아를 왜소하게 만들거나 폭행하지 않는 그런 사랑이다! 모든 행복과 신성함의 비밀이 위의 말씀 속에 담겨 있다. 그리고 원한다면 그 말씀을 인도식으로 바꿔 뜻을 부여할 수도 있다. 이웃을 사랑하라, 그는 너 자신이니까! 이것은 *tat twan asi*의 기독교식 해석이다. 그래, 모든 지혜는 그처럼 단순하며 이미 그토록 오랜 세월 그렇게 정확하고 명백하게 말해지고 표명되어 왔던 것이다! 그런데 왜 그것이 이따금씩 좋은 날에만 우리의 것이 되고 항상 그렇지는 못할까?

회고

내가 이 마지막 부분을 쓰고 있는 곳은 더 이상 바덴이 아니다. 나는 이제 그곳에 있지 않다. 머릿속에 이미 새로운 시도와 계획을 가득 담은 채 다시금 바깥 나의 초원에, 다시금 나의 고독 속에, 골방 안에 있다. 요양객 헤세는 천만다행히 죽었으며, 우리와는 더 이상 상관이 없다. 그 대신에 이제 완전히 다른 헤세가 다시 존재한다. 마찬가지로 좌골신경통을 앓는 사람이기는 하지만, 그가 좌골신경통을 소유하고 있지 좌골신경통이 그를 소유하고 있지 않다.

바덴을 떠날 때 사실 작별은 얼마간 힘이 들었다. 이제 헤어져야만 하는 모든 사물과 사람들을 나는 사랑하게 되었다. 내 방과 호텔 주인, 강어귀의 나무, 고별 만남에서 다시금 최고의 진가를 보여 준 의사, 담비들, 친절하고 예쁜 웨이트리스 뢰슬리와 트루디, 또 다른 이들, 식당, 고통을 함께한 여러 환우들을 사랑하게 되었다. 친절하고 한결같이 즐겁게 도울 태세가 되어 있는 투열 치료 기구 보조 간호사여, 잘 지내시오! 거구의 홀란드 아가씨도. 그리고 당신, 갈색 곱슬머리의 영웅 케셀링도 잘 지내길!

'신성장' 주인과의 작별은 매우 멋있었다. 내가 감사의 말을 하고 그의 호텔 건물을 칭송할 때 그는 미소를 띠고 듣고 있더니 의사가 나와 나의 치료에 대해 얼마나 흡족해하냐고 내게 물었다. 나는 의사가 나를 무척 칭찬했다고, 그리고 나는 완치의 가능성이 있어 이제 평온한 마음으로 바덴을 떠날 수 있다고 그에게 설명했다. 그러자 내 친절한 주인의 미소가 유쾌한 장난으로 발전했다. 그는 다정하게 내 어깨에 손을 얹고 말했다. "그래요, 정말 만족해서 떠나시는군요! 축하드립니다. 하지만 두고 보십시오, 선생이 아마 모르는 듯한 것을 나는 알고 있어요. 선생은 다시 옵니다!"

"내가 다시 온다고요? 바덴에요?" 내가 물었다.

그가 큰 소리로 웃었다.

"그렇고말고요. 모두 다시 오지요. 치유가 되건 안 되건 말입니다. 지금껏 누구나 다시 왔습니다. 그러니 다음번에 선생은 이미 단골 객이 되는 거지요."

나는 이 작별의 말을 잊을 수 없었다. 아마도 그가 옳았다. 아마 나는 언젠가는 다시 오겠지. 아마도 수차례씩. 하지만 이번과 똑같은 내가 되는 일은 결코 없을 것이다. 나는 다시 바덴에 올 것이다. 다시 전기 치료를 받고 다시 양질의 음식으로 섭생을 할 것이며, 아마 또다시 침체되고 우울해질 것이고, 술을 마시고 게임을 할 것이다. 하지만 모든 것이 완전히 딴판이리라. 광야로 가는 이번의 나의 귀환이 다시금 이전의 모든 귀환과는 다른 것이듯 말이다. 하나하나 볼 때는 모두 똑같겠지. 모든 것이 매우 비슷하겠지만 전체를 보면 새롭게 달라져 있으며, 위에는 다른 별들이 떠 있게 될 것이다. 인생이란 어떤 계산이나 수학적인 형상이 아니라 기적이기 때문이다. 내 인생 전체가 그랬다. 모든 것이 다시 찾아왔다. 똑같은 궁핍, 똑같은 욕망과 기쁨, 똑같은 유혹이. 늘 또다시 나는 똑같은 칸트에게 머리를 박았으며, 똑같은 용들과 싸우며, 똑같은 매들을 사냥하며, 늘 똑같은 형세와 상태를 되풀이했다. 그렇지만 그것은 늘 또다시 아름답고, 늘 또다시 위험스러웠으며, 늘 또다시 자극적인 영원한 유희였다. 나는 수천 번 자만했고, 수천 번 탈진했으며, 수천 번 천진난만했고, 수천 번 노회하고 냉정했다. 오래 지속되는 것은 아무것도 없었다. 모든 것은 늘 다시 돌아왔다. 그러나 결코 똑같은 것이 아니었다. 내가 다양성의 배후에서 숭상하는 합일성이란 사유와 이론으로 된 어떤 지루한 회색의 합일성이 아니다. 그것은 유희와 고통, 웃음으로 가득 찬 그야말로 삶 자체다. 그것은 조각난 세계를 춤추며 다니는 시바 신의 춤이나 많은 다른 이미지로 재현되었다. 그런데 합일성은 어떤 재현도 비유도 거부한다. 그대는 언제든지 그 속에 들어갈 수 있다. 그대가 시간이나 공간, 어떤 지식이나 무지를 알지 못하는 순간, 전통에서 벗어나는 순간, 사랑과 헌신 속에서 모든 신들과 모든 인간, 모든 세계, 모든 시대와 맺어지는 순간 그것은 언제든지 그대의 것이 된다. 그런 순간이 오면 그대는 합일성과 다양성을 동시에 체험하게 되리라. 붓다와 예수가 그대 곁을 지나가는 것을 볼 것이다. 모세와 함께 말을 하고, 그대의 피부에서 실론의 태양을 감지할 것이며, 빙하의 극을 응시할 것이다. 바덴에서 돌아온 이후의 이 짧은 시기에 나는 수십 번이나 저 건너 그곳에 갔다.

내가 '건강'해진 것은 아니었다. 상태가 나아졌고, 의사는 흡족해하고 있다. 그렇지만 치유된 것은 아니며 언제든지 재발될 수 있다. 실제적 회복 말고도 내가 바덴에서 가져온 것이 또 있는데, 나의 좌골신경통을 마구 격분해서 몰아내는 일을 이제는 그만두었다는 것이다. 그것이 내 소유임을, 내 머리가 세어지기 시작한 것과 마찬가지로 그것도 당연히 생겨난 것임을, 그래서 단순히 지워 버리고 거짓말처럼 없애 버리려고 하는 것은 어리석은 일임을 깨닫는다. 좌골신경통과 잘 지내기를, 화해를 통해 그것에 승리하기를!

　내가 다시금 바덴에 오게 되면 따뜻한 물속으로 다르게 들어갈 것이다. 내 이웃을 달리 겪을 것이며, 다른 식으로 염려를 하고, 게임을 하며, 노트에 글을 쓰는 것도 다르게 할 것이다. 새로운 방식으로 죄를 짓고, 다시금 새로운 방법으로 신을 찾을 것이다. 행동하는 자, 생각하는 자, 살아 있는 자가 있음을 항상 믿을 것이다. 그리고 그분이 바로 그임을 알게 되리라.

　몇 주간의 요양 기간을 이제 와 되돌아보니, 돌이켜볼 때면 늘 그렇듯이, 젊은 시절 새로운 인생의 계단을 오를 때마다 마음속으로 즐기던 우월감이나 이해, 통찰을 얻은 듯한 망상이 마음속에 생겨난다. 나는 최근까지 내가 겪은 고통을 바라본다. 육체적 고통과 영혼의 궁핍이 나의 뒤에 놓여 있음을 본다. 치명적인 상황은 극복되었다. 바로 얼마 전 바덴에서 그토록 우스꽝스러운 짓을 하던 그 헤세는 그를 되돌아보고 있는 총명한 오늘의 헤세 저편 멀리 서 있는 것 같다. 나는 그 요양객 헤세가 우스울 정도로 작은 일에 얼마나 과민하게 반응하는지를 바라보며, 그의 속박과 콤플렉스가 벌이는 우스꽝스러운 유희를 알아보며, 그 작은 일이 단지 더 이상 현실성이 없기 때문에 내게 작고 우습게 보인다는 사실을 잊어버린다. 그런데 무엇이 크고 작으며 무엇이 중요하고 시시하다는 말인가? 대다수 사람들에게는 매우 심하게 여겨지는 고통과 충격은 침착하게 견디는 듯하면서도 작은 장애와 자극이 오거나 자존감이 조금만 상처 입어도 민감하고 격렬하게 반응하는 사람을 정신과 의사들은 감정성 정신 질환으로 설명한다. 반면 모욕을 당해도 눈치 채지 못하는 사람, 최악의 음악이나 가장 형편없는 건축, 심하게 오염된 공기 따위에는 불평도 고통도 없이 참으면서도 카드 게임에서 조금만 잃어도 당장에 테이블을 두드리며 욕설을 퍼붓는 사람은 건강한 정상인으로 통한다. 나는 여관 같은 데서 게임에 져서 그야말로 정상이고 존경스럽다는 명성을 훌륭히 쌓은 사람들을 너무나 자주 보았다. 그들이 잃은 데 대한 책임을 다른 게임 동료 탓으로 돌리며 광분하고 거칠고 추잡하게 저주를 퍼부으며 미쳐 날뛰는 것을 보고 들었던 것이다. 그래서 내가 다음번 의사에게 가면 이 불행한 자들을 정신 병원에 수용시켜 달라고 부탁하고 싶은 욕구를 강하게 느낄 지경이었다. 정말이지 모든 사람들에게 통용될 수 있는 잣대는 다양하게 있다. 하지만 그것이 학문에 관한 것이든 현재의 공중도덕에 관한 것이든 간에 나는 그 어떤 것도 신성하게 여길 수는 없다.

요양객 헤세의 자기 묘사에 대해 웃을 수 있고 그 인간을 심히 우습다고 여기는(그 점에서 그가 옳다) 바로 그 사람은, 그가 정확하게 세부적으로 기술하고 분석한 것이 자기 생각의 흐름 중 단 하나이며 주변 세계에 대한 자기의 일상적 반응 중 그 어떤 하나에 지나지 않는다는 것을 알면 깜짝 놀랄 것이다. 지금껏 보이지 않았던 것이나 추한 것, 한 조각의 오물이 현미경 밑에서는 별이 총총한 경이로운 하늘이 될 수 있듯이 진정한 심리학(그런 것은 아직 존재하지 않는다)이라는 현미경 밑에서는 아무리 사소한 영혼의 동요도 신성하고 경건한 연극이 될 것이다. 그것이 지금껏 아무리 저급하고 어리석고 혹은 정신 나간 것이었다 해도 그 안에서 볼 수 있는 것은 오로지 우리가 알고 있는 가장 신성한 것인 삶에 비유되는 하나의 모델이요 초상일 테니 말이다.

여러 해 전부터 시도해 온 나의 모든 문학적 노력이 그 머나먼 목표를 향해 더듬어 가는 노력에 지나지 않는다고 말한다면 오만 방자하게 들릴 것이다. 그 모든 노력이 세계의 눈을 지닌 진정한 심리학이 생겨날 수 있으리라는 가냘프고 희미한 예감에 지나지 않는다고 말한다면 그럴 것이다. 그렇지만 어쨌든 간에 그렇다. 그런 시선 속에서는 그 어떤 것도 더는 작게도 어리석게도 추하게도 악하게도 보이지 않으며, 모든 것이 신성하고 경외할 만한 것으로 보인다.

이 노트와 작별을 고하고 있는 지금 나의 바덴 시절 전부를 마지막으로 돌아보니 불만족과 가시가, 슬픔이 남는다. 그 슬픔은 내 어리석음이나 인내심 부족, 혹은 과민한 신경이나 성급하고 고집스런 판단 때문이 아니다. 다시 말해 너무 제한적이고 어쩔 수 없는 것이라 생각되는 내 모든 인간적인 부족과 과오 때문이 아니다. 그것이 아니라 나의 슬픔과 공허감, 고통은 이 수기 때문에, 삶의 아주 작은 부분을 가능한 한 진실하고 솔직하게 드러내려는 이런 시도 때문에 생겨난다. 내가 우울하고 부끄러운 것은 스스로 저지른 죄나 부도덕 때문이 아니고, 단지 내가 시도한 언어적 실험이 실패했다는 것 때문이며, 나의 문학적 긴장으로 얻은 소득이 너무나 적어서임을 고백할 수밖에 없다.

게다가 그 점은 나의 환멸이 시작되는 아주 분명한 부분이다. 다음의 비유를 통해 이것을 분명히 할 수 있겠다.

내가 음악가라면 아무 어려움 없이 이중 화음의 선율을 작곡할 수 있을 것이다. 어쨌든 매 순간 서로 화합하고 보완하며 서로 투쟁하고 제한하는 이중의 선과 이중의 음, 두 줄의 악보로 모든 점 하나하나가 최대한 깊고 생생하게 대립하는 선율을 말이다. 악보를 읽을 줄 안다면 나의 이중 화음을 읽어 낼 것이며, 모든 음에는 항상 반대 음이, 즉 형제이면서도 적이고 대척자인 음이 공존함을 보고 듣게 될 것이다. 그래, 바로 이것이다. 내가 나의 재료인 언어로 생채기가 나도록 표현하고 싶은 것이 바로 이 이중 화음이며 영원히 외치는 반명제, 이 이중의 선율이다. 그런데 잘되지 않는다. 나는 끊임없이 새로이 시도한다. 내 작업에 긴장과 압박을 가하는 무엇이 있다면 그것은 단 하나, 즉 불가능한 어떤 것을 잡으려는 이런 집중적인 노력, 다다를 수 없는 어떤 것을 위한 거친 투쟁이다. 나는 이중성에 대한 표현을 찾고 싶다. 선율과 반대 선율이 항상 동시에 들리고, 그래서 모든 다채로움에는 항상 합일성이 병존하고, 모든 익살에는 항상 진지함이 병존하는 단원과 문장을 쓰고 싶다. 삶이란 내 생각에 오로지 그렇게 양극 사이를 오가고 세계의 두 주축 기둥 사이를 오감으로써만 이루어지는 것이기 때문이다. 나는 열광적으로 세상의 복된 다채로움에 관해 끊임없이 말하고, 그러한 다채로움의 바탕에는 합일성이 있다는 것 역시 끊임없이 상기시키고 싶다. 아름다움과 추함, 밝음과 어둠, 죄와 신성함은 늘 순간적으로만 대립할 뿐 그것들은 항상 서로 섞인다는 것을 끊임없이 말해 주고 싶다. 인류의 최고 언어는 내가 보기에 이런 이중성을 마술적 기호로 표현한 몇몇 격언과 비유다. 그 비밀에 가득 찬 극소수의 격언과 비유는 거대한 세계의 대립을 필연성으로 인식하면서도 동시에 또한 망상이라고 인식한다. 중국인 노자(老子)는 그런 격언을 많이 이야기했다. 그 속에서는 삶의 두 극이 한 순간 섬광처럼 서로 맞닿는 듯이 보인다. 예수의 수많은 말씀 속에서는 그런 기적이 더 고상하고 단순하며 더욱 감동적으로 행해져 있다. 한 종교, 하나의 교리, 영혼의 학교가 수천 년에 걸쳐 선과 악, 정의와 불의에 대한 가르침을 갈수록 더 섬세하고 단호하게 행하며, 정의와 순종에 대해 갈수록 더 고차원적인 요구를 제시해 마침내는 '아흔아홉 명의 의인도 신 앞에서는 회개하고 돌아온 한 명의 죄인보다 못하다!'는 이 마술적 인식으로써 최고점에 이르러 끝을 맺는다는 것, 나는 세상에서 이처럼 감동적인 일은 알지 못한다.

하지만 이 최고의 예감에 대한 고지(告知)를 따라야 한다고 생각하면 아마도 커다란 오류이고 정말이지 나로서는 죄가 될 것이다. 아마 지금 우리 세계의 불행은 바로 이 최고의 진리가 모든 거리에서 판매되고 있다는 데, 모든 국교(國敎)에서 예수의 기적에 대한 믿음이 권위와 돈주머니, 국가적 허영심과 함께 설파되고 있다는 데 있을 것이다. 또한 가장 값지고도 위험한 지혜를 담고 있는「신약성서」를 모든 상점에서 살 수 있고, 심지어는 전도자들에 의해 공짜로 보급되고 있다는 데 있을 것이다. 아마도 그런 기상천외하고 대담한, 정말이지 충격적인 통찰과 예견은 예수가 여러 곳에서 말했듯이 신중하게 숨겨져 방어벽 속에서 보호를 받아야 하는데 말이다. 바람직하고 좋은 것은 아마도 한 인간이 그런 강력한 말씀을 체험하려면 시간을 바치고 자신의 삶을 과감히 이루어 가야 한다는 것이다. 삶 속에서 다른 귀한 가치를 추구할 때도 그렇게 해야만 하듯이 말이다. 그렇게 된다면(나는 그런 날이 많이 있으리라 믿는다) 가장 형편없는 삼류 작가라 해도 영원한 것을 표현하려 애쓰는 자보다 더 훌륭하고 올바른 것을 이루게 될 것이다.

　이것이 나의 딜레마이고 문제다. 이 점에 대해 말은 많이 할 수 있지만 그것을 해결할 수는 없다. 삶의 양극을 구부려 서로 다가가게 하고 삶의 이중 화음을 기록하는 일에 내가 결코 성공하지는 못할 것이다. 그럼에도 내 마음속의 어두운 명령을 따라 계속 또다시 그러한 시도를 감행할 수밖에 없으리라. 내 시계를 돌아가게 하는 펜은 이것이다.

뉘른베르크 여행

내 친구 프리츠 로이트홀트와 알리체 로이트홀트에게 이 책을 바친다.

이 여행 회고록의 저자는 불행하게도 자기 행동에 대한 뚜렷한 이유를 의식하는 사람들의 부류에 속하지 못한다. 또한 불행하게도 자신이나 다른 사람들의 그러한 이유를 믿지도 못한다. 내 생각에 이유라는 것은 불명확하다. 인과성은 인생의 그 어디에서가 아니라 오로지 생각 속에서 생겨나는 것이다. 더욱이 완전히 정신화되어 자연으로부터 전적으로 벗어난 인간이라면 자신의 삶 속에서 빈틈없는 인과성을 인식할 수 있을 것이며, 마땅히 자기가 의식할 수 있는 원인과 동기를 유일한 것이라 여길 것이다. 그의 존재를 이루는 것은 전적으로 의식뿐일 테니까 말이다. 그런데 나는 그런 인간도, 그런 신도 아직 만나 본 적이 없다. 우리처럼 그렇지 못한 인간들에게서는 어떤 행위나 사건의 모든 근거가 의심스러워진다. '이유'가 있어 행동하는 인간은 없다. 그들은 단지 이유가 있다고 상상할 뿐이다. 말하자면 겉치레나 미덕에 관심이 있다 보니 다른 사람들의 이유를 상상해 보려고 애쓰는 것이다. 어쨌든 나 자신의 경우 늘 변함없이 확신할 수 있는 사실은, 내 행위의 동기는 내 이성과 의지가 다다를 수 없는 영역에 있다는 사실이다. 오늘 대체 테신을 떠나 뉘른베르크로 가려는 나의 가을 여행—두 달이나 걸리는 여행인데—의 이유가 무엇이었을까 하고 자문해 보자니 매우 당황스러워진다. 꼼꼼히 살펴볼수록 그 이유와 동기는 점점 더 가지를 쳐 분열되고 나누어져 마침내는 먼 과거까지 되돌아간다. 하지만 그것은 직선적인 인과적 열이 아니라 그런 열이 얽히고 설킨 망으로 이루어진다. 따라서 결국은 그 자체로는 사소하고 우연한 그 여행이 내 지난 삶의 무수한 점들에 의해 정해진 듯이 보인다. 나는 그 조직에서 몇몇 거친 매듭만을 붙잡을 수 있을 뿐이다. 작년에 내가 잠시 슈바벤에 머물고 있을 때, 블라우보이렌에 사는 한 슈바벤 친구는 내가 자기를 찾아오지 않았다고 투덜댔다. 그래서 다음에 슈바벤을 여행하게 되면 이번에 놓친 것을 만회하겠노라 그에게 약속했다. 겉으로는 이것이 내 여행의 첫째 동기였다. 하지만 나중에 뚜렷이 알게 되었듯이 이미 그 약속은 배후에 있는 부차적인 이유였다. 내 방문을 기뻐하는 옛 친구를 다시 만나고 싶기는 해도 나는 조금 떨어진 지방 철도 구간을 여행하는 것도 그다지 좋아하지 않는, 그저 안일하고 여행과 인간들을 꺼리는 사람이다. 내가 그 약속을 지킨 것은 우정 때문이 아니었고, 친절한 마음에서 그런 것은 더더욱 아니었다. 그 뒤에는 또 다른 무엇이 있었다. '블라우보이렌'이란 이름 뒤에는 어떤 매력과 비밀이 숨어 있었고, 넘쳐흐르는 울림과 추억, 유혹이 있었던 것이다. 블라우보이렌, 일단 그곳은 슈바벤의 사랑스럽고 작은 고도(古都)였으며, 내가 소년 시절에 다니던 슈바벤 수도원 학교가 있는 곳이었다. 더욱이 블라우보이렌과 바로 그 수도원에서는 유명한 귀중품을 볼 수 있었는데, 이를테면 고딕식 제단 같은 것이다. 이러한 예술사적인 논증거리가 나를 심하게 동요시켰음은 물론이다. 하지만 블라우보이렌이란 복합 관념 속에서는 뭔가 다른 것이, 슈바벤스럽고 시적이면서도 동시에 내게 특별한 매력으로 다가온 무엇이 더 있는 듯했다. 블라우보이렌 옆에는 유명한 클뢰츨레 블라이가 있었으며, 블라우보이렌의 블라우토프에서는 옛날 아름다운 라우(Lau)가 살았던 것이다. 이 아름다운 라우는 블라우토프에서 땅 밑으로 논넨호프의 지하실까지 헤엄쳐 건너가 그곳의 트인 우물 속에 나타났다. 이 이야기 작가의 말에 따르자면 "가슴까지 물에 잠긴 채"였다. 블라우와 라우, 이런 마술적 이름을 에워싸고 배회하는 이 매력적인 환상 속에서 블라우보이렌을 향한 나의 열망은 커져 갔다. 한참 뒤에야 비로소 나는 그것을 명확히 깨닫게 되었고, 내가 원했던 것은 블라우토프와 아름다운 라우를, 또 논넨호프 지하실에 있는 그녀의 욕실을 보는 것이었음을 확신할 수 있었다. 또한 내가 블라우보이렌으로 기꺼이 여행을 갈 마음이 생겨난 것은 바로 이러한 연유에서였다는 것이 확실해졌다. 나뿐만 아니라 자신의 행위에 대해 이유를 댈 줄 아는 그 부러워할 만한 사람들 역시 사실은 결코 그 이유에서가 아니라 항상 무언가에 빠져서 움직이고 이끌리는 것을 나는 늘 보아 왔다. 그리고 나도 그렇게 무언가에 빠진다는 사실을 고백하지 않을 수 없다. 그런 일은 가장 강렬하고 아름다웠던 내 젊은 시절의 일부가 되었으니 말이다. 문학 속 두 여자의 형상은 매력적인 모델이 되어 젊은 날 나의 문학적이고 감각적인 환상을 이끌어 주었다. 둘 다 아름답고 신비로 가득하며, 물에 젖어 있다. 「꼬마 요정」에 나오는 아름다운 라우와 『초록 옷의 하인리히』에 나오는, 목욕하는 아름다운 유디트가 그들이다. 나는 여러 해 동안, 아주 여러 해 동안 이 둘에 대해 결코 더는 생각해 본 적이 없으며, 이들의 이름을 입에 담은 적도, 이들의 이야기를 읽은 적도 없었다. 그런데 블라우보이렌이란 단어를 떠올리자 불현듯 가슴까지 물에 잠긴 채 하얀 팔을 지하 우물의 돌난간에 기대고 있는 아름다운 라우를 다시 보았다. 나는 미소를 머금었다. 내 여행을 자극한 것이 무엇인지 알게 된 것이었다. 아름다운 라우를, 그녀가 옛날에 살던 곳에서 마주치기를 바란다는 것은 나로서는 생각지도 못했다. 그 아름다운 라우 말고도 내 청춘과 그때의 강렬했던 꿈의 세계에 대한 추억, 작가 뫼리케, 아주 오래된 슈바벤의 말과 놀이, 동화, 내 어린 시절의 언어와 풍경이 그런 울림과 환상의 세계에 함께 뒤섞였다. 내가 태어난 생가도, 어린 시절 살던 도시도 내게 그 비슷한 마력을 발휘하지는 못했다. 그런 곳은 내가 너무나 많이 다시 가 보았으며, 완전히 상실해 버린 곳이었다. 하지만 여기 블라우보이렌이라는 울림이 만들어 주는 상상에는 청춘과 고향, 민족에 대한 내 마음의 관계 속에 아직도 살아 있는 모든 것이 집약되어 있었다. 그리고 이 모든 관계와 추억, 감정은 비너스의 표상, 아름다운 라우의 표상에 내재된 것이었다. 그보다 더 강렬한 마력이란 물론 생각할 수도 없었다.

196

그 사이 이 모든 것이 내 안에서는 아직 잠재된 상태로 있어 그 중 어떤 것도 내 의식 속으로 밀려오지는 않았다. 그래서 여행 전체가 맨 처음에는 그저 하나의 약속에 지나지 않았는데, 나는 그 약속을 2년 혹은 10년 만에 실행할 수 있었던 것이다. 당시 어느 봄날 울름의 한 문학 낭송회에 초대를 받게 되었다. 다른 순간에 그런 일이 일어났더라면 매번 그랬던 것과 똑같은 방식으로 그 일을 해결했을 터인즉, 정중하게 거절하는 우편엽서 한 장이면 끝났을 것이다. 그런데 이번 울름으로 초대받은 것은 다른 때와는 다른 어떤 특별한 순간에 일어난 일이었다. 그때는 내가 삶에 유난히 많이 지쳐 있었고, 사방에 온통 근심과 초조, 불쾌함만 있어 기쁜 일이라고는 전혀 찾아볼 수 없을 때였다. 그러니 변화나 전환 혹은 도피와 관련된 생각이라면 어떤 것도 반가울 수밖에 없을 때였다. 그래서 이전처럼 정중한 거절의 엽서를 쓰지 않고 초대장을 두 번이나 꼼꼼히 읽었는데, 두 번째 읽을 때는 이미 울름이 블라우보이렌과 아주 가까이에 있으리라는 생각이 더욱 분명해졌다. 그래서 하루나 이틀 동안 초대장을 책상 위에 그대로 놓아두었다가 한참 추운 겨울이 아닌 가을이나 봄에 낭송회를 열도록 하자는 단 하나의 조건을 내걸고 승낙을 했다. 울름 사람들은 11월 초로 확정했고, 나는 그에 동의했다. 물론 긴 유예 기간을 두고 승낙할 때는 약간의 심리적 유보가 있다고 본다. 그런 것이 없지는 않았으니, '아직 멀었는데 뭐, 그 전에 넌 언제든지 취소 전보를 보낼 수 있지'라는 은밀한 감정과 함께였다.

그래, 지금은 봄이고 11월은 아직 멀었다. 나는 이 약속을 그다지 중요하게 생각하지 않았다. 더 긴박하고 절박한 다른 생각과 걱정거리가 눈앞에 있었다. 다시 울름 일을 떠올리게 되었을 때는 그 가치가 뭔지도 모르겠고 결국 내게 짐스러운 의무만을 떠안길 행사에 이제와 또다시 말려들다니, 하고 오히려 좀 불쾌한 생각이 들었다. 일단 무대에 서는 일이 직업인 가수나 명인, 배우들이 직업의 성격상 반년이나 1년 전에 미리 일정한 날과 시간에 출연하기로 계약하고, 출연 당일의 분위기나 기분과 상관없이 언제든지 그들의 예술을 펼쳐야 하는, 바로 그 부담스러운 관행을 감수해야만 한다. 하지만 거의 돌아다니지도 않는 조용한 마을 주민이며 서재에만 박혀 사는 작가가 다다음달 12일에 이런저런 도시에서 마지못해 낭송을 해야 한다고 생각하면 경우에 따라서는 끔찍하다. 이 시기에 하필 병이 날 수도 얼마든지 있지 않은가! 하필 그때가 일하기 좋은 때일 수가 있지 않은가. 종종 그토록 오랜 시간 손꼽아 기다리지만 오지 않았던 그 좋은 시간일 수 있지 않은가. 그렇게 된다면 한참 일이 잘되고 있을 때 그 모든 것을 제쳐놓고 가방을 꾸리고 열차 시간표를 알아보며 여행을 떠나야 한다. 그래서 낯선 도시의 호텔 침대에서 잠을 자고 낯선 사람들 앞에서 자신의 시를 낭송해야 하는 것이다. 그 시점에서는 자신과 아무 상관도 없으며 이미 다 지나 시시하게 여겨지는 시를 말이다! 작가가 허영심이나 이욕(利慾), 아니면 여행에 대한 욕구 때문에 유혹을 못 이기고 그런 낭송회를 할 경우, 그렇게 정말 역겹게 속죄해야 할 때가 많다.

규칙적이고 조직적으로 일을 하는 사람들, 매일 정각 8시 혹은

2시에 일을 시작하고, 전보를 받으면 최단기간 안에 먼 여행에 나서고, 자유로운 오후가 이미 작은 천국이 되며 손목시계에서 얻는 즐거움에 전념하는 이들, 이런 사람들은 작가들이 얼마나 불규칙하고 변덕스럽게 빈둥빈둥 시간이나 축내면서 한심한 인생을 보내는지 정말 상상도 못할 것이다! 물론 충실하게 의무를 수행하며 얼마간의 규칙성과 인내심을 갖고 일에 전념하는 작가들도 있기는 하다. 그들은 아침 일정한 시간에 일을 시작해 끈질기게 책상에 붙어 있다. 이들은 날씨나 주변에서 들리는 소음에 대해서도 자신의 기분이나 느슨함에도 전혀 개의치 않을 정도로 학습이 되어 있다. 나 같은 자는 그런 영웅적이고 고상한 사람들의 신발 끈이나 풀어 주는 게 낫지 그들을 흉내 낸다는 것은 내게는 아예 시작부터 가망 없는 일일 것이다. 나로 말할 것 같으면, 단정하고 근면한 사람일 경우 내가 얼마나 시간 귀중한지를 모르고 몇 날씩, 몇 주씩, 혹은 몇 달씩 허비해 버리는지 안다면, 또 어떤 장난질이나 치면서 인생을 낭비하는지 안다면 더는 내게 손을 내밀지 않을 것이다. 나는 아침 몇 시에 일어나고 저녁 몇 시에 잠자리에 들어야 하는지, 언제 일하고 언제 쉬어야 하는지를 규정해 주는 상사도 직책도 규칙도 없다. 내 작업에는 마감 시한이 설정되어 있지도 않다. 내가 세 연으로 된 시 한 편을 쓰는 데 오후 한나절이면 될지 아니면 석 달이 걸릴지 누가 알겠는가. 일하면서 보내기에는 너무 아름답다는 생각이 드는 날이면 나는 산책을 하거나 수채화를 그리면서, 혹은 아무것도 하지 않으면서 그날에 경의를 표한다. 일하기에 너무 흐리고 습하고 너무 춥거나 따뜻하다는 생각이

드는 날이면 술집에 앉아 책이나 읽으며 날을 허비하거나, 크레용을 가지고 종잇장에 온통 혼란스러운 상상물을 그린다. 겨울이고 계속 몸이 아프기라도 하면 아예 침대에 누워 있는다. 만년필을 어디에 두었는지 잊어버리거나, 인도 신화와 중국 신화의 관계에 대해 깊이 생각할 필요를 느낄 때, 혹은 아침 산책 길에서 아름다운 여성과 마주쳤다거나 할 때면 어쨌든 일을 한다는 것은 생각지도 못한다. 물론 그와는 상관없이 일하는 것이 내 강점이 못 되고 근본적으로 내가 그런 것을 싫어한다고 해도 지속적으로 일할 태세가 되어 있어야 하는 것은 내 지고의 의무다. 나는 아무것도 하지 않을 시간은 있을지언정 여행이나 교제, 낚시, 또는 다른 멋진 일을 할 시간은 없다. 그렇다, 나는 항상 혼자서 방해받지 않고 여차하면 언제든지 일할 태세를 갖추고 내 작업실 가까이에 있어야 한다. 내일 저녁 루가노로 식사 초대를 받았다면 그것은 내게 방해가 될 뿐이다. 내일 아침 마법의 새가 내게 노래를 불러 주고, 일하고 싶은 욕망이 아우성치는 그런 드물게 아름다운 순간이 날 아올지 어떻게 알겠는가? 이런 식의 빈둥거리는 유형은 그래도 은밀하게는 어느 때든지 항상 일할 준비 태세를 갖추고 있기를 원한다. 그런 사람에게는, 이미 정해진 어떠어떠한 때에 어떠어떠한 장소에 나타나 어떠한 일을 해야 할지 몇 달 전부터 미리 알고 있어야 한다는 것처럼 거부감을 주는 일은 없다.

이처럼 시간이나 허비하는 나의 무질서한 삶을 변명하려는 데 관심이 있는 것이라면 물론 마음의 부담을 벗기 위해 몇 가지 변명을 끌어댈 수도 있을 것이다. 1년 중 아주 드물기는 하지만 정말 일을 하는 순간에는 내게는 더 이상 어떤 날씨도 건강도 방해물도 밤낮도 존재하지 않으며, 그럴 때는 수도승처럼 광신적으로 세상과 나 자신을 잊고 일의 소용돌이 속으로 몸을 내던지다가 기진맥진해서 초라해지고 만신창이가 된 채 다시 거기에서 빠져나온다고 말할 수 있을 것이다. 내가 시간을 허비하는 것 또한 단지 게으름과 무질서 때문만은 아니며, 시간은 바로 돈이라는 현대 세계의 가장 얼빠지고 가장 신성한 원칙에 대한 의식적인 저항이기도 하다는 말도 할 수 있을 것이다. 이 원칙 그 자체는 정말 완벽하게 타당하다. 사람들은 시간을 쉽사리 돈으로 바꿀 수 있다. 전류를 쉽사리 빛과 온기로 바꿀 수 있듯이 말이다. 인류의 모든 원칙 중 가장 우둔한 이 원칙을 얼빠지고 천박하다고 하는 것은 단지 '돈'을 무조건 최고의 가치로 가리킨다는 점 때문이다. 어쨌든 변명할 생각은 없다. 아니라고 변명할 수 있는 많은 근거가 있을지언정 실제로 난 빈둥거리며 시간이나 축내는 안일하고 일하기 싫어하는 인간이다. 다른 악습에 관해서는 아예 더 말하지도 않겠다. 그 때문에 나를 경멸할 수도 있고, 그 때문에 날 부러워할 수도 있을 것이다. 이런 악습 때문에 내가 얼마나 비싼 대가를 치르는지는 나 말고는 아무도 모르니까. 그러니 이 문제는 그냥 내버려 두도록 하자. 하지만 '시간이 돈'이라는 데 대해서는 한마디 더 해야겠다. 이것이야말로 내 여행 이야기와 가장 밀접하게 연관된 것이기 때문이다. 현대 세계의 이 교리, 또 기계 문화 전반으로 이해되는 현대 세계 자체에 대한 내 거부감은 너무나 커서 나는 가능한 한 이 세계의 법칙에 적응하기를 거부한다. 이를테면 오늘날 하루에 철도로 천 킬로미터 또는 그 이상의 거리를 갈 수 있다는 것은 일종의 수확으로 여겨진다. 반면 내게는 움직이는 기차 속에서 최소한 너덧 시간 이상을 견디는 것은 인간에게 모욕적인 일로 여겨진다. 그래서 남에게는 하루면 되는 여행이 내게는 일주일이 필요하다. 이런 점 때문에 여행 중에 여기저기서 나를 묵게 해 주는 친구들은 때때로 좀 힘이 든다. 어떤 곳이 얼마간 좋다 싶으면 나는 종종 며칠씩을 더 이상의 여행이나 짐을 꾸리는 일도, 정거장이나 기차 속에서 벌어지는 온갖 역겹고 피곤한 소란도 다 거부해 버리기 때문이다. 많은 현자들의 삶의 규칙을 보면 이런 격언이 있다. "매일을 너의 마지막 날로 여기고 살아라!" 자, 그런데 누가 자기의 마지막 날 카본을 들이마시며 가방을 끌고 정거장 개찰구를 끼여 통과하고 기차를 타기 위해 필요한 온갖 우스꽝스러운 조작을 하고 싶겠는가? 이때 단 하나 멋진 일은 바로 선택의 여지없이 다른 사람들과 함께 갇히게 된다는 것이다. 그런데 그것이 아무리 멋진 일이라 해도 대개 잠시 뒤면 그 마력을 잃게 된다. 행운이 찾아와 기차 칸에서 운명적으로 네 진정한 친구가 될 사람, 그래서 그 없이는 더 살고 싶지도 않을 그런 사람의 옆에 앉게 될 경우를 생각해 보자. 그렇다면 넌 순식간에 그의 마음을 끌어 그가 너와 함께 내리고 어느 아름다운 역에서 풀과 꽃, 푸른 하늘과 구름이 아직도 있는지 네게 보여 줄 정도가 되어야 한다. 만일 그렇게 하지 못한다면 넌 분명 바보 천치이리라. 내 방식의 여행이 당사자를 그다지 빠른 속도로 나아가게 하지 못하고 중세쯤 되는 단계에 서 있게 한다는 것을 부인할 수는 없다. 내가 언젠가 베를린에 갈 결심을 한다면(지금까지는 그것을 피할 수 있었다) 그 여행은 최소한 열이틀은 걸릴 것이다. 내 여행 방식이 통해서 그 것이 주는 커다란 이점을 볼 수 있으려면 미리 완전히 전근대적 사고방식에 젖어야 한다. 물론 단점도 있다. 이를테면 내 방식으로 여행을 할 경우 비용이 많이 든다. 그 대신 나의 여행은 현대적 방식으로는 결코 얻지 못할 여러 가지 즐거움을 내게 가져다주었다. 그런 즐거움 때문에 나는 기꺼이 얼마간의 대가를 치른다. 그런 즐거움을 특히나 소중하게 여기는데, 내가 원래 상상도 못할 만큼 병적으로 즐거움을 추구하니 말이다. 삶 전체를 괴로움과 고통으로 느끼는 것은 많은 사람들이 처한 운명이다. 이념이나 어떤 문학적, 미학적 비관주의로 인해서만은 아니고 신체적으로나 현실적으로도 그렇다. 나 역시 유감스럽게 이런 부류의 사람들에 속해 쾌락보다는 고통에 더 민감한 재능을 타고났다. 숨을 쉬고 잠자고 먹고 소화하는 일, 가장 단순한 모든 동물적인 일은 이런 사람들에게는 즐겁기보다는 오히려 고통과 수고가 된다. 하지만 그럼에도 이들은 자연의 뜻에 따라 삶을 긍정하고 고통도 그러려니 하며 포기하지 않으려는 충동을 내면에 느낀다. 그래서 이런 사람들은 조금이라도 기쁨을 주고 쾌활하게 해 주며 조금이라도 행복하고 따뜻하게 해 주는 것이라면 그 모든 것에 유별나게 집착한다. 그리고 그 모든 아름다운 것에 가치를 두는데, 그것은 평범하고 건강하며 일에 유능한 보통 사람이라면 알 수 없는 어떤 가치다. 자연은 이런 방법으로 최고의 아름다움이며 복합적인 것, 즉 유머를 실현시키기도 한다. 대부분의 사람들은 그런 유머에 대해 어느 정도 경외심을 품고 있다. 말하자면 그런 고통 받는 사람들, 너무 여리고 영특하지 못하며 병적으로 즐거움을 추구하고 위로에 집착하는 그런 사람들에게서 가끔씩은 유머가 생겨난다. 유머란 계속되는 깊은 고통 속에서만 발전하는 것으로서, 적어도 인류가 만들어 낸 썩 괜찮은 생산물인 크리스털이라고도 할 수 있는 것이다. 유머는 고통 받는 자들이 그래도 곤고한 삶을 견디며 심지어는 삶을 찬양할 수 있기 위해 만들어 낸 것이다. 그런데 그것은 우스꽝스럽게도 늘 정반대로 그렇지 않은 사람들, 고통을 모르는 건강한 이들에게 감당하기 힘들 정도의 엄청난 삶의 의욕과 재미를 분출시키는 작용을 한다. 건강한 이들은 이때 허벅지를 치고 박장대소를 한다. 그러다가 때때로 무척 인기 있는 성공한 코미디언 X가 놀랍게도 우울증이 심해져 물에 빠져 자살했다든지 하는 등의 뉴스를 읽으면 늘 황당해하고 좀 속상해한다.

내가 시간이 너무 많다 보니 엉뚱한 길로 빠져 버린 것을 이해해 주시길. 곧 원래 주제로 돌아오겠다. 혹 그렇게 되지 않는다면 이렇게 자문해 보시라. 나 같은 인간, 기차를 싫어하면서도 이용하고 빈둥거리기나 하며 오락이나 놀거리가 없나 호시탐탐 살피면서 시간을 허비하는 인간, 또 낭송회 같은 일에 심히 회의적이면서도 초대에 응하는 인간, 마치 꼴사나운 스포츠를 하듯이 진지하고 현실적이며 능력과 근면성 위주의 현대적 삶을 거부하고 비웃기나 하는 그런 인간이 여행에 관해 이야기한다고 해서 대체 무슨 대수인가, 하고 말이다. 그래, 그런 낭만주의자가 여행에 대해 말하든 말든 전혀 중요하지 않다. 그런데 그 어릿광대의 말에 일단 귀라도 기울여 보고 싶어 하는 사람은, 마치 해학가가 그렇듯 그 어릿광대가 자신의 이른바 주제라는 것을 계속 자꾸 놓쳤다가 힘들게 되찾는 꼴을 감수하면서도 듣는 것이다. 그를 두고 해학가라 해도 무방하리라. 해학가들은 늘 그들이 원하는 것을 쓰고 싶어 한다. 그들이 쓴 제목이나 주제어는 모두 늘 그저 구실에 지나지 않을 뿐, 진실로 그들 모두의 주제는 항상 오직 단 하나, 즉 기묘한 슬픔, 그리고 이런 표현을 써도 될지 모르겠지만, 인생의 지저분함, 그리고 그런 비참한 삶이 그런데도 그토록 아름답고 고귀할 수 있다는 데 대한 놀라움이다.

이제 그럼 내 여행을 살펴보자면 상황은 이러했다. 여름이 왔고, 그 시점에서 내 삶의 선율은 그다지 우호적이지 못했다. 외부에서 오는 근심에 짓눌렸으며, 내가 위로 삼아 즐기던 오래된 취미인 그림 그리기와 독서가 주던 행복은 많이 사라졌다. 지병처럼 시달려 온 눈의 통증 때문이었다. 그런 증세를 이미 오래전부터 알기는 했지만 그처럼 격렬하게 지속된 것은 최근이었다. 내 소원 성취의 서글픈 끝이 다가왔으며, 내 삶이 이제 다시금 의미를 얻기 위해서는 곧바로 어떤 새로운 표징을 얻어야 한다는 것을 나는 뚜렷이 감지했다. 여러 해 동안 많은 대가를 치르면서 나는 은둔 생활을 할 수 있었다. 그 속에 숨어 완전히 외톨이가 된 채 골방에 앉아 유희와 악습에 젖어 볼 수 있었다. 사색과 환상, 독서, 그림 그리기를 했으며 포도주를 마시고 글을 썼다. 이제 그런 소원은 성취되었다. 그런 일은 해 볼 만큼 다 해 보았으며, 눈이 아팠다. 독서와 그림 그리기를 포함해 일이란 것이 더 이상 행복이 되지 못했다. 지금껏 이미 너무나 자주 겪어 왔듯이, 그런 상태가 일단 견딜 수 없을 정도로 되어 그 불이 나를 아예 태워 버리게 되면, 그런 상태로부터 또 다른 새로운 상태가, 새로운 삶의 시작이, 새로운 화신이 생겨날 것이다. 이제 고통을 실컷 맛보며 눈을 감고 웅크리고 앉아 운명을 받아들이면 되는 것이었다. 11월 초에 하기로 된 울름 여행을 내가 몹시 환영한 것도 바로 이런 연유에서였다. 그 여행이 다른 무엇을 가져다주지 못한다 해도 최소한 기분 전환은 될 것이고, 새로운 이미지, 새로운 인간들을 보여 주리라. 그것은 외톨이 상태에서 벗어나게 하고 동참과 배려를 강요하며 외부로 눈을 돌리게 했다. 정말이지 그 여행은 내게 반가운 것이었다. 나는 벌써 얼마간 여행 계획을 세우기 시작했다. 울름 강연이 있기 전에 무조건 강연 이전에 블라우보이렌을 방문하고자 했다. 그런 낭송회를 하고 나면 종종 나를 엄습하는 어떤 의기소침과 혐오감을 그곳의 아름다운 라우와 내 친구에게까지 가져가고 싶지 않았다. 그러자면 10월 말에 출발을 해야 했다. 그런데 내가 있는 테신 마을에서 블라우보이렌까지는 멀었기 때문에 이 긴 여행을 쾌적하게 부분 부분으로 작게 나누어 즐기고 소화해 낼 수 있도록 해야 했다. 어떤 상황이라 해도 취리히에서 한 번은 머무르리라 결심을 했다. 그곳에는 내 친구들이 있었다. 그래서 거기서는 호텔 생활의 공포에 내던져지지 않고 얼마간 도시의 삶을 즐길 수 있었는데, 음악과 질 좋은 포도주, 영화관, 어쩌면 연극까지도 즐길 수 있었다. 그 대신 계산을 해 볼수록 여행 비용이 훨씬 더 많이 나왔다. 그런데 울름 낭송회의 사례비는 며칠이면 될 여행을 몇 주씩이나 걸려서 하는 그런 사람에게 맞추어 산정된 것이 아니었다. 그래서 갑자기 아우크스부르크에서 또 낭송회 초빙을 받았을 때 거부할 이유가 전혀 없었다. 내가 알기로 아우크스부르크는 울름에서 기차로 대략 두 시간만 가면 되는 거리여서 중간역도 일체 필요 없었다. 나는 아우크스부르크 강연을 울름 강연의 이틀 뒤로 잡았고, 우리는 일치를 보았다. 이제 벌써 내 여행은 한층 더 중요해지고 가능성이 커졌다. 이번에는 슈바벤의 고도인 울름과 아우크스부르크만을 볼 것이 아니었고, 당연히 아우크스부르크에서 여러 친구들이 있는 뮌헨까지 더 갈 것이기 때문이었다. 그곳은 여러 해 전, 전쟁이 터지기 훨씬 전 내가 행복하고 즐거운 많은 날을 보낸 곳이기도 하다.

일단 나는 취리히와 울름, 뮌헨의 내 친구들에게 알렸다. 기뻐하는 답신과 초대가 여행에 대한 나의 욕구를 고조시켰다. 그런데 한참 생각해 보니 취리히-블라우-보이렌 구간을 하루 만에 가는 것은 불가능할 것 같았다. 그러자면 당연히 아침 7시나 8시면 벌써 취리히를 출발해야만 하는데, 10월 말의 그때는 음울한 새벽일 것이라는 생각이 들었다. 하지만 마지막에는 조그만 희생은 감수할 수도 있지. 웃음을 머금으며 나는 열차를 골라 적었다.

여름 몇 달간은 나의 주 직업이 문학이 아니라 그림이다. 그래서 눈이 허락하는 한 나는 우리의 아름다운 수풀가 밤나무 아래 앉아 정말 열심히 청명한 테신의 언덕과 마을을 수채화로 그렸다. 10년 전에도 이미 세상에서 나만큼 그곳을 속속들이 아는 사람은 없을 거라 상상했는데, 그 이후에는 그곳에 대해 훨씬 더 많이 알게 되었다. 내 그림 가방은 더 두툼해졌다. 해마다 그렇듯이 들판은 모르는 사이 서서히 노란빛을 띠어 갔고, 새벽 공기는 차가워졌으며, 저녁 산은 자주색으로 변해 갔다. 그리고 나의 초록색에는 갈수록 노란색과 붉은색을 더 많이 섞어야 했다. 순식간에 곡식밭은 텅 비었고, 붉은 대지는 벵갈라와 붉은색 칠을 요구했으며, 옥수수밭은 황금빛과 연갈색을 이루었다. 9월이 되었고 늦여름 날의 청명함이 펼쳐지기 시작했다. 나는 이런 날만큼 허무의 외침을 느끼는 때가 없으며, 연중 그 어느 때에도 대지의 색깔을 그만큼 탐욕스러우면서도 조심스럽게 내 속에 들이마셔 보는 적이 없다. 마치 술꾼이 값비싼 포도주의 마지막 잔을 마시듯이 말이다. 약간 명예욕이 있는 그림 작업에서도 나는 몇몇 작은 성과를 얻었다. 내 그림 몇 점이 팔렸으며, 한 독일 월간지에서는 테신 풍경에 관한 한 작가의 글에 내 그림을 넣기를 원했다. 이미 작은 그림이 복사된 것을 보았고, 그림에 대한 사례비도 받았다. 그러고는 혹시 정말 문학에서 완전히 이탈해 더 끌리는 일인 화가의 손놀림으로 살아갈 수 있지 않을까, 하는 생각도 해 보며 유희하기를 즐겼다. 며칠간의 좋은 시간이었다. 그런데 이제 기쁜 나머지 눈을 혹사시켜 더 이상 그림을 그릴 수 없게 되고 가을이 여러 징후 속에서 느껴지기 시작했을 때 불안감이 나를 덮쳐 왔다. 그래서 지금의 내 생활 상태가 또다시 무너지려는 참에, 그야말로 전환이 필요하던 참에 어떤 변화와 여행을 결심했고, 그렇다면 더 오래 기다리는 것은 아무런 의미가 없었다. 9월 말 경 나는 여행을 결심했다.

그러자 갑자기 할 일이 많아졌다. 지금 바로 여행을 하려면 몇 주일분의 짐을 꾸려야 했다. 그 몇 주간 내내 떠돌이 생활을 할 생각은 없었고, 다니다가 여기저기서 편하게 머물며 그림도 그리고 글도 쓸 생각이었다. 어쨌든 식사 도구도 챙겨 가고 엄선한 책도 가져갈 것이다. 옷과 세탁물을 살펴봐야 했는데, 단추를 달고 해진 곳을 깁고 하면서 상자와 서랍을 모두 벌려 놓은 채 두었다. 마지막에 가서는 강연 때 입을 검정 양복의 상태가 좋지 않다는 것을 알게 되어 그것 때문에도 온갖 수선을 피워야 했다. 그리고 가방을 미처 다 꾸리기도 전에 또 한 건의 낭송회에 초빙을 받았다. 뉘른베르크에서 온 것이었는데, 아우크스부르크에서 그리 직행해 달라는 요청과 함께였다. 그 문제는 곰곰 생각을 해 봐야 했다. 뉘른베르크는 내 여행에 너무나 걸맞았다. 울름과 아우크스부르크로 갈 때 숙달된 도시 여행자라면 반드시 들러야 할 곳이었다. 그래서 나는 승낙을 했다. 그러나 아우크스부르크 방문 바로 다음날이 아니라 닷새 뒤에 가겠다고 말했다. 그 시간이면 아마도 아우크스부르크와 뉘른베르크 구간을 품위 있게 이동하는 데 충분하리라.

이제 떠날 수 있었다. 첫 목적지는 취리히였다. 거기서부터 치료에 유익한 유황 온천이 있는 리마트 강변의 바덴에 들러 조용히 요양을 하면서 체류할 생각을 했다. 하지만 이제 커다란 트렁크를 보내고 작은 짐꾸러미는 직접 들기로 하고 여행 준비를 다 마쳤을 때, 9월의 태양이 너무 강렬하게 내리쬐었고 포도원은 무르익은 청포도로 가득 차 있어서 이런 마당에 흐리고 추운 취리히로 간다는 것은 죄가 될 것 같았다. 지금 가면 포도 수확을 놓치게 되리라는 것을 생각하지 못했다니! 다시 짐을 풀고 그대로 남아 내가 견뎌 내고 막 벗어나려고 한 그 상태로 슬금슬금 되돌아간다는 것은 생각할 수 없는 일이었다. 하지만 로카르노에도 내가 한참 동안 보지 못한 친구들이 있었다. 그곳에서는 태양과 포도를 놓치지 않고도 나의 새로운 삶을 시작할 수 있었다. 나는 로카르노로 떠났다.

그곳에서는 한 작은 도시가, 작은 골짜기 샘이 있고 틈새에 조그만 양치식물과 붉은 패랭이꽃이 가득한 외벽이 있는 정경이 나를 맞아 주었다. 나는 그것 모두를 오래전부터 속속들이 알고 있었다. 전쟁 중에도 세 번이나 잠깐씩 날 묵게 하고 위로하며 다시금 기쁨과 감사를 느낄 수 있게 해 준 정경이었다. 로카르노 주민들은 기분이 매우 들떠 있었다. 로카르노는 막 외교관 회의 개최지로 선정되어 시내가 재정비되고 꾸며졌으며 호화찬란해졌다. 만일 슈트레제만 씨가 로카르노에 머물 때 피아차의 어느 멋진 벤치에 앉아 있다가 양복을 망쳤다면, 그것은 벤치에 온통 새로이 유성 페인트를 칠해 놓았기 때문이다.

내가 잘한 것이었다. 로카르노는 내 여행의 훌륭한 시작이 되었다. 나는 브리오네와 고르돌라의 가장 양지 바른 언덕배기에서 달콤한 포도를 장관들의 몫까지 몇 파운드 더 먹어 치웠다. 그리고 오랜 기간의 외톨이 상태를 벗어나 다시 친구들과 앉아 수다를 떨면서 순간순간 우리 안에 살아 있는 것을 입으로 눈으로 표현하는 즐거움을 누렸다. 펜을 이용한 우회로에서는 늘 가장 적절하고 독자적인 표현을 잃어버린다. 그 어떤 기술보다도 교제의 기술만큼 내가 서툴고 초보자인 것도 없다. 하지만 우호적인 분위기에서 교제를 나눌 수 있는 그 드문 순간만큼 나를 열광시키는 것도 없다. 타마로 산 위로는 하루 걸러 화창한 날이 열렸다. 리바피아나의 경이롭고 좁은 해안 길은 20년 전, 아니 10년 전까지만 해도 누릴 수 있었던 고독과 망아(忘我)의 마력을 더 이상 지니고 있지 않았다. 그런데도 이 해안 외진 곳은 아직도 여전히 친근한 도피처다. 또한 호텔 주변과 사람들이 가장 많이 다니는 몇몇 소풍 길을 뒤로 한 채 가파르고 거친 산지를 뚫고 들어가면, 유럽을 벗어나고 시간을 벗어나 돌과 덤불, 도마뱀과 뱀들이 있는 빈약하지만 따뜻하고 친근한 총천연색의 대지, 그리고 작고 부드러운 매력과 사랑스러운 것으로 에워싸이게 된다. 지난날 여기서 나는 도마뱀과 나비, 메뚜기를 연구하고 거미와 사마귀를 잡았으며, 첫 그림 수업을 했고, 찾아들어 온 개 리오를 동반하고 길도 나지 않은 곳을 떠돌며 뜨겁고 즐거운 날을 보냈다. 곳곳에서 아직 당시의 향기를 맡을 수 있었고, 곳곳에서 소소한 기억의 흔적, 집 모퉁이, 정원 울타리가 나의 지난 삶에서 가장 힘든 시기에 그곳에서 찾았던 자각과 치유의 시간을 불현듯 일깨워 주었다. 슈바르츠발트의 내 고향 도시 말고는 내가 평생 동안 진정으로 고향 같은 느낌을 가진 곳은 이곳 로카르노 주변 지역밖에 없었다. 그런 느낌이 아직 얼마간 내게 남아 있어 기쁨을 주었다.

네댓새를 나는 로카르노에서 머물렀다. 사흘째 되던 날 벌써 나는 여행이 주는 유익한 점 하나를 느끼기 시작했는데, 이전에는 전혀 생각하지 못한 것이었다. 우편물을 받지 않는다는 것이었다! 우편물이 가져다주는 모든 근심과 요구, 내 눈과 가슴, 기분에 가해져 온 모든 무리한 요구가 갑자기 중단된 것이다! 물론 그것이 그저 일시적인 정양 기간에 지나지 않는다는 것, 좀 더 오래 머무를 다음 여행지에서는 온갖 자잘한 일이, 최소한 편지가 다시금 내게 전달될 수밖에 없다는 것을 나는 알고 있었다. 하지만 오늘은, 오늘 아침과 내일 아침은 최소한 우편물이 오지 않는 것이다. 나는 한 인간이었고 신의 자녀였다. 내 눈과 생각, 나의 시간과 기분은 나의 것, 오로지 나와 내 친구들의 것이었다. 나를 재촉하는 편집부도, 원고 수정을 요구하는 출판사도, 자필 원고 수집가도, 젊은 작가도, 원고를 봐 달라는 김나지움 학생도 없었고, 또 그 어떤 게르만 베르세르커 단체의 협박이나 비방 편지도 없었다. 그 어느 것도 없었으며, 오로지 정적과 안식뿐이었다. 맙소사! 며칠간 우편물을 받지 않아 보면 우리가 평생 얼마나 온갖 쓸데없는 일과 감당할 수 없는 잡동사니를 날마다 집어삼켜야 했는지 비로소 알게 된다. 한참 동안 신문을 읽지 않아 보면(난 벌써 수년 전부터 그래 왔다) 사설에서부터 시세표에 이르기까지 이제껏 얼마나 쓸데없는 것으로 날마다 아침 시간을 허비하고 정신과 마음을 망쳐 왔는지 부끄러우리만치 분명해진다. 우편물에서 벗어나 그야말로 내 기분대로 생각하고 잊어버리고 상상하는 모든 것에 기댈 수 있다는 것은 얼마나 편안한 일인가! 무엇보다도 끊임없이 문학을 떠올리지 않아도 된다. 어떤 지위와 직업을 갖고 있다는 것, 의심스럽고 편치 못한, 그래서 그다지 존중받지도 못하는 직업을 가졌다는 것, 한때 이해할 수 없는 젊은 날의 광기에 사로잡혀 재능을 직업으로 삼는 오류를 범했던 일을 떠올리지 않아도 된다는 것 말이다! 이제 정양 기간을 보내고 있다고 할 수 있을 텐데, 나는 그것을 의식적으로 많은 생각을 하며 누렸다. 이런 상태를 계속 유지할 수는 없을까. 어떤 희한한 장치가 있어 연락도 끊고 주소도 없애 버린 채 모든 가난한 새들이 하늘 아래서 누리고 모든 가난한 벌레가 지상에서 누리는 행복, 모든 구두 견습공이 아무것도 모른 채 누리는 그러한 행복을 다시금 얻을 수는 없을까 하는 생각의 유희에 빠질 때도 많았다. 알려지지도 않은 어리석은 인물 숭배의 희생자가 되지도 않으며, 불결하고 거짓된, 질식할 듯한 세간의 공기 속에서 살지 않아도 된다면! 정말이지 이러한 현기증에서 벗어나고자 나는 이미 여러 번 시도를 했다. 그리고 세상은 냉혹하다는 것, 그들이 작가에게 원하는 것은 작품과 사상이 아니라 주소와 인물이며 그것을 숭배하다가 다시 내팽개치고 치장해 주다가 다시 발가벗기고 즐기며 또다시 침 뱉어 버린다는 것을 매번 경험해야 했다. 못된 계집아이가 자기 인형을 가지고 그렇게 하듯이 말이다. 언젠가는 필명 덕분에 1년 가까이 명성이나 적의에 시달리지 않고 낙인 찍혀 동요되는 일도 없이 낯선 이름을 내세워 나의 생각과 환상을 표현할 수가 있었다. 하지만 그러다가 그것도 끝이 났다. 폭로되고 말았는데, 기자들이 알아낸 것이었다. 내 가슴에는 권총이 들이대졌고 나는 고백할 수밖에 없었다. 잠깐의 기쁨은 끝이 났고, 그 이후 나는 다시 유명 문사(文士) 헤세가 되었다. 보복을 하기 위해 내가 할 수 있는 유일한 일은 사람들이 결코 좋아할 수 없는 소재만 가지고 계속 글을 써서 그 이후 어쨌든 얼마간 더 조용한 삶을 사는 것이었다.

그렇지만 그 사이에 문학에 대한 기억이 나를 완전히 비껴 간 것은 아니다. 내가 알게 된 어느 독자로부터 나는 『페터 카멘친트』의 저자로서 열광적인 찬사를 받았다. 그때 나는 그대로 서서 얼굴이 빨개졌다. 그 남자한테 무슨 말을 해야 한단 말인가? 그 책이 이제 내게는 기억나지도 않는다고, 15년째 한 번도 읽지 않았으며, 내 기억 속에서는 그 작품을 자주 『제킹겐의 트럼펫 주자』와 혼동하고 있다고 말해 주어야 할 것인가? 게다가 내가 두려워하는 것은 그 책 자체가 아니라 그 책이 내 인생에 끼친 영향이라고, 말하자면 전혀 예상하지 못한 그 책의 성공이 나를 문학의 세계 속으로 영원히 몰아넣어 아무리 발버둥 치며 애를 써도 다시는 거기서 빠져나올 수 없었다고 말해 주어야 한단 말인가? 그래 보았자 그는 그 모든 것을 하나도 이해하지 못했을 것이다. 그는 (나쁜 경험이 있어 아는 건데) 문인으로서의 나의 명성에 대한 나 자신의 반감을 거짓된 꾸밈으로, 겸손을 가장한 교태로 여겼을 것이다. 어떻게 말을 한들 그는 날 이해하지 못했으리라. 그래서 나는 아무 말도 하지 않았고, 얼굴이 좀 붉으락푸르락했어도 할 수 있는 한 자제했다.

이제 여름이나 남부와는 씩씩하게 작별을 하고 취리히까지 다른 데를 거치지 않고 곧바로 가겠노라고 결심하면서 여행을 계속했다. 그러자 여행과 관련된 또 다른 소득 하나가 기분 좋게 느껴졌는데, 말하자면 여행을 떠나고자 마음을 먹기만 하면 일단 작별이 쉬워진다는 사실이었다. 다른 때는 로카르노의 내 친구들을 떠나 집으로 돌아갈 때면 매번, 이제 다시 만나려면 한참 뒤나 되겠거니 하는 감정으로 작별은 힘이 들었고 내 마음을 죄어 왔다. 감정이나 감상주의를 배척하지도 혐오하지도 않고, 우리가 감정으로 사는 것이 아니라면 대체 무엇으로 살며 어디에서 삶을 느낀단 말인가, 하고 스스로 묻는다는 점에서도 나는 현대적이지 못한 인간이다. 가득 찬 돈 자루나 풍부한 은행 계좌, 멋진 바지 주름, 어여쁜 아가씨를 보아도 아무것도 느끼지 못하고 영혼의 감동이 없다면 그런 것이 내게 무슨 소용이 있겠는가? 그렇다, 나는 다른 사람들의 감상주의는 그처럼 너무나 혐오하겠지만, 나 자신의 감상주의는 좋아하고 거기에 얼마간 물들어 있다. 감정, 섬세함, 영혼의 동요에 대한 민감함, 그런 것이야말로 나의 지참금이며, 그것으로 나는 내 인생을 떠맡아야 한다. 내 근력을 의지해서 내가 레슬링 선수나 권투 선수가 되었더라면 어느 누구도 내게 근력을 하등한 것으로 여기라는 요구 따위는 하지 않을 것이다. 내가 암산 능력이 뛰어나 큰 사무실의 리더가 된다면 어느 누구도 내게 암산 능력을 열등한 것으로 여기고 무시해 버리라는 요구 따위는 하지 않을 것이다. 하지만 요즈음 시대가 작가에게 요구하는 것, 많은 젊은 작가들이 자신에게 요구하는 것은, 바로 작가가 되게 해 주는 그 어떤 것을 혐오하고 수치스럽게 여기며 '감상적'이라 불리는 모든 것에 저항하는 일이다. 바로 그들의 강점인 영혼의 민감함, 사랑에 빠질 수 있는 능력, 사랑하고 작열하며 모든 것을 바쳐 감정의 세계 속에서 한 번도 들어 보지 못한 것, 보통을 넘어서는 어떤 것을 체험할 수 있는 능력을 말이다. 그래, 비록 그렇다 해도 나만은 그러지 않으리라. 나는 세상의 모든 단호함보다 나의 감정이 수천 배나 좋다. 전쟁의 시기에 단호한 자들의 감상에 함께 휩쓸려 끊임없는 충격에 열광하지 않도록 날 지켜 준 것은 오로지 그러한 감정이었다.

그래, 나는 그렇게 홀가분한 심정으로 그곳을 떠났다. 고향의 자기 은신처로 들어가는 것이 아니고 세상 속으로 들어갈 때의 그런 작별은 어떤 짓눌림 같은 것을 주지 않는다. 오히려 머물러 있는 자들보다 더 우월하다는 느낌이 들고, 다시 돌아올 것을 주저 없이 약속하며 그것을 믿기까지 한다. 어쨌든 길 위에서 떠돌아다니고 있는 것이다. 작별이 이처럼 쉽기도 하구나, 하는 생각은 고트하르트를 통과해 갈 때 로카르노에서 내게 울려온 마지막 여운이었다. 나는 취리히에 머무는 동안에도 우편물을 전송해 받지 않고 바덴에 가서야 받겠노라고 결심했다.

이 길에는 내 삶에 영향을 준 정거장이 여러 개 있다. 괴세넨, 플뤼엘렌, 추크, 그리고 금년 여름 오트마르 쇠크가 「펜테질리아」를 완성한 곳인 브룬넨이라 하는 곳이 있다. 그곳 그의 방의 피아노 앞에서 보낸 어느 오후는 내게 빛나는 기억으로 남아 있다. 그 모든 곳을 스쳐 지나가면서 나는 취리히를 기꺼이 도시째 꿀꺽 삼켜 버렸다. 그 말은 취리히가 사람마다 어떤 다른 의미를 띨 수 있는 하나의 단어이기도 하다는 것이다. 내게는 수년 전부터 그것이 어떤 아시아적인 의미를 지닌다. 그곳에는 여러 해 동안 시암에서 살고 있는 내 친구들이 있다. 인도와 바다, 아득한 옛날에 대한 수

216

많은 추억을 사이에 둔 그들의 집에서 나는 내렸다. 쌀과 카레 향이 나를 맞아 주었고, 황금으로 된 시암 신전이 빛을 발하고 있었으며, 고요한 청동 붓다 상이 바라보고 있었다. 이러한 이국풍의 동굴에서 나와 차츰 시내 안쪽의 현대적이고 세련된 것, 놀잇거리, 음악과 전시회, 극장, 영화관까지 돌아다니는 일은 며칠 동안 내게 다시금 순수한 즐거움을 주었다.

나는 오늘날까지도 도시를 완전히 소박하고 천진난만하게 대한다. 전체를 조망하는 것은 어렵다고 보아 여기저기에서 세부적인 것 하나하나를 포착하고 즐긴다. 시가 전차 속의 수많은 얼굴을 관찰하고 현수막을 읽으며, 호주머니에 손을 넣은 채 자전거를 타고 북적대는 골목길을 가는 조립공이나 수습공을 보고 감탄하면서 그가 휘파람으로 부르는 노래가 무엇일까 알아내려 애를 쓴다. 또한 혼잡한 가운데 교차로에 서서 흰 장갑을 낀 커다란 손으로 제멋대로인 모든 차량을 바로잡아 주는 경찰관을 한참 바라본다. 영화관의 광고에 유혹을 느끼며, 유리 진열장이란 진열장은 모조리 구경하면서 책과 장난감, 가죽 제품, 담배, 또 그 밖의 멋진 물건들이 무더기로 쌓여 있는 것에 놀란다. 그러고는 과일과 채소 가게, 고물 장수들, 먼지 쌓인 종이에 옛 우표가 가득 채워진 작고 흐릿한 우표철들이 있는 샛길로 빠져든다. 그런 다음 다시 간선도로 쪽으로 나가 자동차들 사이에서 생명의 위험 속으로 빠져든다. 그러다 보니 피로를 느끼지만, 곧바로 어디에선가 앉을 수 있다는 것을 기뻐한다. 더욱이 카페나 현대적인 레스토랑이 아니고 어부나 고물상들이 사는 지역의 담배 연기 자욱한 어느 주점에서 말이다. 그곳에서는 우편배달부와 작업복 차림의 수하물 운반인들이 백포도주와 맥주잔을 앞에 놓고 브레첼이나 소시지 혹은 모든 테이블에 미리 무더기로 놓여 있는 삶은 달걀을 먹고 있다. 밀라노든 취리히든 뮌헨이든 제노바든 간에 의례 나는 그런 곳에 멈추어서 곰팡내가 풍기는 음울한 샛길의 작은 주점으로 빠져든다. 거기에는 두 마리의 금붕어와 조화 꽃다발이 든 유리 장식이 있고, 벽에는 빛바랜 나폴레옹 3세의 사진과 교외의 어느 운동선수 클럽 사진이 걸려 있다. 그곳의 무엇인가가 학창 시절에 금지된 주점에 처음 간 때를 생각나게 한다. 사람들은 거기에서 발 없는 두꺼운 유리잔으로 맛 좋은 토산 백포도주를 마시며 카룸 향신료가 뿌려진 우습게 생긴 비스킷, 기다란 맥주 잔, 작고 두툼한 소시지 등 테이블에 널려 있는 먹거리를 곁들어 먹는다. 여기서는 지방 토속어를 순수하고 강한 억양으로 발음하는 것을 들을 수 있다. 그리고 옷이나 제복을 보면 사람들의 지위를 알 수 있다. 가죽 외투를 입은 한 운전사가 들어와 스탠드 앞에 서서 독주 한 잔을 마시더니 군주 행세를 한다. 주인의 등을 치고 개도 한 번 밟더니 입을 닦고서 문을 쾅 닫으며 나간다. 한 창백한 안색의 여자가 초라한 행색으로 들어와 문 옆에 잠시 비굴하게 서 있다가 여주인에게 조심조심 다가가 앞치마 속의 빈 병을 가리키며 소곤소곤 뭔가 거래를 시작하다가 쫓겨나고 만다. 한 청년은 머리를 문 쪽으로 밀어넣고 "로베르트 있어요?" 하고 소리를 지른다. 주인은 고개를 저으며 "그는 오늘 57번가에 있지"라고 한다. 어느 경찰관이 붉은 플러시 소파와 관상용 종려나무 화분을 지고 온다. 그는 소파를

벽에 기대어 놓고 종려나무를 테이블 위에 놓은 뒤 그 아래 앉아 츠바이어 노이엔 한 잔을 마신다. 이유가 무엇인지 지금껏 생각해 보지 않았지만, 이 모든 과정이 나는 재미있다. 나는 그 과정을 오래 바라볼 수 있다. 두 시간씩, 세 시간씩.

취향이 그다지 성숙하지 못하니 나는 영화관에도 간다. 그곳에서 나는, 내 착각에 의하면, 가장 이해심 있는 진짜 채플린 숭배자에 속한다. 이탈리아 영화 속 인물 마치스테도 무척 좋아한다. 반면 역사 속 궁정 의상으로 치장된 화려한 대작은 피한다. 그런 영화는 가르치려 드니까.

또한 어느 국제 예술 전시회에도 갔는데, 모든 것이 엉망인 가운데서도 카를 호퍼의 새로운 그림들이 정말 아름답고 강한 인상을 주는 것이 기뻤다. 이어서 나는 몇몇 화가들, 문인들과 함께 카페에 앉아 있었다. 그리고 짧은 시간 동안에 예술 세계의 최신 동향을 모두 알게 되어 잠시나마 이 영역에서도 첨단을 걸을 수 있었다.

나는 만족스러운 기분으로 이 모든 나들이를 끝내고 시암으로 되돌아와 중국 접시들 사이의 붓다 밑에서 푹 쉬었다. 은둔자나 외딴 곳에 틀어박혀 지내는 이가 여행에서 얻는 가장 아름다운 일은 이런 것이다. 친구들과 재회하고 다시 객이 되어 따뜻하고 친절한 분위기에 에워싸이는 것, 누군가와 수다를 떨고 누군가와는 진지한 얘기를 나누며 또 누군가와 웃어 대고 누군가의 잔에 건배하는 것 말이다. 어떤 공동체에 합류해 어딘가에 소속되고 함께 생활하며 어떤 식으로든 다른 사람들과 꾸준한 공생 관계를 이루는 것은 내가 계속 한번도 해 보지 못한 일이다. 하지만 나는 그

대신 항상 짧은 틈을 내어 사랑하는 친구들을 찾아보는 행복을 누렸다. 그럴 때는 조심스러움도 정치성도 없이 터놓고 이야기를 나누며 나를 쏟아 넣을 수 있는 즐거움을 만끽한다. 내 친구들, 나와 절친해서 내 어리석음과 기벽을 모두 알고 있으면서도 여전히 내게 충실한 친구들은 좀 우스꽝스러운 내 인생을 정당화하는데 내가 끌어댈 수 있는 단 하나의 설득력 있는 근거다.

그런데 취리히에서 보낸 이러한 나날로 이제 나의 여행은 당분간 끝이 났다. 바덴의 베레나호프에서는 더 오래 머무르면서 필기용 책상과 그림 그리기용 책상을 갖추어 작업 준비를 했다. 이곳에서는 내가 열흘 동안이나 도피해 있던 우편물이 놓여 있는 것도 직시했다. 이제 나는 다시 이 모든 엽서를 써야 한다. "존경하는 선생님! 매우 친절하게도 공동 작업에 초빙해 주셔서 진심으로 감사를 드립니다. 하지만 유감스럽게도……." 또다시 낭송회 초빙 건도 있었다. 그중 한 건은 내 흥미를 끌기조차 했는데, 현대 유럽의 동방 취향, 즉 인도와 중국 취향에 대한 강연을 부탁한 것이었다. 그것이라면 이것저것 말할 수 있었으리라. 그래서 장소가 북독일 위쪽 그렇게 먼 곳이 아니고 또 내가 대체로 강연에 재능이 있다면 그토록 단순한 구조와 의미를 지닌 이러한 아시아 애호의 징후에 대해 알려 주는 일은 정말 즐거웠을 것이다. 그러나 강연을 한다는 것은 내 일이 아니었다. 딱 한 번 그런 일을 시도했는데, 그것도 부득이하게 그렇게 된 것이었다. 그런데 그날 나는 내 전 인생에서 다른 때 겪은 그 어떤 엄숙하고 심각한 행사에서보다도 더 심한 무대 공포증을 느꼈다. *No, thank you.* "매우 존경하는 선생님들, 동서양에 관해 강연해 달라는 당신들의 청탁서를 큰 관심 속에서 읽었습니다. 하지만 유감스럽게도……."

젊은 작가들의 원고도 여럿 와 있었다. 처음에는 한숨을 내쉬면서도 하는 수 없이 그것을 꼼꼼히 읽으려 애썼다. 하지만 이틀째 우편물을 다 읽고 나자 내 눈의 상태도 끝장이 나 극심한 통증 속에서 냉찜질을 하며 거기 앉아 있었다. 게다가 그 작가들 중 한 작자가 원고에 딸려 보낸 편지는 심히 마음에 안 들었다. 그것은 비굴하고 기만적인 숭배와 아첨으로 가득 차 있어서 나는 쉽사리 읽기를 포기할 수 있었다. 어쨌든 나는 세 명의 작가 모두에게 내가 안질을 겪고 있으며 비서도 없어 유감스럽게도 그들의 편지를 읽을 수 없다고 정중하게 몇 줄씩 썼다. 그런 다음 두툼한 원고 뭉치에 주소를 적고 우표를 붙였다. 그리고 열흘간의 휴식이 아무런 소용이 없었다는 것을 어쩔 수 없이 알게 되고 눈을 또다시 혹사하지 말아야 된다는 사실을 순순히 인정했다. 그럴수록 나는 더 열심히 바덴 요양소에 갔다. 이곳에 대해서는 이미 다른 지면에서 기술했기 때문에 되풀이할 필요는 없겠다. 나는 내 주치의와 함께 좋은 시간을 많이 보냈다. 그리고 집주인은 저녁이면 자주 "헤세 씨, 포마르 한 병 어때요?" 하고 물었다. 나는 그의 친구가 되었다고 할 수 있다. 나 역시 심심치 않게 그를 찾아가고는 했다. 또한 여러 해 동안 만나지 못한 나의 옛 친구 피스토리우스가 나타났다. 그사이 나만큼이나 살갗이 벗겨지고 변했다. 고마운 마음으로 나는 다시금 그와 함께 희미하게 빛나며 신성한 상징으로 가득 찬 그의 영혼의 세계 속을 거닐었으며, 그동안 나에게서, 또한 우리가 한때 품었던 배아에서 무엇이 생겨났는지를 그에게 보여 주었다. 인정머리 없는 루이스도 어느 날 여행용 가방을 손에 들고 잠깐 들러 단 몇 시간 동안만 머물렀다. 그는 발레아렌으로 떠나 그림을 그리고 싶어 했으며 날더러 같이 가자고 간곡히 청했다. 그 이후 다시는 그의 소식을 듣지 못했다.

바덴에서의 휴식은 생각한 것보다 훨씬 빨리 끝이 났다. 늘 그렇듯이 이번에도 나는 읽을거리와 일할 자료를 너무나 많이 가져갔다. 그런데 다시 가방을 꾸려야 할 때가 온 것이다. 책과 빨랫감을 몽땅 독일로 끌고 갈 필요는 없을 것 같았다. 나는 끙끙대면서 없어도 되는 것을 모조리 대형 가방에 꾸려 넣어 부쳤다. 그리고 마지막 날 오후 손가방을 꾸리려고 했을 때, 남은 물건들이 들어가지 않아 검은 양복을 마분지 상자에 집어넣고 노끈으로 묶어야 했다. 어쨌든 마지막 며칠 밤은 잠을 설쳤다. 이제 다시 여행을 떠나야 한다는 것이 내게는 전혀 마음 편한 일이 못 되었다. 내일 일찍 7시나 8시경 출발을 해서 블라우보이렌까지 계속 가야 했기에 거기 사는 나의 친구에게 알렸다. 빌어먹을 상자를 들고 서 있다가 계속 여행하는 데 필요한 몇몇 물품까지 대형 가방에 집어넣어 버렸다는 사실을 더 알게 되었고, 쉽사리 약속을 해 버린 데 대해 지금에 와 다시 대가를 치러야 했다. 보아하니 내일 아침 7시에 취리히에 있어야 하는데 아직도 바덴이었다. 짐은 거의 다 꾸린 터라 곧바로 다시 3주 동안 유황 온천으로 들어가는 것이 최선책일 것이었다. 그런 다음 불면의 밤을 보낸 뒤(그도 그럴 것이 닭이 울 때 벌써 다시 깨어나야 한다면 어떻게 베로날을 복용할 수 있겠는가) 내일 투트링겐에서 열차를 갈아타 블라우보이렌까지의 전 구간을 계속 달려 망가지고 짜증난 상태로 다다르게 될 것이다. 이 모든 것은 오로지 이틀 뒤 울름에서 알지 못하는 사람들 앞에서 내 시를 낭송하기 위한 것이다. 다음 차례는 아우크스부르크이며, 그다음은 뉘른베르크다! 이 계획을 따르자니 돌아 버릴 것 같았다! 아무튼 지금은 일단 취리히에서 밤을 지내기 위해 그곳으로 떠났다. 그곳에서 이 바보 같은 일을 두고 내 친구들과 의논해 본 다음, 테너 선생은 유감스럽게도 심한 감기로 인해 갈 수 없다는 세 통의 산뜻한 전보를 작성할 계획이었다. 휴, 맙소사.

나는 취리히로 갔다. 내 친구의 아내에게 정거장에 마중 나와 달라고 부탁했다. 그녀를 기다리면서 드라이어 메이콘을 마시며 언짢은 기분으로 역 구내 식당에 앉아 있었다. 마분지 상자가 부담스러웠고, 여행에 대한 걱정이 부담스러웠던 것이다. 날이 추웠다. 나는 감기에 걸렸고 목이 쉬었다. 바덴에 남아 있지 않은 것을 후회했으며, 일찍이 다시 테신의 고향 집으로 돌아가지 않은 것을 후회했다. 그때 엘리스가 왔고 우리는 집으로 갔다. 내가 겪은 고생과 생각을 이야기하는 동안 커다란 붓다상이 나를 비웃듯이 내려다보고 있었다. 친구 엘리스는 내가 여행을 하는 것이 좋겠다고 했다. 만일 내가 불쾌한 기분 때문에 단념한다면 뒤에 후회하리라는 것이었다. 나는 불쾌한 기분쯤은 괜찮다고 생각했다. 너희 평범한 사람들은 말이지, 잠도 못 자고 다음날 이른 아침 미친 듯이 일어나 오랜 시간 열차를 타고 프로그램을 이행하며 의무를 수행해야 한다는 것이 우리 같은 사람에게 어떤 것인지 상상도 못할 것이다. 나는 반박했다. 대화가 더 날카로워졌을 때 나는 내일 일찍 일어나 여행을 떠나는 것을 완강하게 거부했다. 좋아, 그녀는 포기했다. 그러니 내일 아침은 푹 자야 한다. 그러고 나면 아직 전보를 칠 시간이 있을 것이다.

구제된 채 나는 안도의 숨을 쉬었다. 밤과 아침 시간을 번 것이었다. 친구가 귀가했고, 우리는 식사를 하면서 포도주 한 잔씩을 마셨다. 나는 베로날 한 알을 복용했다. 다음날 아침 정신이 맑은 시간인 10시와 11시 사이에야 비로소 다시 내 이야기를 했다. 마분지 상자 대신 나는 시암, 싱가포르, 자바의 예쁜 명패가 붙은 들기 편한 조그만 가방을 빌렸다. 그리고 식사를 한 뒤 내 운명과 반쯤 타협을 해서 독일 국경을 향해 떠났다. 그런데 블라우보이렌 구간을 단번에 가려고 새벽 열차를 타는 어리석은 영웅주의를 감행한다는 것은 애당초 잘못이었음을 나중에야 잘 알게 되었다. 블라우보이렌으로 가는 대신 이제 그냥 투트링겐으로 가 그곳에서 숙박을 하고 어쩔 수 없이 약속보다 하루 늦게 내 친구들에게, 그리고 클뢰즐레 블라이로 갔다. 나는 체념 상태로 열차 칸에 앉아 있었다. 내 맞은편에는 몸집 좋은 한 상인이 무릎 덮개를 한 채 자고 있었다. 창문에는 보덴제에서 지내던 시절 내게 친숙해진 정경이 스쳐 지나갔다. 라인 강과 라인 폭포가 나타났고, 세관원과 여권 검사를 하는 사람이 나타났다. 헤가우 산맥이 나타났으며, 이러한 정경이 내 고향이던 옛 시절이 순간 떠올랐다. 징엔 역에 이르렀을 때였다. 갑자기 옛 시절의 친구들이 아직 살고 있는 이곳을 그냥 통과해 버리는 것은 옳지 않다는 생각이 들었다. 하지만 여행 계획을 세울 때 징엔과 그곳의 친구들을 생각하지 못했던 것이라고 자신에게 해명할 수 있었을 것이다. 나의 보덴제 시절을 별로 생각하고 싶지 않다는 충분한 이유가 있었으니 말이다. 징엔에서 창문을 열고 플랫폼을 내다보고 있을 때 제복을 입은 한 남자가 정중히 서서 열차가 40분간 정차한다고 알렸다. 잘됐다, 나는 내려서 시내로 전화를 했고, 내 친구들이 달려왔다. 두 부부와 대학생 아들까지. 그 아들을 내가 마지막으로 본 것은 어린 꼬마였을 때였다. 그렇게 이 일도 순조롭게 잘되어 40분이 지난 뒤 나는 양심에 거리낌 없이 계속 여행을 할 수 있었다. 우리가 투트링겐에 당도하기 전에 밤이 되었다. 전등이 켜질 때 상인이 깨어났다. 그 작센 사람은 말을 하기 시작했다. 그는 불만에 차 있었다. 일 때문에 이탈리아에서 오는 길이었는데, 이탈리아와 스위스에서 많은 비난을 받았다. 계속 "보세요" 하며 "댁이 날 나무랄 수 없을 거요, 난 알지요, 그렇고말고요. 인생이란 뻔한 속임수지요. 그렇습니다. 자, 말하고 싶은 것을 댁도 얘기해 보세요" 했다. 나는 그가 말하는 내용에 완전히 동의했다. 다만 그 어조가 마음에 안 들었을 뿐이다. 그래서 묵묵부답으로 있다가 우리가 투트링겐에 당도하자 기뻐했다. 이제 내 고향 슈바벤에 왔고, 다시 한번 슈바벤의 작은 도시에서 밤을 지내게 된 것이다. 호텔 사환이 나와 있었고, 그를 따라 어느 오래된 훌륭한 숙소에 이르렀다. 도착해서 들어서기 바로 전, 넓고 곧게 뻗은 간선 도로 위로 휘황찬란한 만월이 떠올랐다. 그러니까 그 달이 여기서 나를 다시 맞아 준 것이다. 그것은 나에게 소중한 일이었다. 나는 오래된 견실하고 품위 있는 숙소와 쾌적한 방을 찾아냈다. 계속 열이 나는 눈을 얼마 간 차가운 물속에 담그고 이제 야식으로 닭고기 스프를 주문했다. 스프는 맛이 좋았다. 내가 아직 투트링겐을 알지 못했기 때문에 잠자리에 들기 전에 시내를 한번 다녀 보는 것도 좋을 것 같았다. 나는 외투 깃을 높이 세우고 시가를 꽂아 넣은 채 어슬렁어슬렁 돌아다니기 시작했다. 간선 도로는 이미 알고 있었는데, 그것은 저녁나절 슈바벤의 작은 도시가 주는 이상적인 모습과 별로 가깝 지 않아 보였다. 그래서 나는 첫째 샛길로 들어서서 이런저런 잡 동사니에 걸려 비틀거리면서 잔디가 깔린 낮은 경사로를 내려갔 다. 순식간에 다시 달이 나타나 밤중의 경이롭고 고요한 호수에 반사되어 있었다. 뾰족한 박공들은 창백한 하늘로 솟아 있었다. 주변에는 인적이 없었고, 어느 뜰 울타리 뒤에서 개 한 마리가 짖 어 댔다. 나는 골목을 느릿느릿 오가다 다리를 건너기도 하고 다 시 되돌아왔다. 차가운 물 냄새가 올라왔다. 뾰족한 박공들은 내 고향 도시의 모습과 비슷했다. 고향을 생각하고 나의 바보 같은 인생을 생각하며 고독하게 늙어 가고 있다는 생각을 하고 있을 때 지붕 사이로 이미 흰빛을 띤 조그만 달이 다시 떠올랐다. 이 순간 소년 시절의 한 추억이 나를 찾아왔다. 아마도 나를 작가로 만들 었을 그 순간이(그전에도 이미 시를 짓긴 했지만) 다시금 내게 떠 오른 것이다. 말하자면 라틴 어를 배우는 열두 살짜리 학생으로서 우리가 갖고 있었던 독본에는 의례적인 시와 이야기, 프리드리히 대제와 수염 난 에버하르트의 일화가 실려 있었다. 나는 모두 다 즐거이 읽었다. 그런데 그 가운데에는 무언가 다른 것이 있었는데, 경이롭고 완전히 마법에 걸린 듯한 어떤 것, 이제까지의 내 삶 속에서 만난 가장 아름다운 것이었다. 그것은 횔덜린의 시로서 「밤」이라는 단편이었다. 아, 몇 줄 안 되는 이 시구를 그때 얼마나 많이 읽었는가. 시란 이런 것이구나! 시인이란 이런 것이구나! 하는 느낌은 얼마나 경이로웠으며 격정과 함께 불안을 얼마나 은밀히 일깨웠는가. 그때 내 어머니와 아버지의 언어가 내 귀에 처음으로 그토록 깊고 성스럽고 강력하게 울려왔지. 소년이던 나에게 원래의 내용이란 것도 없던 이 믿을 수 없는 시구에서 형안(炯眼)의 마법이, 시의 비밀이 어떻게 부딪혀 왔는가!

　　— 밤이 오네,
　　별들이 가득한데, 우리를 개의치 않는 듯
　　놀라운 별 하나가 저기 솟아 빛을 발한다. 사람들 속의
　　이방인이,
　　산꼭대기 위로 슬프고도 찬란하게.

　젊은 시절 그토록 많이 읽고 감명을 받기도 했지만, 시인의 언어가 당시의 소년을 사로잡은 것만큼 완벽하게 나를 사로잡은 적은 결코 없다. 그리고 나중에 스무 살이 되었을 때, 처음으로 자라투스트라를 읽고 비슷한 감동에 사로잡혔을 때 곧바로 독본 속의 그 횔덜린의 시가 떠올랐고, 소년이던 내 영혼이 처음으로 예술에 대해 경탄한 그 일이 떠올랐다.

　그러니 이처럼 아름다운 라우와 작가 뫼리케에 대한 희미한 기

억으로 인해 결행한 이 슈바벤 여행은 사실상 어린 시절의 울림이 있는 곳으로 나를 다시 데려가기 위해 정해진 것이었다. 그래서 모든 것이 얼마나 뿌리 깊으며 벗어날 수 없는 것인지를 나에게 말해 주기 위해서 말이다. 설사 여행이 나에게 환멸만 가져다준다 할지라도 투트링겐의 달 밑에서 부지중에 떠오른 횔덜린의 시구가 있는 이 순간만으로 성과는 충분했다.

우리 같은 족속은 만족하는 경우가 드물다. 그렇다고 꼭 지고의 것을 좇다가 그런 것만은 아니다. 고통과 절망, 역겨운 삶에 대한 혐오감 사이에서도 어느 성스러운 순간, 이토록 견디기 힘든 삶의 의미를 묻는 질문에 늘 다시금 어떤 긍정의 답을 듣는 것, 우리는 그것이면 충분하다. 비록 다음 순간이면 곧바로 다시 슬픔의 홍수가 범람한다 할지언정 말이다. 그것으로 우리는 또다시 한동안의 삶을 계속 살아간다. 그저 살아 내며 삶을 견디는 것이 아니라 삶을 사랑하고 찬미하는 것이다.

횔덜린의 달과 잠들어 있는 호숫가 골목에서 빠져나와 나는 숙소로 되돌아왔다. 내 청춘의 신성한 보물 하나와 예기치 않은 만남으로 감동에 싸이고 위로까지 받은 채였다. 밤새 오래오래 나에게는 시구가 울려왔고, 나는 아직도 우물 깊은 곳에서 나오는 내 청춘의 음성을 오랫동안 듣고 있었다. 아, 그 소리가 날 유인해 가지 않은 곳이 어디 있던가. 많은 세월 동안 그 소리는 나를 낙인 찍히지 않은 자인 다른 이들에게는 가치 있고 소중한 모든 것에서 벗어나게 해 그토록 멀리 이끌어 가지 않았는가! 그것이 내게 직접 느껴지는 깊고 고독한 환희를 얼마나 많이 가져다주었는가. 그 마법의 소리가, 우리가 타고난 것보다 더 지고한 삶, 더 고귀한 인간성에 대해 부르는 그 위험한 노래가 나를 얼마나 깊은 고통과 갈등의 심연으로 얽혀 들게 했는가! 그것은 나를 모든 현실과 투쟁하고 분열하게 만들었으며, 더 이상 치유될 수 없는 냉혹한 고독 속으로, 끔찍한 자기 경멸의 심연 속으로, 경건성이라는 신성한 과대망상 속으로 이끌어 갔다. 갈수록 심해지는 인생의 압박 속에서 오늘날 내가 유머 속으로 도망치고 이른바 익살의 현실성이라는 것을 바라보게 되었다면 그 또한 저 성스러운 음성에 대한 긍정일 뿐이며, 그 음성과 현실, 이상과 경험 간의 심연 위로 날아갈 듯한 미약한 다리나마 한순간 놓으려는 시도일 뿐이다. 비록 그것이 막간의 찰나에 지나지 않는다 해도 말이다. 그러니까 비극과 유머는 결코 대립되는 것이 아니다. 대립한다면 오히려 하나가 다른 하나를 절대적으로 요구한다는 오직 그 이유에서 그런 것이다.

다음날 아침 늦은 아침 식사를 하고 나서 소도시 투트링겐이 확실하게 마법에서 풀린 것을 보았다. 그렇다면 그것은 내 탓만은 아니었다. 아침 시간에 세상의 어떤 좋은 면을 찾아내지 못하는 내 무능력 탓만은 아니며, 오히려 투트링겐이 전반적으로 이성적인 도시라 일컬어질 수 있다는 것을 확실한 증거가 내게 말해 주기 때문이다. 그것 때문에 불안하지는 않았다. 그래도 나는 다시 그 호숫가 길을 걸어 박공들이 있는 쪽으로 가서 모든 것이 제자리에 있는 것을 보았다. 다만 달과 그 밤의 은총이 없었을 뿐이다. 그러니 내가 그야말로 적시에 이곳에 왔던 것인데, 말하자면 투트링겐이 신비에 가득 쌓인 동화의 도시가 된 극히 드문 은총의 순간에 온 것이었다. 이제 그곳을 쉽게 떠날 수 있었다. 그래서 버터빵 하나를 사고 역에서 내 시암 가방을 찾아 흡족한 마음으로 열차를 탔다. 아름다운 도나우 계곡으로 가는 초만원의 주말 열차였다. 빛나는 햇살 속에 놓여 있는 뵈론과 베렌바크를 보았고, 내려서 이 유혹적인 장소에 더 가까이 다가가고 싶은 욕망이 차올랐다. 하지만 내가 어제 가지 않아 이미 실망한 블라우보이렌 친구가 나를 애타게 기다린다는 것을 알아서 자제했다. 열차는 진한 안개 속을 달렸다. 어느 굽이진 골짜기에서는 갑자기 푸른 하늘과 태양이 사라져 버려 역에 적힌 지명을 읽어 낼 수도 없었다. 아직 이른 오후에 당도한 블라우탈 역시 흐리고 안개가 자욱했다. 그때 1분쯤 늦게 내 사랑하는 친구가 조그만 블라우탈 안쪽 블라우보이렌의 비밀이 있는 곳으로 나 있는 넓고 황량한 거리를 달려왔다. 우리는 거기에 서서 세월과 함께 멋없어진 얼굴을 서로 쳐다봤다. 우리 둘 다 마음 깊이 진정한 기쁨을 느꼈다는 생각이 든다. 스무 해 전부터 계속 젊은 시절의 고향에서 멀리 떨어져 살아온 내게는 적어도 소년 시절을 함께 보냈으며 학창 시절의 별명으로 나를 불러도 아무렇지도 않을 수 있는 몇몇 사람들이 정말 아직도 있음을 가끔씩 알아보는 것은 무언가 특별한 편안함과 따뜻함을 준다. 또 어린 시절에 알게 된 사람들이 전혀 변하지 않았다는 것을 확인할 때마다 얼마나 감동적이고 즐거운가! 내 친구와도 그랬다. 우리의 우정은 열네 살 때부터 시작되었다. 그는 당시의 소년의 얼굴로 내 상상 속에 살아 있었다. 이제 그가 널따란 콧수염에 좀 지친 볼과 희끗희끗 세기 시작한 머리를 하고 대학 교수다운 사려 깊은 발걸음으로 나타난 것이다. 그렇다고 그 모든 것이 나를 속일 수도 없었고, 감탄을 자아내지도 못했다. 그는 무덤에 갈 때까지 나의 학창 시절 친구일 것이고, 열다섯 살쯤으로 나에게 남을 것이다. 나 또한 그에게 마찬가지겠지. 그것을 다시 확인하는 것은 즐거웠다. 우리는 곧바로 이야기 속에 빠져들며 기분 좋게 황량한 거리를 걸어 계곡 안쪽으로 들어갔다. 그리고 의식도 못한 채 골조 박공과 고급 지붕이 있으며 사려 깊어 보이는 고옥 (古屋)이 가득한 품격 있는 작은 도시 안으로 갔다가 다시 그곳을 빠져나와 수도원이 있는 조용한 구역으로 들어갔다. 그런데 그때 나에게는 불현듯 아름다운 라우가 다시 떠올랐다. 나는 친구에게 라우 이야기와 수녀원 마당 지하실에 있는 그녀의 석조 욕조를 상기시켜 주었다. 그리고 그 지하실과 욕조를 보는 것이 블라우보이렌에서 내게 가장 중요한 일이며 좋은 시간에 날 그리로 데려다 달라고 말했다. 그런데 내 친구는 지하실과 욕조에 대해서 아무것도 모르고 있었다. 그러자 이제 나 역시 그것이 뫼리케가 만들어낸 아름다운 허구에 지나지 않는 것일까, 하는 의구심을 갖게 되었다. 그런 와중에 우리는 한 남자와 마주치게 되었는데, 웬일인가. 그는 수도원의 건물 관리인인 동시에 박물관 관리인으로서 블라우보이렌 보물들에 대한 신중한 보호자이자 전문가였다. 그래서 그에게 내 관심사를 이야기했고 뫼리케의 이야기에 나오는 상황을 자세히 설명해 주었다. 그러자 그의 얼굴이 환해졌다. 그렇다, 그 지하실이 존재했던 것이다. 그것은 지하로 통하는 한 하천을 통해 블라우보이렌과 연결되어 있었다. 그는 시간이 되는 한 나를 그리로 안내하겠다고 했다. 우리는 내일 1시로 약속을 했다. 그런 다음 과거 수도원이던 곳으로 들어갔는데, 내 친구가 살고 있는 곳이 거기였다. 우리는 부인의 영접을 받고 곧장 점심 식사를 하도록 안내되었다. 그들은 점심을 차려놓고 나를 기다렸던 것이다. 슈바벤식 감자 샐러드와 맛 좋고 가벼운 베직하임 산 포도주가 있었다. 이제야 비로소 나는 슈바벤에, 고향에 온 것이다. 스스로 다시 슈바벤 방언으로 말했고, 더 이상 여기저기 돌아다니는 선생이 아니라 형제였고, 더 이상 어리석은 은둔자가 아니었다. 이것저것 질문을 받고 학우들과 옛 스승들, 그들의 아들, 딸 들에 대한 소식을 들으며 접대받았던 것이다. 이곳 수도원에서 왕년의 내 라틴 어 학교 교장의 아들을 다시 만났는데, 그는 교수가 되어 있었다. 다른 친구 한 명은 내일 오기로 되어 있었다. 그는 시골 목사였으며, 이곳에서 학교에 다니는 아들이 하나 있었다. 나는 접대하는 주인의 얼굴을 바라보았다. 그가 사려 깊게 식사를 하고 널따란 콧수염을 문지르며 자기 아내와 사리에 맞고 격조 있는 말을 나누는 것을 보았으며 눈가의 잔주름을 보았다. 하지만 그래 봤자 그가 달라질 것은 없었다. 그는 나에게 소년 빌헬름이었던 것이다.

나는 블라우보이렌에서 이틀간 머물렀는데, 건축학적으로 보면 끔찍하지만 내가 무척이나 좋아하게 된 수도원의 신축 건물에서였다. 계속 상태가 좋았던 것만은 아니다. 밤에는 잠을 못 이루었고 갖가지 방해물이 감지되었다. 그래서 울름에서 얼마나 불편함을 겪을지 미리부터 걱정이었고 불안한 마음으로 남쪽의 내 골방을 생각했다. 가끔씩은 직책과 합리적인 업무를 갖고 매일 업무를 수행하는 내 친구를 숨김없는 부러움의 시선으로 바라보기도 했다. 하지만 그 같은 일은 부차적이었을 뿐 중요한 것이 아니었다. 반면 다른 모든 일이 너무나 소중하고 아름다웠던 것이다. 수도원 학생들과의 몇 번의 만남도 아름다웠다. 그들에게는 내가 일종의 볼거리였다. 나 스스로 왕년의 수도원 학생으로서 잠깐 견디다가 열다섯 나이에 수도원을 도망쳐 나왔는데, 그것이 이 학교의 영웅담 속에서 아직도 얼마간 기억되고 있었으니 말이다. 하지만 그것이 어쨌단 말인가? 매끈하고 사랑스러운 동안의 이 젊고 예쁜 사내들이 정말로 옛날 수도원 학생이었을 때의 우리와 같은 나이였을까? 그 이마와 소년다운 금발 뒤로 예전의 우리와 같은 격정적인 문제가, 그와 같은 변증법과 철학에 대한 욕구가, 그와 같은 불타는 이상이 들끓어 오를 수 있었을까? 내 친구 생각에도, 수도원 생활 같은 그 외의 일도 우리 때보다 훨씬 더 쉽게 하는 오늘날의 이 젊은이들은 우리보다 훨씬 더 문제의식이 적고 더 쉽게 삶을 산다는 것이었다. 그런데 그런 이야기를 할 때 나의 사랑하는 빌헬름은 더 이상 열다섯 살이 아니었고 나 역시 그러했다. 우리의 눈가에는 수많은 주름이 잡혀 있었고, 희끗희끗 센 머리카락은 뻔뻔스럽게 아우성치고 있었다.

우리의 첫 블라우토프 행은 아름답고 소중한 일이었다. 동화 같은 호수 위 나무 아래에는 노란 잎이 떠다녔고, 둑과 개천은 거위와 오리 들로 가득했다. 바닥 깊은 곳에 아름다운 라우가 앉아 푸르스름한 빛을 발하면서 미소 지으며 올려다보고 있었다. 그 옆에는 심금을 울릴 정도로 독특하게 생긴 어느 옛 왕의 기념상이 고독하게 절망적으로 서 있었다. 모든 것이 고향의 냄새, 슈바벤의 냄새를, 보리빵과 동화의 냄새를 풍겼다. 놀라울 정도로 생기 넘치고 지극히 특별한 이 정경이 최근의 독일 화가들에게 거의 알려져 있지 않다는 것이 내게는 또다시 의아했다. 곳곳에 라우가 숨어 있었고, 곳곳에서 청춘과 어린 시절, 꿈과 렙쿠헨*의 냄새가 났으며, 횔덜린과 뫼리케의 냄새도 그에 못지않았다. 그들의 기념상이 세워져 있지 않다고 해서 유감스러워할 수는 없었다. 납득할 수 있는 일이었다. 슈바벤 사람들에게는 늘 왕보다도 더 많은 수의 작가들이 있었으니까.

그러고는 우리의 수녀원 뜰 지하실 행! 안내자는 낡은 계단과 어두워지는 전방 둥근 천장을 통해서 높은 천장에 견고하고 아름다운 벽으로 둘러진 어느 지하실로 우리를 데려가 사방을 가리키면서 지하의 하천이 어디에서 발원하는지를 보여 주었다. 내가 더 기다릴 수 없어서 욕실에 관해 물었을 때, 그는 그 장엄한 방의 모퉁이에 손전등을 비추었다. 그러자 옛날 그대로의 한 조야한 부분이 드러났는데, 말하자면 시멘트가 발라진 반점으로서 아직 새것 그대로인 상태의 거친 시멘트 표면이었다. 바로 여기에 라우의 욕실이 있었던 것이다! 이 기분 나쁜 시멘트 반점 밑으로 아름다운 라우가 가슴까지 물에 담근 채 헤엄쳐 다니던 그 신비스러운 차가운 물이 흘렀다. 다행스럽게도 이것을 만든 건축가는 시멘트 속에 최소한 둥근 구멍 하나를 남겨 놓았고, 그것은 역시 시멘트로 된

뚜껑으로 덮여 있었다. 우리는 뚜껑을 열었다. 그러자 검은색 물이 약한 빛줄기 속에서 나지막하게 어슴푸레한 빛을 올려 보냈다. 능욕당한 시신을 덮기라도 하듯 우리가 말없이 다시 구멍을 덮을 때까지.

그런데 대체 오늘날의 슈바벤이나 타지의 사람들은 정말 신들에게 완전히 버림받은 것일까. 그들은 라우와 뫼리케, 또 독일 땅 그 어디보다도 슈바벤에 풍부한 이 모든 기적을 통해 얻은 것이 무엇인지 정말 알지 못하는 것일까. 이런 점에 대해 우리는 아무런 말도 하지 않았다. 이 까다로운 문제는 묵묵히 내버려 둔 채 옛 보화, 그리고 시멘트로 덮이지 않은 유산이 아직 블라우보이렌에 남아 있다는 것으로 기꺼이 기뻐했다. 다행히도 그런 것이 매우 많았다. 우리는 온갖 것을 다 찾아다니며 유명한 제단, 합창대, 황홀한 아치 천장, 성직자단 회의실, 묘비 등 이 모든 것을 애정 어린 마음으로 구경했다. 밤에 채 15분도 안 되는 사이 나는 졸면서 꿈을 꾸었는데, 그때의 꿈에 나타난 것은 자기의 욕조에서 헤엄쳐 다니며 시멘트 뚜껑에 머리를 부딪치는 라우가 아니라, 그보다도 훨씬 사랑스러운, 내가 아무에게도 털어놓고 싶지 않은 어떤 것이었다. 종교 시대의 유적을 찾아본 다음에도 우리 친구들에게는 아직 나머지 블라우보이렌을 다 본 것이 아니었다. 우리와 좀 더 가깝고 적잖은 매력을 지닌 중세가 있었다. 그것은 우리의 청춘이었다. 이제 우리는 그 전설적인 시절의 유물을 보았다. 우스꽝스럽고 정겨운 학급 사진에는 도망자이던 나는 더 이상 보이지 않았다. 또 학교 강당과 침실, 학생 식당을 보았다. 각별히 절친했던 청춘의 벗들이 주고받은 편지를 볼 때는 알텐부르크의 츠빅카우어 가에 있는 우리 친구의 귀가 근질근질했을 것이다.

내 경험으로 보면 슈바벤의 신학자들과 철학자들은 전철 시간에 지각을 하지만 그래도 마지막 순간에 기어이 잡아타는 특성이 있다. 중세가 황당하리만치 잽싸게 지나가 버리고 내가 낭송회를 위해 울름으로 떠나야 할 때가 왔을 때, 우리도 마찬가지였다. 우리는 하마터면 열차를 놓칠 뻔했다. 그러다가 작별식도 제대로 못하고 우리는 그곳을 떠나왔다. 그리고 나는 저녁 어스름 녘에 울름에 도착했다.

그런데 바덴에서 지낼 때 겪은 한 사소한 체험에 대해 보고해야 한다는 생각이 이제야 난다. 무엇이냐 하면 그곳 의사의 접견실에서 어느 날 한 울름 사람을 알게 된 것이다. 그는 내게 울름의 자기 집에서 묵을 것을 청해 왔다. 그래서 역에서 기다리고 있었는데, 나의 옛 지인 한 사람이 그와 함께 있었다. 그는 스무 해도 더 전인 언제인가 나에게 처음으로 이 도시를 구경시켜 준 사람이었다. 나는 아이들과 사랑스러운 사람들이 있는 다정한 집으로 들어갔다. 낯선 이는 아무도 없었다. 나는 여전히 슈바벤에 있었던 것이다. 그렇지만 이제 임무를 수행하기 시작했다. 도착하자마자 옷을 갈아입고 낭송회에 대해 생각해야 했다. 여기서도 내 행동의 원인을 완전히 깨닫지 못한 채 그런 일을 즐겁게 하지 못했다. 그러나 이 인과의 실 중 내가 잡을 수 있는 것을 하는 데까지 정리하지 않으면 안 되었다.

내가 공공연한 낭송회를 싫어하는 것은 혼자 지내는 사람으로서 사회적 행사에 대해 갖는 장애 때문만은 아니다. 그런 것은 때로는 쉽게 극복할 수 있는 문제다. 싫어하는 이유는 그런 데서 깊게 뿌리박힌 근원적인 무질서와 분열에 부딪히기 때문이기도 하다. 거두절미하고 간단히 말해 그런 무질서와 분열은 문학 전반에 대한 나의 불신에 의한 것이다. 그것은 낭송할 때 나를 괴롭힐 뿐 아니라, 작업할 때는 훨씬 더 괴롭힌다. 나는 우리 시대 문학의 가치를 믿지 않는다. 물론 각각의 시대는 나름의 정치와 이상, 유행을 지니듯이 그 시대 나름의 문학을 지녀야 한다고 본다. 하지만 우리 시대의 독일 문학이란 허무하고 절망적인 것이며, 제대로 경작되지 않은 얕은 토양에서 자라나 결코 무르익어 완전하고 내구성 강한 열매는 얻을 수 없는 씨앗이라는 생각을 한번도 떨쳐 버린 적이 없다. 비록 흥미진진하고 문제성으로 가득 차 있을지언정 말이다. 그렇기 때문에 사실적 형상화나 순수 작품을 만들기 위한 오늘날 독일 작가들(당연히 나 자신도 포함해)의 노력이 항상 어떻게든 성에 차지 않는 아류적인 것으로 느껴질 수 있다. 나는 도처에서 틀에 박히고 생명력을 잃은 표본의 어슴푸레한 흔적이 감지된다고 생각한다. 그런 것과는 달리 어떤 과도기 문학, 즉 문제성 있고 불확실하게 된 문학의 가치는 그것이 그 자체의 궁핍과 자기 시대의 궁핍을 최대한 솔직하게 고백조로 표현하는 데 있다고 본다. 내가 오늘날의 작가들이 충실한 작업 끝에 내놓은 수많은 아름다운 작품을 더 이상 즐기지도 인정하지도 못하는 반면, 그야말로 주저 없이 거칠게 만들어진 젊은이들의 선언문이야말로 가차 없이 솔직성과 공감을 위한 노력이라고 느낄 수 있는 이유는 바로 그것이다. 그러한 분열은 나 자신의 작은 세계와 문학의 중심을 꿰뚫는다. 나는 마지막 위대한 시대인 1850년까지의 독일 작가들을 온 가슴으로 사랑한다. 괴테와 횔덜린, 클라이스트, 낭만주의자들을. 나에게 그들의 작품은 불멸의 것이다. 장 파울과 브렌타노, 호프만, 슈티프터, 아이헨도르프를 나는 읽고 또 읽는다. 마찬가지로 헨델과 모차르트, 슈베르트까지 이르는 모든 독일 음악을 듣고 또 듣는다. 그 작품은 항상 완벽하다. 이미 더 이상 우리의 감정과 문제를 표현하고 있지 않은 곳도 마찬가지다. 그것은 형상물로서 완벽하며 시간을 벗어나 있다. 적어도 오늘날의 수많은 이들에게는 아직 그렇다. 이 작품을 통해 나는 문학을 사랑하는 법을 배웠다. 그 선율이 내게는 공기와 물처럼 자연스러우며, 그 전범은 내 젊은 시절을 늘 따라다녔다. 그렇다고 이제 이처럼 사랑스러운 전범을 모방하는 것은 (항상 절망적인 노력을 반복할 수밖에 없었지만) 아무 소용이 없음을 나 자신이 오래전부터 너무나 잘 알고 있다. 우리 오늘날 사람들의 글이 가치를 지닐 수 있는 것은 이를 통해 오늘날 긴 시간에 걸쳐 하나의 형식과 문체, 하나의 고전이 생겨날 수 있어서가 아니라, 궁핍 속에 있는 우리에게 최대한의 솔직함 외에는 어떠한 도피처도 없기 때문이다. 이러한 솔직함과 고백에 대한 요구, 최종적인 자기 양도에 대한 요구와, 다른 한편으로는 우리가 젊은 시절부터 익히 알아 온 아름다운 표현에 대한 요구, 이 두 가지 요구 사이에서 내 세대의 모든 문학은 절망적으로 갈팡질팡하고 있다. 그도 그럴 것이 우리가 자기 포기에 이르는 최종적인 솔직함을 갖추게 된다 해도 어디에서 그 표현을 찾는단 말인가? 우리의 서적 언어나 학교 언어는 그런 것을 제공해 주지 못하며, 우리의 필체는 오래전부터 틀에 박혀 있다. 니체의 『이 사람을 보라』같은 절망으로 가득 찬 개개의 책을 보면 무언가 길을 알려 주는 것 같다가도 결국은 길이 없음을 더 분명하게 알려 준다. 심리 분석학은 우리에게 도움의 한 수단이 되는 것 같다. 그것은 진보를 가져왔다. 하지만 어떤 저자나 심리 분석가, 또 분석 수업을 받은 작가 중 지나치게 편협하고 도그마에 치우친, 지나치게 공허한 아카데미즘으로부터 그러한 심리 분석학을 벗어나게 한 이는 지금껏 아직 없다.

됐다, 이만하면 무엇이 문제인지 충분히 암시가 되었다. 그런데 내 글의 낭송에 초빙을 받은 작가로서 내가 손에 메모지를 들고 사람들 앞에 서게 될 때면 그 문제가 집중적으로 내 앞에 떠올라 있다. 그래서 내 손에 든 메모지를 무용지물로 만들어 버리며, 아름다움 같은 것에는 신경 쓰지 않고 솔직성을 추구하는 나의 노력을 갑절로 다급하게 만든다. 그럴 때 최선책은 소등을 하고 사람들에게 이렇게 말하는 것이다. "저는 읽고 말할 것이 아무것도 없습니다. 단지 거짓말에서 벗어나고자 안간힘을 쓰고 있다는 것 말고는요. 저를 도와주세요. 우리를 집으로 가게 해 주십시오."

이 같은 장애에도 불구하고 설득을 당하다 보니 몇 번 안 되는 낭송회를 하기도 했는데, 대부분 주최 측에서 겨우겨우 만족할 정도로 끝내고는 했다. 그런데 한 시간 남짓 낭송을 하는 그 작은 수고가 종종 탈진해 쓰러질 정도로 한 인간을 지치게 할 수 있다는 데 대해 매번 놀라고는 한다.

그저 추상적이거나 이상적인 작가가 역시 추상적이거나 이상적인 관객과 마주 앉게 된다면 그런 문제가 아예 생겨날 것도 없다. 그럴 경우 일은 완전히 비극적으로 될 수밖에 없어서 작가가 자멸하든지 아니면 청중이 그에게 돌팔매질을 하는 것으로 끝이 날 것이다. 그렇지만 경험 세계에서는 모든 것이 좀 달라 보인다. 여기에는 편애의 여지가 조금 있다. 무엇보다도 여기에는 이상과 현실 사이의 오래된 중개자인 유머가 있다. 나는 그런 날 저녁이면 갖가지의 유머, 특히 갈겐유머*를 많이 소모한다. 이러한 순수한 광선의 굴절, 현실에 대한 이 궁색한 적응을 역시 짤막한 하나의 공식으로 만들어 보도록 하자!

자, 자신과 자기의 문학적 노력의 가치에 대해 마음속 깊이 회의하는 한 작가가 강연자의 내면에서 일어나는 혼란스러운 사건에 대해 조금도 예측 못하는 청중들로 꽉 찬 홀 앞에 서 있다. 그럴 때 어떻게 해서 작가가 그곳에서 달아나 목 졸라 자살하지 않고 그런 와중에서도 원고를 읽을 수 있을 것인가? 그것을 가능하게 하는 것은 일차적으로는 작가의 허영심일 것이다. 그는 자신에 대해서나 관객에 대해 진지하게 여기지 않으면서도 허영에 차 있다. 인간은 누구나 그런 것이니까. 금욕주의자나 자신에 대해 회의하는 자도 마찬가지다. 내가 아첨이나 하려고 이런 말을 하는 것이 아니다. 만일 내가 유럽에서의 의례적인 정도를 벗어나서 문제가 되는 거라면 말인데, 나는 내 인격과 무관하게 객관적으로 볼 수 있다고 믿는다. 나는 우리 안의 영원한 자기(自己)가 유한한 자아를 어떤 상태로 바라보는지 그 누구보다도 더 잘 알고 있다.

가득한 연민과 조소, 중립성으로 자아의 비약이나 괴로움을 판단하고 있는 그런 상태를 말이다. 그것이 아니라면 어떻게 나의 자아를 더 무지한 독자의 조소에 내맡길 생각을 하겠는가? 그런데 이 점에서 나는 평균치 이상의 지식을 지니고 있으며, 그 지식이 감당할 수 있는 한계에 이르는 경우도 종종 있다. 바로 그 이유로 인해 나는 작가의 허영심을 냉철하게 고려해 넣을 수 있는 것이다. 그 허영심은 생각하는 재능을 지닌 인간에게서 짐작되는 것보다 더 크다. 하지만 사유의 재능과 허영심이 서로 배척한다는 생각은 착각이다. 정반대인데, 바로 정신적인 인간보다 더 허영에 차고 공명과 긍정에 집착하는 자는 없다. 실제로 그는 공명과 긍정을 심히 필요로 한다. 나는 이 허영심이 다른 모든 작가들보다는 강하지 않은데, 어쨌든 그것은 서로 다른 마력을 지닌다. 관객은 나에게 뭔가를 기대하지만 사실상 나는 줄 것이 없다. 그런데 관객 앞에서의 이 절망적인 상황 속에서 허영심은 나를 도와준다. 내 안의 무엇인가가, 3분의 2쯤은 허영심인 그 무엇인가가 홀에 모인 이 사람들에게 굴복해 자신의 무가치함을 고백하지 못하도록 막아 준다. 내 안의 무엇인가가 내게, 행동이나 박수까지는 아니지만 내 사상과 시에 집중하도록, 말없이 경청하도록 이 군중을 몰아붙이는 것이 바람직해 보이도록 한다. 그러니 나는 안간힘을 쓰며 이를 악물고 있는 것이다. 그리고 정신적인 일에서는 항상 개인이 대중보다 더 강하기 때문에 나는 싸움에서 승리를 거둔다. 내 말은 군소리 없이 경청되고 나는 정말 무언가 이야기할 것이 있는 사람이라는 인상을 일깨운다. 빠듯한 시간 안에 그런 일을 수행해야 하고, 그런 다음 나는 멈추어야 한다. 그러고 나면 탈진해 버리는 것이다.

하지만 경험 세계의 음울한 차원에서 나를 도와주는 것은 내 인격의 동물적이면서도 재치 있는 병적 욕망을 관철하려는 나의 어리석은 허영심만은 아니다. 관객과 관객에 대한 내 태도 역시 나를 도와준다. 내가 많은 동료들보다 더 강한 점이 여기에 있다. 말하자면 관객 그 자체에 대해서는 나는 완전히 무관심하다. 관객과 나 사이에 아주 불편한 일이 생긴다거나 내가 완전히 추락해 조롱거리가 된다 해도 그런 일로 내가 동요하지는 않을 것이다. 내 안의 누군가가 합세해 힘차게 야유를 퍼부을 테니 말이다. 그렇다, 홀에 앉아 있는 청중은 내게 두려움을 주지 않으며, 나 또한 그들에게 많은 것을 기대하지도 않는다. 나는 더 이상 애송이가 아니고 이런 곳을 잘 안다. 이 청중 가운데 얼마나 많은 이들이 나중에 직접 또는 서면으로, 개인적이고 순전히 이기적인 문제를 가지고 날 귀찮게 할지 나는 너무나 잘 안다. 저명인사 앞에서 머리를 조아리다가도 나중에는 그에게 독을 내뱉는 족속을 알고 있다. 면전에서는 낯 두껍게도 최상의 어휘를 써 가며 그토록 장황하게 찬사와 존경심을 내보이다가 그런 수고에 반응이 없다는 것을 알아채면 즉각 등을 돌려 버리는 탐욕적인 족속을 안다. 또한 정신적 소인배가 누리는 악의적인 기쁨을 알고 있는데, 그들은 공인과 정신적 인물들 역시 인간이며 그들에게도 웃기는 면이 있고 허영심이나 편견을 드러낸다는 것을 확인하고 싶어 하며 그러면서 악의적인 기쁨을 누린다. 이 모든 것을 나는 알고 있다. 나는 이 사람들이 나 때문에, 나라는 사람이 특출해서 이곳에 모여들었다고 착각하는 신출내기가 더 이상 아니다. 요들 사중주단이 올 때도 마찬가지이리라. 루덴도르프의 연설은 사람들을 수백 배나 더 끌어모을 것이고 권투 경기는 수천 배나 더하리라는 것을 알고 있다. 그런데 나 자신은 시민적 사회의 바깥에서 살며, 그런 사회와는 그저 객처럼 왕래할 뿐인 나라는 사람은 그 사회 속에서 얻는 존경이나 성공에는 (그야말로 나의 원초적인 허영심이 나를 그리로 끌어넣지 않는 한) 전혀 무관심하다. 이 점에서 나는 아웃사이더이며 은둔자로서 지니는 모든 이점을 갖고 누리고 있다. 늘 인도에 한 발을 걸치고 살며 주고받을 것이 아무것도 없는 사람이 지니는 그러한 이점을 나는 의식하고 있다.

그런데 엄청난 반발심과 장애에도 불구하고 내가 가끔씩 낭송회를 할 수 있는 것은 허영심으로 인한 욕망 때문만도, 관객에 대한 아웃사이더적 무관심 때문만도 아니다. 천만다행히도 여기에는 또 다른 어떤 것, 좀 더 나은 무엇이 있다. 존재하는 것 중 단하나의 선한 것, 바로 사랑이 있는 것이다. 그것은 내가 청중에 대한 무관심에 대해 말한 모든 것과는 모순되는 듯이 보이는데, 정말 그렇다. 말하자면 나는 경험의 지혜를 통해, 관객 앞에서의 그 비속하고 좀 궁색한 무관심을 통해 자신을 구제하지만, 반면 그럴수록 더 큰 사랑을, 그럴수록 개인들에게는 더 애정 어린 배려를 아끼지 않는 것이다. 내가 사랑해서 그를 위해 기꺼이 수고할 수 있는 한 개인이 실제로 예컨대 친구의 모습으로 홀로 앉아 있다고 하자. 그러면 나는 그에게만 모든 관심을 집중하며 낭송 전체를 오로지 이 한 사람을 위해서만 하게 된다. 하지만 그런 사람이 오지 않았을 경우, 그에 대해 아무것도 모르지만 나는 그를 생각하며 주문을 읊어 내 눈앞에 데려다 놓는다. 멀리 있는 친구든 연인이든 내 누이든 혹은 내 아들들 중 하나이든 그 누군가를 생각하거나 아니면 홀 안에서 호감이 가는 얼굴 하나를 골라내는 것이다. 나는 그 얼굴에 집착해서 그를 사랑하고 내 모든 온정과 온갖 관심을, 그에게 이해받기 위한 모든 수고를 아끼지 않는다. 이것이 나를 도와주는 부적이다.

울름에서는 이런 일이 어렵지 않았다. 홀에는 내가 아는 친근한 얼굴들이 몇몇 있었을 뿐 아니라, 전반적인 분위기도 친구들 가운데나 슈바벤에 있는 것처럼 편안했다. 그래서 일이 어렵지 않게 이루어졌다. 우리는 시 박물관인 매우 아름다운 건물 안에 앉아 있었다. 그 박물관장이 주최한 것이었다. 그는 내일 자기네 박물관을 관람해 달라고 나를 초대했으며, 내 손님들이 있는 자리에도 몇몇 다른 이들과 함께 와서 포도주 한잔을 하며 동석을 했다. 내가 낭송한 것 중 얼마간 문제가 되는 것이 있더라도 불편한 여운이 남지 않도록 그런 것이다. 나는 몹시 피곤했지만 모든 것이 다 지나갔으니 그만큼 기쁘기도 했다.

이제 울름에서 지낸 지 거의 이틀째다. 아름다움에 대한 기억이란 그런 일에 재능이 있고 교육을 받았다고 자처하는 사람에게서도 의심쩍은 일임을 나는 확인할 수 있었다. 젊은 시절 언제인가 나는 이 범상치 않게 아름답고 독특한 도시를 본 적이 있지만 지금 많은 것을 잊고 있었으니 말이다. 도시 성벽과 푸줏간 탑은 잊어버리지 않았으며, 성당의 성가대와 시청도 잊지 않았다. 그 모든 이미지는 내 안에 있는 그것에 대한 기억 이미지와 맞닥뜨렸으며 거기에서 거의 벗어나지 않았다. 그 대신 내가 마치 처음 본 듯한 무수한 새로운 이미지가 있었는데, 어두운 바닷속 태고의 시간 속으로 비스듬히 가라앉은 어부의 집들이 있었고, 성벽에는 작은 난쟁이들의 집이 있었으며, 골목에는 독창적인 박공으로 되었거나 고상한 현관이 있는 당당한 시민 주택들이 있었다. 하지만 그 외에도, 이미 유명해져 구분된 것에 대해서 그다지 민감하지 못한 나는 이것저것 엿보기를 좋아하는 나의 오래된 취미 때문에 이곳에서도 시시콜콜한 것을 무더기로 받아들였다. 볼로냐 개, 반쯤 커튼으로 가려진 창문 뒤로 보이는 슈바벤 사람들의 얼굴, 그림엽서 가게에 쌓여 있는 벌써 약간은 크리스마스 분위기를 풍기는 잡동사니, 그리고 나에게는 늘 흥미로워 아무리 봐도 질리지 않는 가게 간판을 읽었다. ―소설을 읽을 때도 그렇듯이 낯선 도시에서 상인이나 수공업자들의 이름과 성을 읽는 것은 항상 나에게 필요한 일이었고 또한 즐거움이었다. 이름은 나에게 늘 매우 중요했고 종종 시사하는 바가 많았다. 또 내가 문학을 통해서만 알던 이름을 삶 속에서 처음 만나게 되는 것은 매번 신기했고 체험의 가치도 있었다. 그래서 수년 전 언젠가 아르보가스트라는 이 동화 같은 아름다운 이름을 엘자스에서 마주쳤을 때는 거의 경악할 지경이었다. 나는 오랫동안 그 이름이 뫼리케가 그의 주옥같은 소설을 위해 직접 창안한 것이라 믿고 있었던 것이다. 가게 간판을 읽다 보면 한 도시의 주민 중 가톨릭교도가 많은지 프로테스탄

트교도가 많은지, 혹은 유태인이 다수인지 아닌지 알 수 있다. 그뿐 아니라 예컨대 세례명을 보면 주민들의 영(靈)과 출신, 그들의 취미나 수호신에 관한 것까지도 알 수 있다. 사방에서 억센 슈바벤 토속 사투리가 들려왔다. 나는 오랫동안 듣지 못한 단어를 곳곳에서 들었다. "하 노", "하 겔트." 그것은 마치 우리의 기억 세계 속에 있던 석회나 사암(砂巖), 나무와 꽃을 어디선가 다시 만난 것과도 같다. 또한 수년 동안 더는 맛보지 못해 형언하기 어려운 무수한 추억에 매달려 있던 물과 포도주, 음식, 사과, 약을 갑자기 다시 맛보거나 냄새를 맡게 될 때와도 같다. 나는 그 냄새 속으로, 이름 모르는 추억의 구름 속으로 들어갔다. 울름의 위트와 이야기에 관해 들었다. 그 사이 집주인의 아이들에게 전날 내가 낭송한 동화를 보여 주었다. 그것은 수서본이었는데, 손으로 그린 작은 채색 그림들이 들어 있었다. 불황의 시절 이러한 그림 필사는 내 생계에 도움이 되었다. 어느 오후 우리는 바움 교수를 보기 위해 그의 울름 박물관으로 찾아갔다. 그 박물관은 정말 볼 만한 것이었다.

나는 옛날 젊은 시절 내게 처음으로 울름을 보여 준 그 지인의 방에서 커피를 마시고 케이크를 먹었다. 아름답고 진기한 물건으로 꽉 찬 쾌적한 방이었다. 그때 나는 다시 뢰리케와 강하게 연루되었다. 나의 지인은 엄청난 뢰리케의 회고록과 책을 소유하고 있었는데, 작가는 그 속에 메모도 해 놓고 좋아하는 부분에 줄을 쳐 놓기도 한 것이었다. 이듬해 봄 자기 정원에 심을 씨앗에 관한 메모가 있었는데, 채소에 관한 것은 거의 없었고 수많은 꽃에 관한 것이었다. 또한 뫼리케 목사님이 예전에 여행할 때 들고 다니던 자수가 놓인 낡은 여행 가방도 보였다. 이 집에는 작은 보물이 많이 있었는데 적소에 있는 것이었다. 이 집에 들어올 때 나는 몹시 지쳐 예민하고 황폐한 상태였다. 내가 본래 어차피 건강하지 못하다면 여행으로 그런 상태가 더 심해진 것이다. 그런데 잠깐 사이에 심장은 건강해지고 평온을 얻었다.

울름에서의 마지막 저녁, 잠자리에 들면서 나는 슈바벤 여행에서 마주친 이것저것에 대해 골똘히 생각했다. 징엔을 생각했고, 투트링겐, 블라우보이렌, 울름을, 그 아름다운 박물관을 생각했다. 이 모든 것이 얼마나 과거의 표징 속에 있었는지, 얼마나 많은 망자들이 거기서 함께 말을 했는지를 생각했고, 망자들이야말로 무엇보다도 가장 생명력 넘치는 것이었다고 생각했다. 그 순간 투트링겐의 박공집들 아래에 횔덜린이 있었고, 아름다운 라우와 함께 뫼리케가 있었다. 또한 이곳에서는 아르님과 왕궁지기가 자주 내게 떠오르는 듯한 느낌이 들었다. 모든 제단과 합창대석, 묘지의 대리석, 웅장한 건축물을 만든 명인들이 있었다. 그리고 이 여행에서는 계속 망자들이 내 주변 곳곳에 있었던 만큼 오히려 영원한 것이 있었다. 오래전에 유명을 달리한 이 사람들, 그들의 언어는 내게 살아 있었고, 그들의 사상은 나를 가르쳤으며, 그들의 작품은 무미건조한 세계를 아름답게 만들고 가능하게 했다. 그런데 그들 모두 역시 병들고 고통스럽고 힘겨운 특별한 사람들 아니었던가? 행복이 아니라 궁핍으로부터 창조하는 자, 현실과의 합의가 아니라 그것에 대한 혐오감에서 나온 건축의 대가가 아니었던가? 중세의 도시인들, 결국 빵 굽는 자이며 장사치로서 만족스럽고 건강하고 안락한 사람들이었던 그들이 정말로 이 사원을 건축했고 원했겠는가? 그것은 그런 일을 할 수밖에 없었던 극소수의 다른 사람들의 불만족에서 나온 것이 아니었던가? 그리고 현실이 정당했다면, 우리 같은 사람이 그저 가엾은 신경쇠약 환자에 지나지 않았다면, 시민이며 가장이고 납세자가 되며 사업을 하고 아이를 낳는 것이 더 낫고 올바른 일이었다면, 또 공장과 자동차, 사무실이 정말로 인간에게 정상적이고 진실한 것이며 의미 있는 것이었다면, 그렇다면 무엇 때문에 그들은 그러한 박물관을 만들었겠는가? 무엇 때문에 블라우보이렌 제단을 보호하기 위해 박물관 전문 직원을 고용했겠는가? 무엇 때문에 스케치와 그래픽으로 가득 찬 커다란 진열 상자들을 전시하고 심지어 국가 차원에서까지 이를 위한 경비를 지출했겠는가? 무엇 때문에 이 바보 같고 쓸데없는 것을, 위로에 목마른 예술가들의 병적 장난질을 숭배하고 수집하며 전시하고 그에 대해 강연을 한단 말인가, 그런 장난질 속에 일말의 본질적인 것이, 존재의 의미와 고유한 가치가 들어 있지 않다면 말이다. 무엇 때문에 울름 사람들은 낡은 잡동사니를 헐어 공장이나 임대 건물을 짓지 않고 그들의 오래된 도시 이미지를 잘 보존해 온 데 대해 자부심을 느꼈겠는가? 공장주들은 그들의 사무실에서 나와 자동차에서 내려서 기분 전환을 좀 하고 싶을 때 공장에서 번 돈으로 삽화가 든 옛 수도원에 대한 저작물과 죽은 거장들의 사진을 사들였다. 무엇 때문이었을까? 그들의 생전에는 오늘날 그 그림 하나 값의 백분의 일도 채 되지 않았던 것을 말이다. 내가 이곳 울름에서 우리 시대의 한 현대식 건축물에 대해 들은 최고의 찬사가 그것이 옛 도로 이미지에 고상하게 어울린다는 것이었음은 무슨 이유일까? 왜 오늘날의 모든 것은 그토록 추할 수밖에 없었을까? 땅이 인간의 손에 의해 변질되고 그 위에 건축물이 생겨나는 한, 취리히에서 울름까지 보면 옛 건축물로 이루어진 아주 작은 몇몇 섬들보다 더 아름다운 것은 없다. 다른 건물로는 정거장, 공장, 임대 건물, 백화점, 막사, 우체국 건물이 있었는데, 하나같이 추하고 절망적이었으며 사람들에게 혐오감을 주고 자살 충동을 불러일으키기에 안성맞춤이었다.

　나는 이러한 추함과 절망적 상태의 원인을 명확히 알고자 의문을 제기한 것이 아니다. 내 관심을 끈 것은 (국가와 사회가 이를 장려하는 반면, 사람들은 온갖 수단을 동원해 이를 제한한다는) 인구 증가도, (고딕 성당의 건축 시기에도 오늘날과 같았던) 경제 법칙도 아니었다. 날 사로잡은 것은 오로지 '너, 여행하고 있는 미친 작가여, 정말 미쳤는가?' 하는 질문이었다. 네가 병들고 삶의 고통을 겪으며 더 살고 싶지 않아 할 때가 많은 것은 단지 '지금 이대로의' 현실에 적응하지 못해서가 아닌가?

　그러고는 다시금 이미 자주 했던 답을 나 자신에게 해야만 했다. 그게 아니라고. 내게 불리할지언정 냉철하게 생각할 태세가 되어 있음에도 그렇다. 이 끔찍한 '지금 이대로의 세상'에 대한 너의 저항은 골백번 옳다. 이 세상을 인정하는 대신 이 세상 때문에 죽어 가고 질식하는 것이라면 넌 옳은 것이다.

　그리고 다시 나는 양극 사이에서 움찔해지는 느낌이었다. 현실과 이상 간의 괴리를 느꼈고, 현실과 아름다움 사이에 걸린 공중 다리가 흔들거리고 있음을 느꼈다. 그것은 유머였다. 그렇다, 유머 때문에 감당할 수 있는 것이었다. 정거장도, 막사도, 문학 낭송회조차도 감당할 수 있었다. 웃음으로써, 현실을 진지하게 받아들이지 않고 그것의 파괴 가능성을 끊임없이 인식함으로써 그러한 것을 감당할 수 있었다. 기계들은 언젠가 서로 살육할 것이며, 병기고는 털릴 것이다. 오늘날 대도시가 있는 곳에서는 언젠가 다시 풀이 자라나고 족제비와 담비가 살금살금 다닐 것이다. 그래, 이 우스꽝스러운 세상을 진지하게 여겨 주는 영예를 안겨 줄 필요는 없으리라.

다음날 식사 뒤 작별을 하며 다시 올 것을 약속하고 열차에 올라탔다. 오늘 저녁 9시가 넘으면 나의 두 번째 낭송회가 이미 끝날 것이고 나는 며칠간 자유를 얻겠지. 아, 이 정거장이란! 이 지저분하고 음침한 홀, 불행하게도 서둘러 짐을 끌고 가는 불안한 인간들로 가득 찬 이 계단, 이 바보 같은 개찰구, 안경을 코에 걸고 카드를 모아 담는 남자가 있는 이 비참한 작은 집. 진지하게 여기지 말 것!

아우크스부르크의 호텔 버스는 한 유리 회전문 앞에 나를 내려 놓았다. 뒤쪽에서는 카페 음악이 울리고 있었다. 현대인들의 이 웃기는 고안물이라니, 그것은 잠깐 동안의 휴식과 회복의 순간에도 말을 하거나 집중해서는 안 되고 생각하고 정신을 차리면 안 되기에 고안된 것이다. 나는 신고를 하고 방을 청했다. 한 사환이 날 안내했다. 레스토랑, 홀, 옷 보관소 등 이곳의 모든 것이 매우 현대적이었다. 사환은 나를 2층으로 데려가 승강기 문을 열었다. 나는 순식간에 드넓은 옛 궁전 속에 들어서게 되었다. 조용하고 웅장한 회랑, 드높고 장중한 문이 있었는데, 문마다 문장이 새겨져 있고 칠이 되어 있었다. 복고풍 계단실도 있었다. 내 앞에서 문이 열리더니 높고 아름다운 방이 나타났다. 초록빛 겨울 정원으로 창이 나 있었다. 내가 이제껏 더 큰 도시들에서 마주친 것 가운데 가장 독창적이고 멋진 호텔에 들었다는 것이 기뻤다. 유일한 방해물은 방 안에 있는 전화기뿐이었다. 이 기구는 위험스러운 것이다. 그래, 정 급하면 나사를 빼 버리든지 그것을 박살내 버릴 수도 있었다. 하지만 나는 가장 먼저 그 기구를 이용해 나의 초대자에게 저녁의 예술가가 도착했음을 알렸다. 그런 다음 휴식을 취했고 어느 정도 짐을 풀었으며, 옷을 갈아입은 뒤 우유와 코냑을 좀 마셨다. 나는 외투 주머니 속에 『짐플리치스무스』를 갖고 있었는데, 그중 내가 매우 좋아하는 링겔나첸의 여행 편지 하나를 읽었다. 하지만 이어서 노크 소리가 나고 날 낭송회로 데려가기 위해 사람이 왔을 때, 내가 잠깐 잠이 들었다는 것을 알았다. 밤이었고 날이 추웠다. 그 사람은 드넓고 당당한 대로를 통해 나를 연주회 홀로 데려갔다. 나는 이번에는 상황을 감지하고 익숙한 심리학적 기제를 작동시키는 일을 결코 제대로 하지 못했다. 그러나 곧바로 군중 속에서 내가 주목할 수 있는 얼굴 하나를 다시금 낚아 올릴 수 있었다. 그렇게 해서 내 작품을 용감하게 읽었다. 간간이 맛좋은 물 한 모금씩을 마시기도 했다. 그래서 본격적으로 내 마음속에 어떤 저항감이 생겨나기 전에 모든 행사가 끝이 났다. 그래, 그건 좋은 일일 수 있지. 나는 대기실로 가서 잽싸게 외투를 걸치고 시가에 불을 붙였다. 그때 사람들이 다가왔고 나는 침착하게 몸에 밴 예의를 갖추었다. 그러면서 내심으로는 이 도시에는 아는 사람이 전혀 없는 것을 기뻐하고 있었다. 하지만 이미 한 붉은 볼의 여인이 내 앞에 서서 날 향해 웃으며 슈바벤 사투리로 말했다. "겔로, 절 모르시겠습니까?" 그녀는 슈바르츠발트 사람으로서 나의 고향 도시 출신이었고 내 누이들과 학교에 같이 다녔던 것이다. 그녀 뒤에서 딸도 모습을 보였는데, 마찬가지로 꽃다운 뺨을 지닌 예쁘고 발랄한 아가씨였다. 우리는 웃다가 오늘 좀 더 같이 있기로 했다. 하지만 이 저녁에 내가 좀 몽롱한 상태라는 것을 나는 곧장 깨달았다. 한 남자가 나의 책 한 권을 내 앞으로 내밀더니 자기 아내를 위한 헌사를 써 달라고 부탁했다. 나는 막 뉘른베르크를 생각하며 이제 다행히도 그 도시의 일만 더 해내면 끝이라는 생각을 하고 있던 참이었다. 그런 와중에 그 남자의 책에 무언가를 적어 넣고 친근하게 미소를 지으며 되돌려 주었다. 그는 읽어 보더니 내게 다시 책을 내밀었다. 나는 "뉘른베르크에서의 저녁을 기리며"라고 써넣었던 것이다! 지우고 고쳐 써야 했다. 그런 다음 우리는 포도주를 한잔 하러 내 호텔로 갔다. 이 칼브 여자는 칼브에 관해 말했으며, 우리는 아직 기억할 수 있는 모든 칼브 사람들에 관해 이야기했다. 딸도 함께 앉아 나이 든 우리를 우스워했다. 갑자기 또 다른 노이엔뷔르크 출신의 사람이 거기 나타났다. 나는 내가 여전히 계속 슈바벤의 한가운데 앉아 있다는 것을 알았다. 밤늦게야 나는 웅장한 층계참을 통해 내 방으로 올라갔다. 사실상 그런 낭송회를 통해 생계비를 벌기란 쉬운 일이었다. 그렇지만 내게 정말 필요한 것은 빵이 아니라 공기였다. 그런데 그러한 공기, 삶의 능력이 되며 내 직업과 활동에 대한 만족감과 신뢰를 주는 그런 공기는 아우크스부르크에서도 불어오지 않았다. 그런 종류의 사례비는 여기서도 지불되지 않았다. 그와는 달리 (그래서 신은 테너와 명장에게 자존심이라는 독보적인 면을 덧붙여 준 것인데) 그처럼 문학 행사가 있는 저녁의 강연자로서, 테너와 음유시인으로서 도시 순회를 할 때면, 그것은 바로 자기가 요인(要人)임을 의심치 않는 망상적 예술가에게 정반대의 사실을 확인시켜 주는 절호의 기회가 되었다. 그가 아무것도 아니라는 것, 그라는 인물이나 그의 전문성이 완전히 무의미하다는 것을 말이다. 문인 협회의 사람들이 토마스 만을 듣든지 게르하르트 하우프트만을 듣든지, 혹은 뮌히하우젠 남작을 듣든지 테너 헤세를 듣든지, 어느 베를린 교수가 그들에게 호머에 관한 강연을 하든지 아니면 뮌헨의 교수가 마티아스 그뤼네발트에 관한 강연을 하든지, 그건 하등의 상관이 없었다. 이 전문가들은 무늬의 한 획, 직물의 한 가닥 실에 지나지 않았다. 무늬란 정신 산업을, 직물은 교양 기업을 말하는데, 전체적인 것이나 개개의 전문성 모두 어떤 가치를 지니지는 못했다. 주여, 내가 유머를 잃지 않게 하여 주소서, 조금만 더 살게 하여 주소서! 그래서 이런 대목 시장보다는 더 의미 있고 가치 있는 그 어떤 작업과 일에 동참하게 하소서! 독일이 마침내 그 국립 학교들의 문을 다시 닫고 유럽이 출생률 감소를 적극 추진하는 데 가장 미약한 종으로나마 기여하게 하소서! 이 강연료를 주는 대신 명예를, 아첨의 말을 듣게 하는 대신 한 입 가득한 공기를 숨 쉬게 하소서!

회의론자들은 이제껏 심장이 터져 죽은 사람은 없다고 주장한다. 그들은 또한 문인이 공기 결핍으로 죽을 수도 있음을 부인할 것이다. 문인이란 모든 것을 들이마신다는 것을, 어떤 가스나 악취라도 걸러 하나의 문예란을 증류해 낼 수 있다는 것을 모르고 말이다.

이튿날은 날씨가 좋았다. 아우크스부르크를 구경하려고 밖으로 나갔을 때 오늘이 장날이라는 것을 알게 되었다. 나는 결코 역사 공부를 많이 하지 않았다. 내 지식이란 모두 작가들에게서 나온 것이다. 블라우보이렌의 비밀에 대해서도 직접 그곳의 교수들보다는 뫼리케를 통해 더 잘 배웠듯이, 아우크스부르크에 대해서는 아르님의 왕궁지기를 기억함으로써, 뉘른베르크에 대해서는 바켄로더와 에테아 호프만을 통해 최상으로 학습해 두었다. 여기서 아우크스부르크가 아주 아름다운 도시라고 주장할 필요는 없겠다. 하지만 그곳에서 나는 아주 특별히 마음에 들어 날 기분 좋게 해 준 어떤 것과 마주쳤다. 매주 열리는 장에는 엄청난 양의 버터와 치즈, 과일, 소시지류가 진열되어 있었다. 거기서 수많은 농부들, 말하자면 농부의 아내들과 몇몇 아이들까지 함께 있는 것을 보았는데, 그들은 모두 옛 순수 민속 의상을 아직 입고 있었다. 여자아이를 처음 보고는 기뻐서 하마터면 그 애의 목을 부둥켜안을 뻔했다. 나는 옛 골목을 지나며 그 애의 머리를 오래 쓰다듬어 주었다. 작은 꽃무늬가 있는 코르셋형 조끼, 독특하게 부풀렸다가 다시 좁

흰 소매, 재미있게 생긴 모자 – 아, 그것은 얼마나 나의 어린 시절과 칼브의 가축 시장을 불러냈는가! 칼브의 가축 시장에는 수많은 농부와 농부의 아내들이 한 명도 빠짐없이 모두 각자의 민속 의상을 입고 왔다. 그래서 삼림 지역, 곡물 지역 등 다양한 지역의 농부들을 멀리서도 이미 그들의 가죽 바지의 색깔을 보고 정확히 알 수 있었다.

아우크스부르크에서 보낸 나의 마지막 시간은 최고로 아름다웠다. 나는 이 도시에서 행복했다. 어제 저녁 이곳을 뉘른베르크와 혼동한 일은 이 도시에 정말 부당한 짓을 한 것이었다. 이곳에서 내가 이미 마주친 모든 아름답고 사랑스러운 것 말고도 또 하나의 특별히 놀라운 일이 생겨났다. 아우크스부르크에는 14년 전 나의 책을 읽고서 내게 편지를 쓴 한 부부가 있었다. 그들은 당시 태어난 첫 딸에게 내 책의 한 인물을 따서 이름을 지어 주었다. 그런데 지금 그 부부가 나타나서 날 식사에 초대한 것이었다. 그들은 지극 정성으로 수고해 일단 내게 훌륭한 특산품 음식을 대접한 다음, 자동차로 잠깐 동안 옛 아우크스부르크에서 가장 소중하고 아름다운 것을 보여 주었다. 지금 나 자신이 보면 참을 수 없을 것 같은 한 권의 책에 온갖 사랑과 관심을 돌리는 것이 나를 무척 부끄럽게 하기는 했지만, 그럼에도 좋은 시간이었다. 아, 이 동화 같은 도시에서 그 같은 아름답고 특별한 것을 보게 되다니! 성 모리츠의 성물 납실에는 거추장스러운 옛 미사복이 수집되어 있어 로마에 있는 듯한 느낌이 들었다. 바로 그 옆에는 예배당에 앉아 있는 네 명의 주교들이 풍성한 예복을 입고 있었는데, 어떤 목조상이나 석조상이 아니라 시신, 말하자면 미라 자체였다. 내게 가장 아름다웠던 것은 성당의 철제 현관이었다. 하지만 이 품격 있는 교회의 내부에는 어떤 다른 광경도 눈에 들어왔다. 거기서 나는 촌스러운 외모에 널찍한 갈색 수염을 지닌 한 남자를 보았는데, 빛바랜 초록색 옷을 입은 채 등에는 배낭을 메고 있었다. 처음에 나는 그가 들어오는 것을 보았다. 그는 교회 안 바로 내 앞으로 걸어왔다. 그런 다음 무언가를 찾듯이 웅장한 교회 안을 걸어 다니는 것이 보였다. 그러더니 그것을 찾고서 예배당 앞에서 무릎을 꿇었다. 모자를 벗은 채였으며 눈은 제단의 벽화 그림을 향하고 있었다. 그리고 기도를 했다. 눈으로 기도했고, 입으로 기도했으며, 두 팔을 뻗고 두 손을 벌린 채 무릎으로 기도했고, 몸과 영혼으로 기도했다. 세상에 대해 눈멀고 귀머거리가 된 채였다. 이곳에서 신을 찾는 대신 로마네스크 청동상이나 고딕 창유리나 찾는 우리 호기심 많은 불신자들이 성전 안에 있어도 개의치 않았다. 기도하는 이 남자와 농부의 의상을 입은 여자들은 마음속 가장 깊이 머물러 있는 나의 그림책 대신 아우크스부르크에서 얻은 이미지였다. 그것은 황금 홀도 아니고 당당한 우물도 시민 광장도 아니며 푸거라이*도 아니었던 것이다.

저녁나절 나는 뮌헨으로 갔다. 이제는 푹 쉬면서 뒤섞인 그림들을 정리하며 아직도 더 뉘른베르크에 가는 일이 남은 것에 대해 불평도 할 수 있는 며칠간의 여유가 있었다. 위험할 뻔한 저녁도 있었는데, 그때 나는 파크 호텔의 사장을 찾아갔다. 그는 예전 내가 양질의 포도주 애호가였을 때 이 땅의 다른 장소에서 나를 알게 되었다. 그래서 이날 오래된 특산 포도주 몇 병을 자기 지하실에서 가져와 내게 내놓고 즐겼다. 나는 술을 마시긴 하지만 많은 양을 마시는 데는 익숙하지 않기 때문에 마지막에 가서는 좀 긴장해야 했다. 하지만 그는 끝장을 보았다. 그런데, 포도주로 인한 기분 좋은 착각이 아니었다면 말인데, 갑자기 리마트 강변 바덴의 내 집주인이기도 한 친구가 거기 앉아 웃어 대면서 나와 건배를 했다. 다음날에는 교양을 쌓기 위한 무엇인가를 하기 위해 나는 어느 큰 신문사의 편집부로 갔다. 그런데 그 방들이 나에게는 편하지 않았고 나는 15분 이상을 견디지 못했다. 하지만 나는 뮌헨에 대해 너무 많은 이야기를 해서는 안 될 것이다. 그곳에서 난 늘 모종의 양심의 가책을 느꼈다. 거기에는 한때 나와 가까이 지냈으며 나를 잘 아는 사람들이 많이 살고 있다. 나 또한 그들을 좋아했으며 원래는 그들을 모두 방문해야 마땅했다. 하지만 그건 너무 무리한 계획이었을 것이다. 또한 거기서 나를 기다리고 있는 것이 무엇이었을까? 서른이면 서른 명 모두 내게, 잘 지내는지, 무슨 일을 하는지, 내 생활과 건강, 활동이 만족스러운지, 또 거기서 괴로운 문제는 무엇인지 친절하게 물었겠지. 그러면 나는 거기 앉아 친절하게 미소를 지으며 머리를 끄덕여야 했을 것이고. 그것이야말로 끔찍하게 피곤한 일이다. 하지만 그들 중 내가 진정 친구로 여길 수 있는 몇 사람을 나는 만났다. 아내와 아이들이 있는 그들의 집이나 일터에서가 아니라, 저녁나절 어느 지하 술집이나 주막에서 우리끼리 편하게 만난 것이다. 그곳에 앉아 경기 침체에 대한 이야기를 나누었고, 발트울름이나 아펜탈러에서는 가끔 옛 시절에 대해, 보덴제에서의 여름, 이탈리아 여행, 또 전사한 친구들에 대해 이야기했다. 이 며칠간 나는 그다지 상태가 좋지 않았다. 그것은 비단 내가 문학 작업을 이미 너무 많이 했고, 또한 이제 뉘른베르크에 가지 않을 경우 너무 많은 문제가 있을 것이라는 생각 때문만은 아니었다. 또 다른 이유가 있었다.

내 여행은 차츰 끝나 가고 있었다. 여섯 주에 걸쳐 나는 테신에서 나의 종착역 가까이 그처럼 한 발짝 한 발짝 다가갔던 것이다. 별로 의식은 못했지만, 끊임없이 여행 중이었고 내 마음속은 의문으로 가득 차 있었다. 이제 어떻게 될 것인가? 네가 이 여행에서 찾고 얻은 것은 대체 무엇인가? 다시 너의 작업과 은둔 생활로 돌아가 아픈 눈으로 혼자 서재에 앉아 있을 수 있을까. 아니면 무언가 다른 일을 시도해 볼 것인가? 이 의문은 계속 풀리지 않았다. 나는 낭송회를 했으며, 애정을 담고 친구들과 마음 깊은 대화를 나누었다. 여기저기서 질 좋은 포도주를 마셨고, 따뜻하고 친근한 방에서 포근한 시간을 보냈다. 그동안은 견디기 힘든 일은 억눌러 놓았으며, 옛 건축물(이 중 내가 가장 열광한 것은 고딕식 그물 모양 아치였다)을 바라보면서 몇 시간이고 망아 상태에 빠졌다. 너무 많이 지껄인 다음 노독(路毒)에 지친 순간이 오면 몇 번씩 나의 먼 은둔지에 대한 그리움을 느끼기도 했다. 그러나 아무것도 달라진 것은 없었고 아무것도 정리되지 않았다. 이런 상태가 주는 압박감을 나는 갈수록 더 느꼈다. 그래서 마침내 마지막으로 뉘른베르크로 갈 때는 감동적이거나 감사할 만한 기분도 아니었다. 그런데도 그곳에 간 것에 대해 이제 나는 대가를 치러야만 했다. 전보한 통으로 그 일에서 해방되지 못하고 어리석은 영웅주의를 키워야 한다고 생각했던 것에 대해 말이다. 뉘른베르크는 내게 큰 환멸을 가져다주었던 것이다.

나는 눈비가 섞여 내리는 음울한 날 출발해 다시 아우크스부르크를 지나치면서 도시 위로 솟은 대성당과 성 모리츠를 보았다. 그 다음에는 모르는 지역이 나타났으며, 마지막 구간에서는 인적이 없는 거칠고 거대한 야생 풍경이 시작되었다. 거기에는 커다란 소나무 숲이 있었는데, 눈보라가 그 꼭대기를 흔들고 있었다. 아름답고 신비스러웠지만, 남부 사람인 나에게 그것은 압박과 두려움도 주었다. 이제 계속 가면서 나에게는, 그렇다면 소나무가 점점 더 많이 나타날 것이고 눈도 더 많아지겠지, 그렇다면 라이프치히나 베를린 같이 되고 또 조만간 슈피츠베르겐이나 북극 같이 될 텐데, 하는 생각이 들었다. 맙소사, 드레스덴의 초빙까지 받았더라면! 상상도 못할 일이었다. 그렇잖아도 열차는 충분히 오래, 소름 끼칠 정도로 오래 탔다. 그러니 뉘른베르크에 도착하자 기뻤다. 내심 나는 이 고딕 도시에서 온갖 기적을 기대했다. 에테아 호프만과 바켄로더의 정령을 만나길 바랐다. 그런데 그런 일은 하나도 일어나지 않았다. 도시는 내게 끔찍한 인상을 주었다. 물론 그것은 도시 탓이 아니라 전적으로 내 탓이다. 나는 정말 황홀한 고도(古都)를 보았다. 울름보다 풍요로웠으며 아우크스부르크보다 더 독창적이었다. 성 로렌츠와 성 제발트를 보았으며 뜰이 있는 시청을 보았다. 시청 뜰에는 말할 수 없이 우아한 분수가 있었다. 나는 그 모든 것을 보았고 모든 것이 무척 아름다웠다. 하지만 모든 것은 냉랭하고 황량했으며 거대한 상업 도시에 에워싸여, 사방에서 엔진 소리가 부릉거리고 자동차들이 누비고 다녔다. 모든 것은, 조그만 그물 모양 아치를 만들고 고요한 뜰 안에 핀 꽃과도 같이 사랑스러운 작은 분수를 세울 줄 아는 어느 다른 시대의 템포 속에서 나지막이 전율하고 있었다. 모든 것이 다음 순간이면 곧바로 몰락할 태세가 되어 있는 것 같았다. 거기에는 더 이상 어떠한 목적도, 영혼도 없었으니 말이다. 이 멋진 도시에서 얼마나 아름답고 황홀한 것을 보았던가! 명승지와 교회, 분수, 뒤러의 집, 성외에도 내가 정말로 좋아하는 한 뭉치의 사소하고 우연한 것을. 내가 눈 때문에 물안경을 새로 구입한 쿠겔이라는 약국은 견고하고 아름다운 고가였는데, 그곳 진열장 하나에는 막 알에서 깨어난 어린 악어 새끼가 박제되어 알 껍질과 함께 놓여 있었고 그와 비슷한 것이 더 있었다. 그것도 아무 소용이 없었다. 모든 것이 오직 이 저주스러운 자동차들이 내뿜는 배기가스로 뒤덮여 있었고 모든 것이 소용돌이치고 있었다. 내게는 인간적이지 못하고 그저 지옥 같이 느껴지는 삶으로 모든 것이 진동하고 있는 것을 나는 보았다. 모든 것이 목적도, 아름다움도, 영혼도 없이 존재하는 데 지쳐 이 세상이 구역질을 느끼고 추락하고 몰락해 버리길 갈망하며 죽을 태세가, 먼지로 돌아갈 태세가 되어 있는 것을 보았다. 문학 협회에서 날 맞아 줄 때 보인 친절도, 내가 (영원할 듯이 긴 시간 동안) 마지막 낭송회를 마치고 혼자 내쉰 안도의 숨도 모두 아무 소용이 없었다. 모든 것이 절망적이었다. 호텔에는 밤새 냉각될 틈이 없어 과열된 증기 난방기가 있었고, 도로의 교통 소음 때문에 창문을 열 수도 없었다. 게다가 다시금 방 안에는 천박한 기구가 있었다. 아침에 전화기는 미칠 듯한 통증 때문에 불면의 밤을 보낸 나의 마지막 휴식 시간까지 빼앗아 버렸다. 인간들이여, 무엇 때문에 날 그토록 괴롭히는가, 차라리 어서 죽게 해 다오!

그 사이 내 안의 관찰자는 늘 그렇듯이 침착하게, 이 녀석이 이번에 폭발해 버릴 것인지 아니면 정말 더 버텨 낼 것인지 궁금해하며 모든 결과에 집중하고 있었다. 떠도는 음유 시인의 우연한 기쁨과 고통에 대해 그것을 기록하는 것 말고는 아무 상관도 없는 (이 이야기의 등장인물에는 속하지 않는 한 인물인) 내 안의 관찰자가 여기 있었다. 그가 다른 기회에 이 체험에 대해 보다 객관적으로 말하게 될 것이다. 오늘은 다만 떠도는 테너, 우연한 일을 겪으면서 힘들어 하는 내 안의 우연한 인간이 말하고 있을 뿐이다.

뉘른베르크에 왔을 때 나는 아흔 살 노인처럼 다 죽다시피 되어 땅에 묻히고 싶다는 것 말고는 아무 바람도 없었다. 바로 여기서는 주로 젊은 사람들과 접촉을 하게 되었는데, 그중 고등학생인지 대학생인지 모를 한 젊은이는 낭송회가 끝난 뒤 나를 당황스럽게 했다. 그는 나에게 자기 책에다 무언가를 써 달라고 청했다. 내가 아무런 생각도 떠올리지 못하고 있자(이 상황에서 무슨 생각이 더 떠오를 수 있겠는가?) 그가 제안을 했는데, 나의 어느 책에 나오는 「신약성서」의 인용 구절인 그리스 단어 몇 마디를 써 주면 좋겠다는 것이었다. 나는 20년 넘게 더는 그리스 철자를 그려 본 적이 없다. 그 비문이 어떤 꼴이 되었는지는 아무도 모른다! 뉘른베르크에서 보낸 그 짧은 기간 중 상당 부분을 나와 함께 지낸 또 다른 젊은이는 한 젊은 작가였다. 그는 얼마 전 이미 나의 호감을 산 바가 있는데, 일단은 나에 관한 그의 총명한 논문 때문이었다. 거기서 그는 나의 문학적 시도가 헛되다는 것과 그 이유에 대해 매우 훌륭하게 기술하고 있었다. 또 한편으로는 그라베를 주인공으로 하는 한 짤막한 작품 때문이었는데, 진짜 마력을 지닌 작품이었다. 이 젊은 작가는 나와 함께 뉘른베르크를 돌아다녔는데, 금욕주의자였음에도 불구하고 저녁 술집에 끈질기게 나와 함께 둘러앉아 있었다. 편안한 얼굴과 작고 부드러운 손으로 그는 여기 이 도시에서 최악의 일을 겪지 않도록 순간순간 나를 지켜 주기로 한 천사 같다는 생각이 들었다.

어쨌든 나는 이제 정말 어찌할 바를 모르며 망연자실한 상태로 거기 머물러 있었다. 가능하면 빨리 다시 떠나야 한다는 단 하나의 사실만이 나에게 분명히 다가왔다. 그런데 나에게는 뮌헨에 훌륭하고 신뢰할 만한 한 친구가 있었다. 나는 이곳을 견딜 수 없으며 바로 다음 급행열차로 뮌헨에 갈 테니 기다려 줬으면 하고 그에게 전보를 쳤다. 어쨌든 내 소지품을 다시 가방에 집어넣었으며, 어쨌든 다시 호텔을 나와 열차를 탔다. 완전히 망가진 상태였지만 구원된 것을 행복해하며 그야말로 몰락에 내던져진 듯한 뉘른베르크를 다시 떠났다. 다른 데를 거치지 않고 뮌헨까지 직행하는 좋은 급행열차였지만 시간이 매우 오래 걸렸다. 아흔 살 노인처럼 되어 망가진 두뇌와 타들어가는 듯한 눈, 꺾인 무릎으로 뮌헨에 도착할 때까지 나는 아무것도 체험할 수 없었다. 아마 이것이 내 여행에서 가장 아름다운 순간이었을 것이다. 이제 나는 다시 뮌헨에 왔으며 아직 살아 있었다. 모든 것이 지나갔으며 더는 낭송회를 할 필요도 없었다. 이때 키가 크고 우람한 내 친구가 눈웃음을 치며 서 있다가 내 가방을 받아들었다. 장황한 질문이나 설명 대신 그는 이런저런 술집에서 지인들이 기다리고 있다고 내게 말했다. 나는 잠자리에 들고 싶은 마음이 더했지만 술집도 괜찮아 그러자고 했다. 문학과 비평의 여러 대가들이 그곳의 한 테이블에 앉아 우리를 기다리고 있었다. 진품 모젤 포도주가 따라졌다. 나는 가장 흥미로운 대화와 토론을 경청했으며 매우 만족스러웠다. 그 모든 것이 나와는 완전히 무관했으며 내게 요구하는 것이 아무것도 없었고 그저 재미있기만 했기 때문이다. 나는 거기 앉아서 흥분해 있는 총명한 얼굴들을 모두 바라보며 모젤 포도주를 마시면서 졸음이 오는 걸 느낄 수 있었다. 형편이 되면 다음날도 머무를 수 있었으리라. 하루, 1년, 1백 년 동안. 아무도 나에게 무엇을 요구하지 않았다. 나를 위해 전차가 칙칙거리는 일도 없었고 나를 위해 강연대에 불을 밝히고 물병을 갖다 놓는 일도 없었다. 또한 그리스 어나 다른 철자를 그릴 필요도 없었다.

뮌헨 근교 시골의 바깥 드넓은 내 친구의 집에서 여러 날을 더 머물면서 나는 이제 회복이 되었으며 되돌아가는 기술에 대해서도 잘 알게 되었다. 이곳에서는 나의 의식이 동요되어 오히려 귀향하는 일이 두려워졌다. 나는 결단을 내려 우편물이 이곳으로 전달되게 했다. 서류가 들이닥쳤고 며칠간 일을 했다. 그런데 그 모든 시시껄렁한 것 가운데 흥미를 좀 끄는 것도 있었는데, 그것은 내가 원고를 돌려보내야 했던 젊은 작가의 약간 긴 편지였다. 당시 그의 지나치게 가식적인 아첨의 편지는 나를 무언가 불편하게 했다. 그런데 이번에는 그가 비할 데 없는 솔직함으로 나를 기쁘게 한 것이다. 박력과 애정으로써 정말 적절하게 선택한 표현으로 그는 내가 늘 이루 말할 수 없이 무미건조하고 어리석으며 역겨워 보였다고 알려 주었다. 브라보, 젊은 형제 작가여, 그렇게 계속하라! 우리가 젊은 작가들에게 기대하는 것은 멋진 미사여구가 아니라 솔직함이다.

어느 저녁 나는 바이에른의 친구 중 내가 가장 좋아하는 친구를 그가 사는 오버바이에른 마을에서 불러낼 수 있었다. 그를 생각할 때 잊을 수 없는 마음, 포근한 좋은 저녁이었다. 다시금 개인으로 돌아온 지금 나는 문학에 대해서도 더 소박한 처지였으며, 몇몇 동료들과 개인적으로 가까워지고자 과감히 노력해 보았다. 내 평생에 그런 일을 해 본 경우는 극히 드물다. 요제프 베른하르트와는 생산적인 시간을 함께 보냈다. 프로테스탄트와 가톨릭이, 그때 우리가 그랬던 것보다 서로 더 가까워질 수는 없었으리라. 어느 날 저녁에는 토마스 만의 집을 갔다. 나는 그의 예술에 대한 나의 옛 사랑이 아직 식지 않았다는 것을 그에게 보여 주고자 했다. 또한 자기의 작업을 그토록 성실하고 견실하게 이루어 가면서도 우리의 직업에 대한 회의와 절망을 정말 깊이 알고 있는 듯한 이 사람의 근황이 어떤지 알고 싶은 욕구도 조금 있었다. 밤이 되도록 오래 나는 그의 탁자에 앉아 있었다. 그는 기분 좋은 상태로 그의 아름다운 집과 총명함, 그리고 훌륭한 외모의 비호를 받아 멋있고 품위 있게 일 처리를 했는데, 어느 정도는 마음을 다해, 어느 정도는 비아냥거리듯이 했다. 그날 저녁에 대해서도 나는 감사하고 있다. 그리고 이제 『짐플리치스무스』에서 곡예사의 편지를 쓰는 자인 요아힘 링엘나츠도 보고 싶었다. 어느 저녁 그는 친절하게도 와 주었다. 우리는 시청 지하 식당에서 온갖 양질의 포도주를 마시며 흡족해했다. 이 모든 것이 끝나자 나는 시가 전차를 타고 집으로 갔다. 견디기 힘들었으며, 나는 침대에 누웠다. 그런데 링엘나츠가 이 시간에 비로소 일하기 시작했다. 그는 여전히 자기의 널판지를 타고 나타나야 했다. 그것 때문에 나는 그가 부럽지 않았다.

님펜부르크의 야외에서 나는 잘 지냈다. 버릇이 나빠져 온종일 차가운 물에 눈을 담그고 있거나 장중한 고목 밑을 오락가락하며, 시든 잎이 재미있게 바람에 날리는 것을 바라볼 수 있었다. 우리의 꼬마 형제들이여. 종종 나는 슬픔에 차서 그 잎을 보았으며, 바라보면서 웃을 때도 자주 있었다. 내가 그런 것처럼 그것들이 오늘은 뮌헨으로, 내일은 취리히로 날아갔다가 다시금 돌아오는 것을 보았다. 고통을 피하고 싶은 충동에서, 죽음을 잠깐 더 미루고 싶은 충동에서 말이다. 대체 왜 그렇게 저항을 하는 걸까? 나는 우울해졌다. 이것이 삶의 유희이니까, 나는 웃었다.

웃음이란 좋은 것이고 정말 거기에 갈증이 나는 듯해서 나는 친구에게 요즈음 뮌헨에 옛날 내가 여기서 이미 체험한 이런저런 이들처럼 순수한 고전적인 희극 배우가 있냐고 물었다. 있지, 내 친구는 한 사람을 알려 주었다. 발렌틴이라는 사람이었다. 우리는 신문을 몽땅 뒤져서 그가 밤에 「도둑 기사」라는 실내극을 뮌헨 근교에서 공연한다는 것을 알게 되었다. 그래서 우리는 어느 저녁 그곳에 갔다. 그들은 10시가 되도록 소극장에서 슈트린트베르크를 연기했다. 그런 다음 발렌틴의 순서가 왔다. 소규모 극단과 함께 「뮌헨의 도둑 기사」의 유별난 비열함을 연기했는데 훌륭한 극이었다. 극의 목적은 발렌틴에게, 보초병으로서 긴 군도를 차고 왔다 갔다 하면서 웃기는 행동과 말을 할 기회를 주는 것이었다. 흐느낄 정도로 슬플 때도 많았는데, 이를테면 그가 차가운 어둠 속에서 도시 외벽에 앉아 손풍금을 켜며 자기의 젊은 인생을, 전쟁과 죽음을 생각해야 했을 때 그랬다. 혹은 그가 생각에 잠겨 긴 시간 동안 자기가 오리가 되어 하마터면 긴 벌레를 잡아먹을 뻔한 꿈에 관해 이야기할 때도 그랬다. 이 장면은 가장 단순한 형태로 인간의 인식 능력이 지닌 한계를 감동적으로 묘사했다. 이 비극적인 장면도 손풍금 장면 때처럼 요란한 폭소를 자아냈다. 나는 이제껏 그보다 더 즐거운 공연장을 본 적이 없다. 모든 인간이 정말 얼마나 웃고 싶어 하는가! 잠깐 동안 웃기 위해 이들은 추위 속에서 교외 멀리서 이곳으로 와 돈을 내고 한참 기다렸다가 한밤중이 되어서야 집으로 돌아간다. 나도 많이 웃었다. 내게는 그 극이 아침까지 남아 있었던 것 같다. 언제 다시 웃게 될지 아무도 모른다. 위대한 희극 배우일수록, 그가 우리의 어리석음을, 어리석고 불안한 우리 인간의 운명을 표현하는 희극적 문구가 오싹하고 속수무책일수록 사람들은 더욱 웃을 수밖에 없는 것이다! 내 뒤에 앉아 있던 관객 중 한 젊은 여성이 있었는데, 그녀는 양 팔꿈치를 내 어깨에 얹었다. 나는 그녀가 내게 반했나 보다 하고 생각하며 돌아다보았다. 하지만 단지 웃느라 그런 것이었다. 그녀는 악마에 홀린 이처럼 웃음에 사로잡혀 있었다. 발렌틴에 대한 기억은 이 여행에서 가장 값진 일 중 하나였다.

하지만 이제 내가 뮌헨에서 내 친구의 식탁에 앉아 지낸 지도 충분히 오래되었다. 남자다워라, 나는 나 자신에게 외쳤다. 그리고 떠날 결심을 했다. 이제 더는 이전에 로카르노에서와 같지는 않았다. 이제 더는 작별이 쉽지 않았다. 이제 나는 세상으로 나가는 것이 아니었으며, 우월감을 지닌 채 남아 있는 이들을 바라볼 수 있었다. 이제 다시 돌아갈 것이다. 새장 속으로, 추위 속으로, 유배지로. 그래, 나뭇잎은 바람을 거슬러 가고 싶은 곳으로 날아갈 수밖에 없다. 나는 이제 어디로 갈 것인가? 고향으로 돌아가는 데 며칠을 더 머뭇거릴 수 있을 것인가? 아마 한참 더 여행을 하게 되겠지, 아마도 겨울 내내, 아마도 평생 동안. 결국은 곳곳에서 이런저런 친구를 찾아 저녁이면 포도주를 마시게 되리라. 또한 여기저기서 내가 좋아하는 정령이 다시금 그 어느 해질녘에 내 앞에 나타날 것이다. 내 청춘의 성역이. 그리고 어디서나 마음대로, 차가운 바람과 날리는 나뭇잎을 보고 슬퍼하지만 않고 웃기도 할 것이다. 내가 가끔씩 생각한 대로 아마도 정말 내 안에 어떤 해학가가 숨어 있을 것이고 그러니 나는 잘 지내겠지. 여전히 나는 나아진 것이 전혀 없지만 더 나빠지지 않은 것만으로도 충분했다.

주

시민적 삶과 비시민적 삶 사이에서의 고뇌

김현진(동덕여대 강사)

독일의 그 어느 작가보다도 한국의 독자들에게 잘 알려진 헤르만 헤세는 20세기 전반부 독일을 대표하는 작가 중 한 사람이다. 독일 남부 슈바벤 지방의 소도시 칼브의 유서 깊은 신학자 가문에서 태어난 그는 열세 살 되던 해에 라틴어 학교에 입학했고, 이듬해에는 마울브론 신학교에 들어갔지만 신학교 생활을 견디지 못하고 그곳을 탈출한 뒤 서점 점원, 시계 공장 노동자 등의 직업을 전전하며 문학 수업을 병행했다. 그러던 중 처녀 시집 『낭만적인 노래』가 릴케에게 인정받아 문단의 눈길을 끌게 되면서 작가의 길을 걷게 되었다.

초기에는 낭만주의적인 글을 썼던 헤세는 순탄치 못했던 학창 시절, 두 번에 걸친 결혼 실패와 건강의 악화, 두 번의 세계 대전 등을 겪으면서 그 모든 고뇌와 절망, 그리고 그 극복을 위한 정신적 투쟁의 과정을 문학 속에 담아내는 가운데 내면의 길을 통한 자기실현을 이루기 위해 고투했다. 그런 과정에서 기독교 정신과

서양 철학을 넘어 동양의 종교와 지혜에까지 탐구의 눈을 돌리게 되었다. 그렇게 해서 나온 문학적 결실을 통해 그는 정신적으로 방황하던 전후 세대에 감명을 주었고, 그의 작품들은 동양과 미국 젊은이들의 경전이 되다시피 했다. 세상을 떠날 때까지 자기실현을 위한 노력을 한시도 쉬지 않았던 그는 1946년 노벨 문학상과 괴테 상을 동시에 받았다.

인생의 중반기에 헤세는 남부 독일의 가이엔호펜과 스위스의 베른 시절을 거쳐 1919년 남부 스위스 테신에 정착하기까지 경제적으로나 정신적으로 큰 어려움을 겪었다. 1차 세계 대전 중에는 스위스 베른에 있는 전쟁 포로를 위한 복지회에서 구호 사업을 하며 전쟁의 야만성과 국수주의에 반대하는 글을 기고했다가 독일인들로부터 변절자로 낙인찍히며 엄청난 비난을 받고 마음에 깊은 상처를 입었다. 다른 한편으로는 아버지의 사망, 막내아들 마르틴의 발병, 아내 마리아 베르누이의 정신병 악화 등 가정의 불운이 겹쳤다. 그런 상황 속에서 헤세 자신도 정신적, 육체적으로 상태가 나빠져 루체른에서 정신 분석 치료를 받기도 했다. 그러다 마흔두 살이 되던 해 테신 주의 조그만 마을 몬타뇰라에 은거하면서 새로운 삶을 찾고 창작 의욕도 되살렸다. 생애의 절반을 그곳에서 보내며 헤세는 『클링조어의 마지막 여름』, 『싯다르타』, 『황야의 이리』, 『나르치스와 골드문트』, 『유리알 유희』 등 그에게 세계적 명성을 안겨다 준 주옥같은 소설과 시를 발표했다. 「방랑」(1920), 「요양객」(1924/1925), 「뉘른베르크 여행」(1927)도 이 시절에 쓴 그의 자전적 작품이다.

「방랑」

「방랑」은 열세 편의 산문과 열 편의 시로 구성된 스케치북이다
(원래는 열네 편의 수채화도 담겨 있으나 이 판본에는 그림이 실
려 있지 않다). 이 작품은 1920년 출간되었지만, 쓰인 시기는 포
로 구호 사업에 종사하던 때다. 헤세는 1918년까지 네 번에 걸쳐
12주간 테신에 머물면서 시와 산문을 쓰고 그림을 그렸는데, 그
것이 「방랑」으로 엮여 나온 것이다.

당시 헤세는 포로 구호 사업에서 오는 과로와 전쟁으로 인한 상
처 때문에 육체적, 정신적 위기를 겪었고, 부인 마리아와 함께 정
신 분석 치료를 받고 있었다. 이 치료 과정에서 루체른에 있는 그
의 주치의 요제프 베른하르트 랑 박사는 그림을 통해서도 꿈에 대
해 말해 보라고 권했다. 이때 그림에 대한 재능을 발견했고, 그것
은 차후에도 우울증을 극복하는 데 도움이 되었다. 한편 『데미안』
을 집필한 1918년 말에는 헤세의 가정이 해체되었다. 부인은 계
속 정신 병원에 있었고, 큰아들은 친구에게, 둘째와 셋째는 남부
독일의 한 기숙 학교에 맡겨졌으며, 헤세 자신은 로카르노로 거처
를 옮겼다. 「방랑」을 집필한 때는 이처럼 헤세가 그때까지 한 가
정의 가장으로서 안주하던 그의 시민적 삶이 해체된 시기와 일치
한다. 따라서 헤세는 그의 인생에서 결정적인 전환점을 맞고 있었
고, 무엇인가 새로운 삶을 선택해야 하는 갈림길에 서 있었다고
할 수 있다. 가이엔호펜과 베른에서의 시민적 삶을 떠나 남부 스
위스 테신의 자연적 삶으로 옮겨 가는 자신의 방랑 여정을 묘사한
이 여행 노트는 북방적인 것, 시민적인 것으로부터 남방적인 것,

예술적인 것으로 전환하는 것을 비유적으로 그린 것이다. 그것은 이른바 '활동적인 삶'에서 '관조적인 삶'으로의 전환이며, 그러한 내적 변화는 뒤이어 출간한 『클링조어의 마지막 여름』, 『싯다르타』, 『황야의 이리』에서 더욱 깊이 형상화되었다.

바로 그러한 전환점을 헤세는 첫 문장에서 상징적으로 북부와 남부를 가르는 고갯길에 비유했다. "이 집 근처에서 나는 작별을 고한다. 한참 동안 그런 집을 더는 볼 수 없으리라. 알프스로 넘어가는 고갯길에 가까워지고 있으니 말이다. 독일 풍경, 독일어와 더불어 북방의 독일식 건축 양식도 여기서 끝이다. 그러한 경계를 넘는다는 것은 그 얼마나 멋진 일인가!"

이 고갯길은 바로 북방의 시민적 삶에서 남방의 예술가적 삶 사이의 경계가 되며, 「방랑」은 그 경계 넘기의 시도라 할 수 있다.

생의 전반부를 알프스의 '이쪽'에서 보낸 그는 이제 산의 '저편' 지역으로 옮겨 간다. 앞으로의 반생은 지금까지의 그가 아닌 다른 존재로 살기 위해서다. 헤세는 지난날의 삶 속에서 맡은 역할에 충실하기 위해 자신에게 혹독했던 일이 이제는 잘못된 것이었음을 인식하고, 심지어 광적인 전쟁과 비참한 세계에 대해서도 자신이 동조했다고 생각한다. 따라서 지금까지 몸 담아 온 시민적 삶, 성실함과 미덕이라 여기고 사랑한 모든 것에 환멸과 회의를 느끼는데, 그것은 지금의 갈림길에서 남쪽으로 상징되는 예술과 판타지의 세계를 선택하는 이유가 된다. 그러한 전환을 소망하는 그는 이제 지상의 그 어느 곳에도 안주하지 않는 방랑자이기를 원한다. 하지만 늘 양극성 사이를 오가는 헤세의 사상이 그렇듯이 그가 지금 벗고자 하는 시민적 세계에 대한 갈망을 완전히 버릴 수 있는 것은 아니다. "나는 예술가와 판타지를 꿈꾸는 인간이 되고자 했다. 하지만 그런 가운데 또한 미덕과 고향을 갖고자 했다"고 그는 말한다. 하지만 "사람이 그 둘을 모두 가질 수 없다는 것을 알게 될 때까지는 오랜 시간이 걸렸다"고 고백한다. 늘 단일성 혹은 합일을 추구하지만, "세계의 모든 물은 다시 만난다는 것, 빙하와 나일 강이 젖은 구름 속에서 섞인다는 것"을 알고 있지만, 이 산봉우리 갈림길에서 그는 남쪽을 선택한다. 헤세는 그것을 빗물이 멀고 차가운 바다 혹은 그 경계가 아프리카인 리구리아나 아드리아의 해안으로 흐르기 위해 갈라지는 고갯길의 분수령과 비교한다. 그렇지만 남방과 북방, 예술가의 삶과 시민적 삶은 그에게 똑같은 무게를 지닌다. 그렇기 때문에 지금 선택한 남쪽은 그의 삶에서 궁극적인 목표가 아니다. 그것은 합일성이라는 형이상학적 목표에 이르기 위한 과정일 뿐이다. "도달된 목표는 목표가 아니었다. 모든 길은 우회로였으며, 모든 휴식은 새로운 동경을 가져왔다"고 헤세는 말한다. 이처럼 같은 무게를 지닌 양극 사이에서의 진동은 이 수기의 기본 사고가 된다. 헤세에게 방랑이란 어떤 형이상학적 욕망으로서 나타나는 일종의 "변증법적 움직임"(F. J. 괴르츠)이라 할 수 있다.

헤세는 자신의 글 「제2의 고향」(1930)에서 이 방랑 일지를 "테신의 정경에 대한 찬양"이라고 했다. 물론 「방랑」은 브리오네('다리')의 폭포, 센토발리 계곡 마을 테냐의 '목사관', 작은 강 마기아의 삼각지 안에 있는 '나무'들, 몬티에서 로카르노의 순례 교회 마돈나로 가는 길목에 있는 '예배당' 등 테신의 정경을 지형적으로 잘 알려 주면서 그에 대한 찬사를 보낸다. 그러나 그곳 정경에 대한 그러한 찬양 뒤에 담겨 있는 작가의 깊은 사유에 대해 독자들이 눈치 채지 못한 데 대해 헤세는 유감스러워했다. "나의 「방랑」과 같은 책에서 내 독자들은 쾌적한 전원시와 어떤 서정적 음악을 보며, 그 뒤에 있는 집중과 체념, 운명은 짐작하지 못합니다. 내면적이면서 동시에 외면을 향해 일하지 않으면, 내면과 외면을 동시에 바라보며 살지 않으면 이러한 집중에 도달할 수 없지요. (……) 물론 그것은 연약함으로 인한 것입니다. 물론 나의 모든 행위는 연약함과 고통에서 오는 것이며, 문외한들이 작가에게서 가끔 짐작하는 것처럼 어떤 유쾌한 자만에서 오는 것이 아닙니다." 1921년 동료 작가인 빌헬름 쿤체에게 한 헤세의 이 같은 말은, 이 작품의 아름다운 정경 묘사 뒤에 인생의 깊은 고뇌와 방황에서 나온 작가의 깊은 성찰이 담겨 있음을 알려 준다. 이처럼 양극 사이에서 방황하면서도 '내면으로 향한 길'을 고통스럽게 찾아 헤매던 그의 예술가적 통찰은 이미 『싯다르타』의 주제를 선취하고 있는 '예배당'의 문장에 집약되어 있다. "고행이나 제물로 믿음이 얻어지는 것은 아니다. (……) 우리가 믿어야 한다고 생각하는 신은 우리의 내면에 있다. 자신을 부정하면서 신을 긍정할 수는 없다."

「요양객」

방랑자 헤세는 1919년 5월 루가노 근처 아름다운 곳에 조그만

"독신자용 집"을 빌려 다시 정착한다. 그보다 먼저 퇴원해 곧바로 아코나로 간 부인 마리아도, 또 세 아들도 없이 시작된 그의 삶은 작가로서, 또 화가로서 새 출발을 하기 위한 일종의 실험이었다고 할 수 있다. 난방 기구라고는 초라한 벽난로 하나밖에 없었던 이곳의 "고상한 폐허" 속에서 그는 혹독하게 추운 겨울을 네 차례 보냈다. 그러던 중 류머티스 관절통과 좌골 신경통증이 발병했는데, 의사들은 헤세에게 온천 열 치료를 받을 것을 권고했고, 주변의 여러 사람들이 바젤과 취리히 사이에 있는 바덴 요양소를 추천했다. 바덴에는 헤세의 친구들이 있었고, 남동생 한스도 살고 있었다. 그런데 헤세가 이 요양소를 택하게 된 것은 무엇보다도 이곳의 유명한 온천수 때문이었다. 옛 로마 인들 사이에서도 인기 있었던 바덴의 온천은 섭씨 48도의 수온으로 스위스에서 가장 따뜻한 온천에 속하며, 가벼운 방사성에 식염과 칼슘 황산염을 지닌 유황 온천이다. 헤세는 그곳 수호 성녀의 이름을 딴 베레나호프라는 요양 호텔에 머물면서 치료를 받았는데, 온천수의 효과로, 또한 최선을 다해 헤세를 치료한 그곳 의사 요제프 마르크발더의 도움으로 그해 가을에 치료를 마치고 집으로 돌아올 수 있게 되었다.

환자로서 수동적인 일상을 보내야 하는 그곳의 익숙하지 않은 생활을 견뎌 내기 위해 헤세는 날마다 자신이 체험한 인상을 기술하기 시작했고, 그렇게 쓴 체험 수기가 일종의 '요양 심리학'인 「요양객」이다. 몇몇 인물들의 이름만 바뀐 채 그곳의 일상과 작가의 내면 상태가 거의 그대로 묘사되어 있는 이 자전적 수기는 그러므로 시민적 삶과 단절된 요양소의 데카당트적 삶 속에서 자신을 지키기 위한 헤세의 자가 심리 분석이자 자가 치료의 시도였을 것이다. 1923년 5월에 쓰기 시작해 같은 해 10월 두 번째 요양 뒤 완성한 이 수기에 대해 헤세 자신은 "반쯤 농이 섞인 전면"을 지니고 있지만, 그것은 그의 "가장 개인적이고 진지한 책"이라고 했다. 그는 처음에 '온천 심리학 혹은 어느 바덴 요양객의 논평'이라는 제목을 붙였고, 니체의 『우상들의 황혼』에 나오는 문장을 빌려와 "무위는 모든 심리학의 시작이다"라고 덧붙였다.

널찍한 건물 지하실 마흔 개 가량의 욕실로 들어가는 여러 개의 강력한 샘이 있는 온천을 방문함으로써 환자의 하루 일과는 시작된다. 지하로 난 미로를 통과하면 매우 오래된 어두운 반구형 건물에 이르게 된다. 습하고 따뜻하며 유황 냄새가 나는 그곳에는 흰 타일로 된 2미터가 채 안 되는 넓이의 암자들이 있는데, 그것들은 두 계단을 지나 하나의 욕조로 모아진다. 이 욕조는 "수천 년 전부터 알려지지 않은 지구의 주방 속에서" 백 미터도 넘는 깊이까지 끓여지고 "약한 빛줄기 속에서 끊임없이 흐르는" "비밀스러운 물"로 채워져 있다. 잿빛 유리를 통해 지붕에서 햇볕이 스며들어 어렴풋하게 조명이 된 그 욕실에서 땀을 흘리며 힘겹게 목욕하는 시간, 그나마 그 안에서 환자는 어느 정도 보호받는 기분을 느낀다. 그리고 체조와 늘 기름진 음식으로 넘쳐나는, 그래서 권태롭고 힘겨운 식사 시간으로 하루 일과는 이어진다. 그 이후에 남은 시간은 그에게 더욱 견디기 힘든 것이 된다. 산책, 룰렛 게임, 음악 연주회, 영화, 그림엽서, 다과점 등을 통해 누릴 수 있는 쾌락, 즉 그도 불가항력적으로 빠지게 된 "악습"과 "부도덕"은 그에게 곧장 식상한 것이 된다. 혼자 남몰래 찾던 정원 구석의 의자에 앉아 그는 육체적인 태만이 얼마나 빨리 정신적 퇴폐로 이어지는지에 대해 생각한다. 그리고 이 퇴폐적인 세계와 결탁하고 합류하고 있는 자신을 돌아본다. "이 세계와 결탁하고 그곳에 합류해 그 속에서 적응하며 편안함을 느끼고 있다니…… 이 세계와 결탁하고 그것을 받아들였다는 그 이유로 지금 나는 최악의 상태다! 그런데도 나는 거기에 머물러 있다. 태만은 나의 분별력보다 더 강하고, 기름지고 게으른 배는 소심하게 탄식하는 영혼보다 강한 힘을 발휘한다." 그러나 예술가의 영혼은 그러한 태만 속에 계속 머물러 있지만은 않는다. "가끔은 영혼이 벌떡 깨어나고 입 안의 말이 나 자신의 분노를 자아내 서둘러 냉정하게 그곳을 떠나 고독을 찾아야 하는 때가 있다." 오히려 그 때문에 사유와 글쓰기에 대한 더욱 생산적인 욕망이 솟구쳐 "예술가와 문인의 심리학으로, 글쓰기의 열정, 진지함, 공명심"으로 이어지는 것이다. 합일성에 대한 믿음 속에서 헤세는 이곳에서의 그의 "몰락" 상태를 "말살이 아니라 단지 변화"로 승화시킨다. "우리의 모든 생각, 그리고 우리의 심리학의 토대가 되고 배양소가 되는 것은 신에 대한 믿음이고 합일성에 대한 믿음이기 때문이다. 그리고 아무리 절망스러운 경우라 해도 항상 합일성은 은총이나 인식의 길을 통해 다시 생겨날 수 있다." "나는 언제나 나를 해방시키는 일, 나의 자아를 망각하고 헌신하는 일, 단일성을 느끼고, 내면과 외면, 자아와 세상의 균열을 환상으로 인식하고, 눈을 감은 채 기꺼이 합일성 속으로 몰입하는 일에 성공했다."

양극 사이의 긴장으로 인해 생산적인 이러한 양극성의 변증법으로부터 그는 수기의 마지막에 많은 것을 시사해 주는 예술 이론을 발전시킨다. 작가로서 그가 지니게 된 욕망은 이중 화음, 이중성에 대한 표현을 찾는 일이다. "선율과 반대 선율이 항상 들리고, 그래서 모든 다채로움에는 항상 합일성이 병존하고, 모든 익살에는 항상 진지함이 병존하는 단원과 문장을 쓰고 싶다"는 것이다. 결국 작가는 삶이란 "그렇게 양극 사이를 오가고 세계의 두 주축기둥 사이를 오감으로써만 이루어지는 것"이라는 통찰을 여기서 다시 한 번 보여 준다. 물론 그는 "삶의 양극을 구부려 서로 다가가게 하고 삶의 이중 화음을 기록하는 일"에 그가 결코 성공하지는 못할 것임을 알고 있다. 그럼에도 "마음속의 어두운 명령을 따라 계속 또다시 그러한 시도를 감행"하는 것, 그것이 바로 헤세로 하여금 글을 쓰게 하고 삶을 살게 하는 동력이 되는 것이다. 영원히 양극 사이를 부유하며 합일성의 이상을 추구하는 그의 예술가적 고뇌와 생명력은 바로 여기에서 나온다.

헤세가 기록한 요양소의 일상과 그의 내면 상태에 대해 읽다 보면 마치 토마스 만이 묘사한 '마의 산'의 세계에 와 있는 듯한 느낌이 든다. 동시대의 작가인 토마스 만은 헤세의 「요양객」이 발표된 같은 해에 장편 소설 『마의 산』을 세상에 내놓았다. 이 두 작품은 규모나 장르의 모든 차이에도 불구하고 주제의 유사성으로 인해 놀라움을 준다. 토마스 만의 "건강한 젊은이" 한스 카스토르프가 빠져든 '저 위'의 세계, 그곳은 '이 아래'의 시민 세계에서 볼 때 부도덕과 방탕으로 가득 찬 죽음의 세계다. 그것은 헤세의 '나'가 빠져든 요양소의 악습에 가득 찬 퇴폐적 세계로서, 육체뿐만 아니라 정신까지 병든 세계다. 또한『마의 산』후반부에서 그려지는 네덜란드 출신의 기이한 요양객 민헤어 페퍼코른에 관한 이야기는 자연스럽게「요양객」의 그 '네덜란드 사람'을 생각나게 한다. 거칠고 생명력 넘치는 이 두 인물은 두 작품의 무대인 병과 죽음의 세계에 도무지 맞지 않는 그 활기참과 단순함으로 주인공들에게 낯설음과 심지어는 극도의 반감을 불러일으킨다. 토마스 만은 페퍼코른 이야기를 집필할 무렵, 1924년 1월에서 3월까지「디 노이에 룬트샤우」지에 미리 실린 헤세의「요양객」을 읽었다고 한다. 그는 헤세의 60회 생일 축하 메시지에서 헤세의 수기가 자신에게 "마치 나의 일부인 듯이" 다가왔다고 말했으며, 헤세의 이 "매혹적인 책"으로 인해 직접 바덴까지 여행을 하기도 했다. 두 작가의 작품이 가진 이러한 유사성은 동시대의 비평가들에 의해 반복적으로 이야기되었다. 한편 비슷한 시기에 독일어로 번역되어 출간된 크누트 함순의 요양소 소설『마지막 장』(1923)과 가깝다는 평이 나오기도 했다. 요양소 세계에 대한 헤세의 태도는 토마스 만과는 다르며, 아웃사이더 함순의 태도와 흡사하다(헬무트 비간트)는 것이다. 어쨌든 이들 모두는 시민적 삶에도, 비시민적인 세계에도 가까이 다가가지 못하고 양극성 사이에서 부유하는 전형적인 예술가상을 보여 준다.

한편 원고에 직접 등장하지는 않지만 이 작품을 쓰게 된 또 하나의 동기는 후에 헤세의 새 아내가 된 루트 부인과 직접적으로 관련된다. 헤세보다 스무 살이나 젊고 활력 넘친 루트에게 보낸 1923년의 한 편지에서 헤세는 이렇게 썼다. "더구나 내가 당신을 사랑하고 당신에 대해 기뻐하고 있다는 것, 나의 모든 바덴 원고 는 아마도 당신에게 나를 이해시키고 밝히기 위한 노력일 뿐이라 는 것을 말하고 싶습니다. 왜냐하면 그것은 근거가 있는 심리학적 인 자기 초상에 지나지 않기 때문이지요." 그런 다음 헤세는 구애 의 문장과 함께 그녀에게 원고의 복사본을 보내기도 했다. 그러나 그녀와의 결혼 생활은 짧게 끝났고, 헤세의 그러한 고백은 결혼 생활을 끝내는 데 그에게 오히려 법적으로 불리한 자료로 이용되 었다. 1927년 바젤 시 민사 법원은 헤세의 작품을 증거로 사교와 여행을 싫어하는 그의 은둔자적 성향과 노이로제 경향 등을 지적 하며 그와 반대로 젊고 낙천적이며 사람들과의 교제와 따뜻한 가 정생활을 사랑하는 루트 부인과 이혼하도록 판결을 내린 바 있다.

「뉘른베르크 여행」

헤세는 1925년 9월 말 울름, 아우크스부르크, 뉘른베르크로부 터 낭송회 초빙을 받고 독일 여행을 시도하게 되었다. 그 강연 여 행을 결정하기까지의 마음의 갈등, 여정에 대한 기대와 실망, 만 남과 위로와 행복감에 대해 기록한 이 작품 역시 현실과의 괴리 속에서 겪는 예술가 헤세의 고뇌와 함께 다른 한편으로는 삶에 대 한 애정을 드러낸다. 낭송회는 "단지 구실일 뿐"인 그 여행의 실 제 목적은 블라우보이렌의 친구 헤커를 만나고 누이, 그리고 20 년 전부터 헤세와 친분을 맺어 온 작가 게히프를 방문하는 것이었다. 또한 한 해 전 뫼리케의 작품들을 다시 읽으며 남독일 여행을 하게 되면 무조건 뫼리케의 물의 요정 아름다운 라우가 살았던 블라우보이렌을 방문하리라고 마음먹었던 것도 그 여행을 부추겼다. 당시 헤세를 괴롭힌 문제로는 독일의 정치적 상황으로 인한 근심 외에도 점점 복잡해지는 그의 사생활이 있었다. 1924년 루트와 재혼한 그는 스무 살 어린 그녀와 실제로 함께 지낸 적은 별로 없었으며, 겨울을 함께 보낸 바젤에서도 그들은 거처를 따로 마련한 상태였다. 「요양객」의 그 '네덜란드 사람'과도 같이 생기 넘쳤을 새 아내가 민감한 정신생활을 추구하는 남편 헤세와 순탄한 결혼 생활을 했을 리 만무했을 것이다. 또한 첫째 부인 마리아의 건강 상태 역시 그녀 오빠의 자살, 남동생의 정신 병원 입원 등으로 인한 악재가 계속된 가운데 나아지지 않았다. 그러한 현실적 고통이 계속되는 가운데 헤세는 마음의 고단함을 잠시 내려놓고 내면에 집중하고자 여행을 결정했다. 그러면서도 일정한 약속에 얽매이는 것에 대한 자신의 두려움에 대한 묘사는 예술가로서 극도로 섬세한 그의 내면 상태를 보여 준다. 여행이 작업의 리듬을 방해해 하필이면 여행을 가는 도중에 "가장 아름답고 희귀한 순간 중의 하나가, 마법의 새가 노래해 주는, 작업의 욕망이 외치는 순간이 날아가 버리지 않을까" 그는 불안해한다. 그처럼 기분에 따라 조율되는 창작 방식처럼 그의 여행하는 방식 역시 특이하다. 그에게 우선적으로 중요한 것은 목적지와 목표가 아니라 방법과 길이다. 사람이 하루 천 킬로미터 이상을 다닐 수 있는 놀라운 시대이지만, 그에게 "최소 너덧 시간 이상을 열차 안에서 견디는 것"은 비인간적인 일이다. 그렇기 때문에 그는 다른 사람들이 하루면 하는 여행에 일주일을 필요로 한다. 그런데도 가는 도중 그를 사로잡는 곳이 있으면 어디에서나 멈추기 위해 평소보다 훨씬 일찍 출발하는 데서 어쩔 수 없는 방랑자의 면모를 볼 수 있다. 그러다가 간혹 만나는 특별한 순간은 그에게 최고의 선물이 되는 것이다. "상부 라인 강 근처 잠들어 있는 듯한 작은 도시의 성문 앞이었다. 거기에서 나는 축축한 초원 위에서 한 마리의 후루티가 자기 아내와 함께 결혼식 춤을 추는 것을 보았다. 후루티만이 그렇게 할 수 있었다."

첫 약속지인 울름의 낭송회에 가는 도중 헤세는 로카르노, 바덴, 취리히에서 잠시 멈춘 뒤, 블라우보이렌(옛 마울브론) 학창 시절 친구 베커를 방문하고 또 수녀원 뜰 지하실에서 뫼리케의 물의 요정이 살던 석조 욕조를 찾아본다. 그리고 기대했던 중세 도시 뉘른베르크에 대한 환멸과 실망감을 감추지 않는다. 배기가스, 소음, 혼잡한 교통, 기술로 인해 정신을 상실한 이 병든 도시의 몰락한 문화를 개탄하면서, 다른 한편으로는 아우크스부르크와 뮌헨 방문에서 얻는 행복한 만남으로 그러한 환멸을 보상받기도 한다. 이처럼 현실에 대한 낯설음과 갈등 뒤에는 다른 한편 그에 대한 애정이 숨겨져 있다. 낭송회 현장에서의 자신의 심리에 대한 세부적인 보고는 헤세의 치열한 예술가적 정신을 보여 준다. 대중 앞에 섰을 때의 고통, 열광하는 수많은 숭배자들에 대한 경계, 그들 앞에서 문학에 대해 잘못된 표상을 만들지 않을까 하는, 자신 또한 그들의 갈채 속에서 인물 숭배의 희생자가 되지 않을까 하는 우려를 그는 세심하게 기술했다.

그런데 이 모든 여정에서 부딪히는 현실과 내면의 갈등, 그로 인한 고뇌 가운데서도 그를 견디게 하는 것은 유머다. "날 사로잡은 것은 오로지, 너, 여행하고 있는 미친 작가여, 정말 미쳤는가? 이 질문이었다. 네가 병들고 삶의 고통을 겪으며 더 살고 싶지 않아 할 때가 많은 것은 단지 '지금 이대로의' 현실에 적응하지 못해서가 아닌가? (……) 이 끔찍한 '지금 이대로의 세상'에 대한 너의 저항은 골백번 옳다. 이 세상을 인정하는 대신 이 세상 때문에 죽어가고 질식하는 거라면 넌 옳은 것이다. 그리고 다시 나는 양극 사이에서 움찔해지는 느낌이었다. 현실과 이상 간의 괴리를 느꼈고, 현실과 아름다움 사이에 걸린 공중 다리가 흔들거리고 있음을 느꼈다. 그것은 유머였다. 그렇다, 유머 때문에 감당할 수 있는 것이었다. 정거장도, 막사도, 문학 낭송회조차도 감당할 수 있었다. 웃음으로써 현실을 진지하게 받아들이지 않고 그것의 파괴 가능성을 끊임없이 인식함으로써 그러한 것은 감당이 될 수 있었다. 기계는 언젠가 서로 살육할 것이며 병기고는 털릴 것이다. 오늘날 대도시가 있는 곳에서는 언젠가 다시 풀이 자라나고 족제비와 담비가 살금살금 다닐 것이다. 그래, 이 우스꽝스러운 세상을 진지하게 여겨 주는 영예를 안겨 줄 필요는 없으리라." 유머는 헤세에게 자신의 자아를 찾고 합일성을 추구해 가는 과정에서 매우 중요한 삶의 방식이 된다. 유머는 이처럼 고통스러운 현실 속에서 초연함을 배우게 하고 현실과 이상, 사실성과 '아름다운 가상'의 중개자로 작용한다. 이 수기는 그렇게 『황야의 이리』의 유머를 선취하고 있다. 한스 잘이 말한 바 있듯이 「뉘른베르크 여행」의 자기 파괴적 염세주의는 아이러니와 유머로 변화한다. 유머는 그처럼 헤세에게 모든 고통 속에서도 그를 살아갈 수 있게 해 주는 길이 된다.

「방랑」

헤세는 이 작품을 몇몇 신문과 잡지에서 일부를 미리 출판한 뒤 책의 인쇄본을 1919년 4월 24일 베를린에 있는 그의 출판업자에게 보냈다. 1년 6개월 뒤인 1920년 10월 에리히 멘데에 의해 장서가용으로 장정되어 초판 6천 권을 인쇄했다. 1927년까지 「방랑」은 1만3천 부를 인쇄했다. 이후 20년 이상 절판되었다가 1949년 주어캄프(Suhrkamp)에서 새로 출간했다. 이것은 삽화가 든 개별본으로서(1996년부터 인젤 문고판도 그러하다), 오늘날까지 총 13만 부를 출간했다. 지금까지 12개국 언어로 번역되었다.

「요양객」

1924년 헤세는 그의 이 '논평'을 친구들만을 위해 3백 부만 사적으로 출간했다. 그러나 1년 뒤 그의 출판업자 사무엘 피셔(Samuel Fischer)에 의해 서점본 1만 권이 초판으로 출간되었다.

같은 해에 4천 권을 더 인쇄했다. 1938년부터 새로 출간하지 않았으며, 제2차 세계 대전 이후 1946년 취리히의 프레츠와 바스무트(Fretz & Wasmuth)에서 「뉘른베르트 여행」과 합본으로 다시 출간했다. 같은 판본을 주어캄프에서 1953년 독일 시장을 위해 인쇄했다. 1999년에는 삽화가 든 문고판이 인젤(Insel) 출판사에서 나왔다. 거기에는 책의 생성에 대해 상세히 쓴 후기가 담겨 있다. 독일어로 된 총 판본은 1924년에서 지금에 이르기까지 대략 21만 부에 이른다. 그동안 11개국의 언어로 번역되었다.

「뉘른베르크 여행」

1925년 완성된 뒤 1926년 피셔 출판사의 잡지인 「디 노이에 룬트샤우(Die Neue Rundschau)」의 3~4월호에 사전 인쇄되었다. 책으로 된 판본은 1년 반이 지난 뒤인 1927년 가을에야 출간되었는데, 1만5천 부 초판 인쇄되었다. 부피가 작은 관계로 출판사에서는 그것을 새롭게 소형의 장서본으로 만들어 출간했는데, 한스 마이트(Hans Meid)에 의해 삽화가 있는 케이스로 장정된 책 시리즈가 그것이다. 이것은 1945년까지 2만5천 부가 나왔으며, 1946년 이후 절판되었다. 전후 취리히 출판사 프레츠와 바스무트에서 「요양객」과 합본으로 다시 나왔다. 독일 시장에서는 똑같이 두 권 합본으로 1953년 주어캄프에서 출간되었고, 1962년까지 1만1천 부 인쇄되었다. 헤세의 생전에 독일어로 된 모든 판본은 3만6천 부가 인쇄되었다. 1975년 처음으로 문고판으로 출간되었다. 1994년에는 림베르겐(Pieter Jos van Limbergen)의 사진들과 운젤트(Siegfried Unseld)의 후기와 함께 삽화가 담긴 특별본이 나왔다. 오늘날까지 책의 개별 판본은 총 14만 권에 이르렀다. 그 사이 6개국의 언어로 번역되었다.

2003년 주어캄프에서는 20권으로 된 헤세 전집을 출간했다. 그중 제11권이 『자전적 글: 방랑, 요양객, 뉘른베르크 여행, 일기』로, 본 번역은 이 판본을 대본으로 삼았다.

1877   7월 2일 남부 독일 칼브 시에서 출생.

1891   1892년까지 마울브론 신교신학세미나 세미나생으로 보냄.

1893   칸슈타트 고교 중퇴.

1895   1898년까지 헤켄하우어 서점에서 점원으로 일함.

1899   첫 시집 『낭만적인 노래』, 산문집 『한밤중의 한 시간』 출간.

1901   첫 이탈리아 여행. 『헤르만 라우셔의 유작과 시』 출간.

1902   『시집』 출간. 어머니에게 헌정하려 했으나 출간 직전에 어머니가 사망함.

1904   장편소설 『페터 카멘친트』 발표. 일약 인기 작가가 됨. 9세 연상의 피아니스트 마리아 베르누이와 결혼.

1906   『수레바퀴 아래서』 발표.

1907   가이엔호펜에 자신의 집을 지음. 중단편 소설집 『이편에서』 출간.

1908   단편집 『이웃 사람들』 출간.

1910 　장편『게르트루트』출간.

1911 　시집『도상에서』출간. 가정불화로 인도로 여행.

1912 　단편집『우회로』출간. 독일을 떠나 베른으로 이주.
　　　　1919년까지 베른 근교의 베르헨뷜 거리에 있는 죽은 화가
　　　　벨티의 집에 거주.

1913 　기행문「인도에서」발표.

1914 　소설『로스할데』출간.
　　　　1919년까지 1차 세계 대전 속에서 베른에서 전쟁 포로를
　　　　돌보는 일에 종사. 「독일 수용자 신문」, 「독일 전쟁 포로를
　　　　위한 책자」, 「독일 전쟁 포로를 위한 일요 전령」 편집인으로
　　　　일함.

1915 　방랑자의 이야기『크눌프』, 시집『고독한 자의 음악』, 단편집
　　　　『길가에서』출간.

1916 　아버지 사망. 부인과 셋째 아들 발병. 루체른의 존마트 병원
　　　　에서 랑 박사에게 정신 분석 치료를 받음.

1919 　베른에서 테신으로 거처를 옮겨 몬타뇰라의 카자 카무치에
　　　　거주. 「자라투스트라의 귀향」, 「데미안」 발표. 잡지「Vivos
　　　　voco」 창간과 편집.

1922 　『싯다르타』출간.

1923 　스위스 시민권 취득. 취리히 근교 바덴에서 첫 요양.

1924 　루트 벵거와 결혼.

1925 　「요양객」발표.

1927 　『황야의 이리』출간.「뉘른베르크 여행」발표. 헤세 50회

생일에 후고 발에 의해 헤세 전기 나옴.

1928   수상집 『관찰』, 시집 『위기』 출간.

1929   시집 『밤의 위안』 출간.

1930   장편 소설 『나르치스와 골드문트』 출간.

1931   니논 돌빌과 결혼.

1932   『동방 순례』 출간.

1933   단편집 『작은 세계』 출간.

1936   고트프리트 켈러 상 수상.

1942   이때까지의 시를 모아 시 전집 출간.

1943   『유리알 유희』 출간.

1945   동화 단편집 『꿈의 여행』 출간.

1946   괴테 상과 노벨 문학상 받음.

1950   라아베 상 받음.

1951   『후기 산문』, 『편지』 출간.

1952   50회 생일 선물로 주어캄프에서 전집 여섯 권 출간.

1955   『악마를 부름』 출간. 독일 서점 평화상 받음.

1956   헤르만 헤세 상 설립.

1957   주어캄프에서 전집 일곱 권 출간.

1962   8월 9일 몬타뇰라에서 사망.

새롭게 을유세계문학전집을 펴내며

을유문화사는 이미 지난 1959년부터 국내 최초로 세계문학전집을 출간한 바 있습니다. 이번에 을유세계문학전집을 완전히 새롭게 마련하게 된 것은 우리가 직면한 문화적 상황에 적극적으로 대응하기 위해서입니다. 새로운 을유세계문학전집은 세계문학의 역할이 그 어느 때보다 중요해졌다는 인식에서 출발했습니다. 오늘날 세계에서 타자에 대한 이해는 우리의 안전과 행복에 직결되고 있습니다. 세계문학은 지구상의 다양한 문화들이 평등하게 소통하고, 이질적인 구성원들이 평화롭게 공존할 수 있는 문화적인 힘을 길러 줍니다.

을유세계문학전집은 세계문학을 통해 우리가 이런 힘을 길러 나가야 한다는 믿음으로 만들어졌습니다. 지난 5년간 이를 준비하기 위해 많은 노력을 기울였습니다. 세계 각국의 다양한 삶의 방식과 문화적 성취가 살아 있는 작품들, 새로운 번역이 필요한 고전들과 새롭게 소개해야 할 우리 시대의 작품들을 선정했습니다. 우리나라 최고의 역자들이 이들 작품 속 한 문장 한 문장의 숨결을 생생히 전하기 위해 심혈을 기울였습니다. 또한 역자들은 단순히 번역만 한 것이 아니라 다른 작품의 번역을 꼼꼼히 검토해 주었습니다. 을유세계문학전집은 번역된 작품 하나하나가 정본(定本)으로 인정받고 대우받을 수 있도록 최선을 다 했습니다. 세계문학이 여러 경계를 넘어 우리 사회 안에서 주어진 소임을 하게 되기를 바라며 을유세계문학전집을 내놓습니다.

을유세계문학전집 편집위원단(가나다 순)
김월회(서울대 중문과 교수)
박종소(서울대 노문과 교수)
손영주(서울대 영문과 교수)
신정환(한국외대 스페인어통번역학과 교수)
정지용(성균관대 프랑스어문학과 교수)
최윤영(서울대 독문과 교수)

을유세계문학전집

을유세계문학전집은 계속 출간됩니다.

을유세계문학전집 연표